山里

Kawazu Taketoshi
河津武俊

弦書房

装丁＝毛利一枝

〔カバー表写真〕
大生寺の大銀杏（福岡県うきは市）
〔カバー裏写真〕
筑後川にかかる沈下橋とＪＲ久大線の鉄橋
――弦書房編集部撮影

目次

雲の影

私が高林教授と再会出来たのは、大学卒業後十年余りもたった初夏の頃であった。

卒業後七年程大学病院で勉強した後、私は事情があって父の郷里に近い地方都市―というより田舎町と言った方があたる、山紫水明の地で知られた街の私立病院に勤めていた。そこの院長がたまたま病気になり、それも長期の療養が必要になったが、院長代理に私を据えるにはまだ若すぎて荷が重いために、高林教授に月に一度脳神経外科の患者の診療も兼ねて、院長代理の肩書きで来ていただくように交渉する事になった。

院長と私は出身大学を異にしていたので、高林教授と院長が旧知の間柄とは知らず、その人選に私は驚愕したし、又恥ずかしいことに高林教授がいまだ存命であることすら私は知らなかった。

院長の言によれば、高林教授がまだ現役教授であった頃、市の医師会の招聘により二度程学術講演に来たことがあり、院長自身も脳外科患者の診察のために、個人的に特別に御足労願ったこともあったとのことであった。

現役教授を退りぞいて十年、もう老齢といってよい先生の肉体的な懸念もあったが、それより本邦の脳神経外科の草分けの一人であり、九州に初めて脳神経外科の講座を開設し名声高かった先生が、果して田舎町に来てくれるかがK大変心配なことであった。

が、高林先生は院長の懇請に快く承諾され、肉体的に無理かもしれないが、とにかく一度行ってみましょうと返事をして来た。

先生が初めてお出になった日は七月上旬で、水郷で名の通ったこの町は川開きのお祭りも終り、これからが活況を呈する一番瑞々しい季節であった。

先生の居住するK市からこの町まで二百キロ近くもあり、先生は久留米まで汽車で来て、そこからは病院の車が迎えに行くことになっていた。

午後一時に到着し、この日は病院を見ていただくだけにして、食事をさしあげ午後七時の汽車で帰宅するというのが先生のスケジュールで、本当は先生の体に無理を掛けぬために泊って戴きたかったが、狭心症の持病のある先生は枕が変ることへの不安があるらしかった。

予定時間になっても先生は姿を見せず、汽車に乗り遅れたか、迎えの車が先生を見つけ出せないのではと心配したが、なんと言っても老齢と持病の事が気に掛り、診察の合間に私は何度も玄関に足を運んだ。

年老いた父を初めて我が家に迎える息子の心境にも似ていたが、むしろ卒業以来多年の間隙を置いて、出来の悪かった学生が恩師を迎える気恥ずかしさと気おくれといった方が当っているようであったが、他にもう少し表現し難いものがあった。

高林先生を恩師と呼ぶには、心苦しいものがあった。

先生と私は教壇をはさんで外科学の講義を受けた教授と医学生といった平凡な間柄だけで、個人的には一言の言葉も交したこともなく、恩師と呼ばれる先生の方が困惑と躊躇を感じるのではないかと私は思った。

予定より一時間以上遅れて、丁度私が病棟の回診に出向いている間に先生は到着していた。

先生が休息している院長室のドアの前に立った時、学生時代の卒業試験の口頭試問の順番を待って教授室の前に佇ずんだ時と同じ興奮と緊張が私の体を走った。

私がノックをして入って行くと、先生も立ちあがり丁寧な挨拶を返し、途中で少し気分が悪くなり、休憩をとったため遅延した旨をことわった。

先生は十年前の気品のある容貌と少しも変りなく、美しい白髪も優しい眼元も昔のままで、少しどもりのあるゆっくりした口吻までも昔のままであったが、物腰や会話と会話の間で言葉を選ぶ動作には十年の歳月と七十五歳を過ぎた老齢を感じさせるものがあった。

私がK大の出身で、先生の定年退官と時を同じく卒業した事を述べると、先生は一寸意外と思案する顔をし、記憶の糸を辿っていたが、無論私の事を先生が記憶している筈もなく、クラスで秀才であった二、三の学生の名前や、当時先生の同僚教授の子女で同級生のことを話すと先生は得心した様に微笑し、私が全く無縁の者でないことに安堵した様だった。

それから先生は、御自身が主宰なされた医局出身者の所謂先生の直弟子で、この近郊で開業している二、三の医師の名をあげて近況を尋ねた。

退官して十年経ても愛弟子達の事が一番気になるらしく、皆んな盛業であることを告げると先生は我が事のように喜んだ。

かつての教授でも定年で退官すると、弟子達も潮が引く様に次第に縁遠くなり寄りつかなくなるという噂や現実を見聞きしていると、離れてもなお弟子達の事を気遣っている先生の心情には心打たれるものがあった。

小憩の後、私と総婦長で病院内を案内して回った。

先生の体のことを考え、一階ごとにエレベーターを使用した。

エレベーターの乗降の時に足元に不安を感じることはあったが、白衣に身を包んだ先生の姿は、私が学生時代に憧憬と敬愛の眼で垣間見た総回診の折の、畏敬と威厳に満ちたそのものであった。

私立病院でもこれだけの設備を持てるようになったことに先生は隔世の思いをしたと、感嘆した。

先生が退官した頃から日本の高度成長は飛躍的に伸び、常にその後塵を拝していた医療の世界にも余波が寄せ始めていた。

案内が終ると先生には休息と夕食をとって戴くために河畔の旅館に先に行ってもらい、私は残された診療を終えて一足遅れて旅館を訪ねた。

先生はYシャツ姿で、ベランダからまだ夏の陽の高い盆地の山々や川や町並みを眺めていた。

私が入って行くと、先生は振り返り、十数年前先生がこの地に講演に来た時の招宴がこの近くの旅館で行われたことを思い出し、今眼前にしている光景があまりに素晴らしく、あの当時はまだ自分も若く四囲の風景などに目をやる余裕など持っていなかったことに気付いて、年をとるのも悪くないと述懐された。

水郷の名物である遊船は普段なら陽が落ちてから船出するのだが、その日は先生のために特別に陽の高いうちに出して貰うようにしていた。

遠来の客を接待するには遊船がなによりで、先生はそんなことまでしなくてもと辞退されたが、私は無理に連れ出した。

初夏の夕方といえば、まだ一番陽が強い頃で、特別の陽除けの簾をさげて貰い船出した。

川に浮んでいるのは無論私達の船だけで、乗っているのは先生と私と接待の女中さんと船頭一人で、それに合せた小船であった。

強い陽射を受けて夏の川面は眼に痛い程の銀色に反射して、川風が吹く度に無数の銀紙が大きく小さく剝されたり、貼られたりした。

陸で見る程暑いものでなく、むしろ川風が心地良く涼しかった。

両川岸の旅館街は暑さを避けるようにひっそりと静まりかえり、道行く人影もなく、この世の中にはこの一隻の船だけが川面に取り残されたような錯覚をおぼえ、音といえば櫓をこぐ音だけが川面をうち、船は静かに上流に登っていった。

先生は今日中に帰らねばならぬ予定の為か酒は殆ど口にせず、鮎の塩焼と背越しの料理に箸を運び、その度に鮎の香りや美味を賞賛した。

私の胸中は先生が院長として毎月一度来院して戴けるかと、この遊船が先生の気に入って戴けたかどうかに占拠されていた。

先生と学問や人事について話題を交すには、先生と私とではあまりに年差があり、医学の世界は広大すぎた。

私はこの土地の気候風土や風習、お祭りについて少しずつ説明したが、この地が先生の学生時代や研究生活を送られた京都の地に似ていることに先生は興味を示し、昔の日々が蘇ったようにも感じたと先生は述懐した。

船が上流から下流へ戻って来た頃には、先生の汽車の時刻が迫り船を降りねばならぬ時間になっていた。

夏の陽もやっと弱まり遠い山々の襞に薄紫色の翳りが溶け込み始め、中天の所々に浮ぶ夏雲も部分的に赤く染まり始めていた。

先生の疲労を忖度して私と女中さんがかわるがわる、今日はこのまま宿泊するように勧めたが、帰る予定で出て来たし、家に待っている者もいるのでと、先生は固辞した。

先生にも事情があり、無理押しは出来なかったが、私は先生の体の事が気掛りで、遊船もこの時刻をさがってからが本番で、夜の川面に無数の提灯を映した何十隻もの遊船の浮ぶ華麗な様を説明すると、先生は一寸心を傾きかけた様子だったが、楽しみはこの次に残しておきましょう、と再会を約束していただいた。

先生と私とは医者社会でいう所謂恩師と弟子の間柄ではなかった。教授の人柄や業績を尊敬し、ひそかに恩師と仰ぐのは各人の自由であったが、医者社会でいう恩師は医学部を卒業した各自が専攻する科目の医局に入り、そこで一人前の医師となるまで指導を受け、場合によっては学位の取得の面倒までみてくれた先生をいうのが普通であった。

そういう観点からすれば、先生と私は道端でいきちがい、一寸と道を尋ねた程度の関係でしかなかった。

私は医学生時代熱心で積極的学生ではなかったが、決して不真面目ではなかった。

身体に自信が持てないため、私は専ら肉体の鍛錬のためサッカーに精を出し、勉学は二の次で、本当の医者としての勉強は卒業してからと自分なりに妥協していた。

同級生の中には在学中から尊敬する教授や将来専攻する医局に、研究の加勢や臨床実地見習いに足繁く出入りしていた者もいたが、私は将来どの科を専攻するかも見定めることが出来ずにいた。

私が最終学年の時、先生も教授としては最晩年の年であった。

先生は年齢や体調のせいもあってか、最後の数年は外科医としての腕は振っていなく医局も専ら助教授や講師が指導していたようで、先生が学生の前に姿を見せるのは回診と臨床講義の時だけであった。

それでも、学生の間では先生のいかにも教授らしいアカデミックで、重厚で気品に充ちた姿は人気があった。

先生は第一外科を主宰していたが、臨床講義は先生の専攻する脳神経外科領域だけしか行わず、世界の最新の文献を引用し、少し吃音ながらドイツ語を駆使して行う講義は私には理解出来ない点が多かったが、好きな講義の一つであった。

何といっても教授は学生にとっては雲の上の人で、それ故に伝説じみたことが喧伝され、先生にもいろいろな事が言われていた。

私はそういうことにあまり興味を抱かない方であったが、先生は脳神経外科以外のどんな手術をさせても、その右に出る者はいない名手であるとか、先生の脳外科に於ける業績は世界に通用するものだとか、K大に赴任して以来十数年奥様とは別居生活をしていて、荒屋にお手伝さんと侘住まいして居るとかいうのが私の印象に残ったものであった。

まだ西も東もわからぬ学生の私に、学問的な手腕、業績はともかくとして、先生の家庭的に恵まれぬ事情が幽かな翳りとして私の心の奥底に深く淋しい残滓として占めたが、私が参酌するにあまりにも深奥な大人の世界のことに思えた。

私が学生として、先生に直接お会い出来た最後の機会は、卒業試験の第一外科の口頭試問の時であった。

医学部の卒業試験は十一月の末から延々三月上旬まで三ヶ月余に渡たり、十数科の科目が一週間に一科目ずつ筆記と口頭で行なわれた。

先生の科目は丁度胸突き八丁の二月の中旬であったが、その前週の科目で、私は今から考えれば基礎的な試問に答えられず担当教授から説教を受けたうえに翌日の再試験でもこっぴどく叩かれ、合格だけは許可するが、医師としては将来が思いやられるとまで極言され心身共に疲弊の極にきていた。

外科の筆記試験は普通の出来だったが、私にとって脳神経外科は不得意な科目で、口頭試問でボロをださねばと心配していた。

先生は私達のグループ七人を教授室に暖く迎え入れ緊張を解《ほぐ》すように冗談を言ったが、自信のない私は先生がどんな事を言ったかも憶えていないくらい上気していた。

先生は箸立てに立てた割箸を易者のように手でグルグル交ぜて、順次一本ずつ学生にひかせた。

割箸の先に問題の紙が挟まれ、それに答えるようになっていた。

私の設問は「脳腫瘍の分類について」で、病理学的、臨床的な分類を一応答えたが、あとに実際の診断治療についていろんなレントゲン写真を提示され、質問を受けたが、一題も正確に答えることが出来ず、絶望的な気持になった。

出来の悪い学生を救うかのように、先生はもう一度全員に割箸を引かせた。

今度は比較的やさしい設問であったが、それでも私が充分に答えたとは思われなかった。

二度目の順番が終ると先生は各人に簡単な講評を加えたが、明らかに一番不出来であった私に対しても先生はもう試験の結果を忘れたかのように特別に言及せず、昔先生が学生の頃は卒業証書がそのまま医師免許証であったが、今はインターンはあるし、国家試験もあるから大変だと同情的な言い方で、それから各人の将来の専攻希望などを楽しそうに尋ねた。

長い教授生活の最後の試験であるのに、先生は感傷的な言動もなく、又人生訓や教訓を垂れることもなく淡々としていた。

それがいかにも学問一筋の生涯を思わせた。

再試験を覚悟していた私は、グループ全員が合格であることを翌日知らされて、本当に九死に一生を得た思いであった。

前週の科目で再試験を受けて心身共に疲れていた私には砂漠の中のオアシスに出会った人の気持もわかる様で、残りの科目に全力投球をする闘志が湧きあがって来たのを今でも憶えている。

只先生の生涯最後の試験に満足な成績を収め得なかったことに痛恨は残ったが、真に疲弊した人間には叱咤や激励の鞭より、一杯の水の方が、真の鞭になることを深く銘記させられた。

一学生の私のこの様な秘かな感謝の気持を先生に伝える機会は無論なく、私は卒業し、先生は定年で大学を去った。

著名な教授や、勢力ある医局を主宰した教授は退官すると、どこかの総合病院の院長か私立大学の教授に迎えられるのが通例であったが、先生の場合はそのような条件を充分に具備していながら、運がないというか、巡り合せが悪いというか適当な受皿がなく、第一線からの引退を余儀なくされたと噂で聞き、私なりに心痛していた。

私が卒業した頃には、二、三年後に医学部だけでなく、他学部をも席巻して全国的な規模に発展していく大学紛争もまだ起っていず、医学生はインターンが終了すると、どこかの医局の大学院に入り博士号を取得するのが普通であった。

大学院入学は大変な競争で、裏工作や掛け引きも行われ、その為に長年の友情がこわれたり、空席を争って故意に長年暖めてきた自分の専攻を変更したりする者もあった。

私はその様な競争や風潮に嫌気がさして、母校を去り、私を熱心に勧誘して呉れた他の大学の医局に入局した。

一旦母校を去ると母校は年と共に遠ざかり、同窓会の折りに先生の噂を耳にすることはあったが、それも最初のうちだけで次第と同窓生の口の端からも消えて、私の脳裡からも先生は去っていった。

先生の二度目の来院は酷暑の八月中旬を避けて、八月の下旬に予定していたが、それも台風の襲来で幾度か延期された。

台風通過の初秋のような爽やかな日に、先生は最初の時とは見違えるような元気な姿で到着した。

数人の脳外科関係の患者を診察したが、先生は教授時代と少しも変らぬ丁寧で慎重な態度であった。

夕方旅館を訪ねると、先生はベランダの椅子に浴衣姿でくつろいで、先日の女中さんと夕陽に染った川面を眺めながら談笑していた。

今年の夏は、こちらに御邪魔出来るようになったので、思い切ってクーラーを奮発することができ、ずっと楽に消夏出来たと先生は私に感謝の言葉をかけた。

昔教授までした先生の質素な生活が想像されて、贅沢な生活に慣れた私の方が赤面する思いだった。

川面が夕闇に包まれる頃、先日お約束した夜の遊船に私達は乗り込んだ。

週末の夜程ではなかったが、提灯を軒先にさげて船が次々に夜の川に漕ぎ出していく風情は日頃見慣れている私でも胸が弾むようで、先生も昼の船とは別物みたいだと感慨をもらし、楽しみをとって置いて良かったと喜んだ。

幾十隻もの船は並んで静かに上流の方へ上り、そこで迂回して下って来て、川幅の広い所で停泊した。

私達の船は数人乗りの子供の様な船だったが、大きな船は数十人も乗れ、団体によっては何隻かの船を繋ぎ大宴会も船上で出来る様になっていた。

初秋の涼風が川面を吹きぬけ、無数の提灯が船体を浮きあがらせ、又川面に灯を映す情景は、先生にこの世ならぬ夢の世界と賛嘆させるに充分の美しさであった。

今回から宿泊するようになった為、先生はくつろがれ、お酒の方も私の想像した以上に飲み、いろんな話をする事が出来た。

教授を退官して十年、その後も隠棲同様の生活の為、先生は謙遜されてか殆んど学術の話はせず、自分の今の知識は医学生以下でしかないと何度も言った。

引退後の数年は学会にも招待される事もあったが、昔の先輩や仲間が逝去するごとに段々学会にも疎遠になり、最近は学会に出る事もなくなったと先生は淋しそうに言った。

学会に出ても挨拶に来る者は稀で、疎とんじるといった風でもないのだが、周囲も声を掛けるのが何となく気が引けるといった感じで、先生の周囲に空洞が出来、それが自然と大きくなっていったとの事だった。

私のような若輩でも一旦医局を去ると学会にも段々と足が遠のいていくのだから先生の気持は痛い程理解できた。

やがて船々から賑やかな三味、太鼓の音が始まり、川面一面全部がさながら大宴会場に変った。

芸者いらずだねと先生は他の船々の賑わいが、まるで自分の乗っている船の様に楽しめるのを珍らしがった。

賑わいが最高潮に達する頃には、川下から鵜飼舟が、川上からは祇園噺子を奏でる舟が遊船の間を縫うようにその技術を披露しながら回って来た。先生は船から乗り出すようにしてさかんに拍手を送った。

遊船も終りの時間になると、余韻を川面に残しながら、一斉に船着場に集結する様は壮観ですらあった。

先生は相当に酩酊されていたが、これだけ飲める余力がまだ残っていたことに大変自信がついたと喜び、陸に上ってからも町を飲み歩いた。

最後のバーを出る頃には、先生は完全に呂律が回らなくなっていたが、私と女中さんの肩にぶら下る様にして歩きながらも、母校である山陰の旧制高校の寮歌を歌っていた。

翌日、午前中の診療時に先生から昨夜の酔態を詫びる電話があったが、その口調はもうすっかり元気を取り戻していた。

後日、係の女中さんに会った時、偉い先生をお預りして一晩中大変心配しましたと述懐していた。

あの夜は先生の言われるように寝酒にブランデーを枕元に用意したが、夜中に何度か先生の苦しそうな寝息に起され部屋をのぞいたとのことで、寝息の割に先生は安眠していたが、何度か今にも息が止りそうで、先生の体をゆり動かしたりしたそうであった。

九月からは先生の来院された翌日には慰安もかねて近郊の名所旧跡の案内をすることにした。

それでも、いざ先生を案内する段になると適当な所がなく苦慮したが、最初は盆地の山襞に開かれた幾つかの窯場を案内することにしていた。

三度目の来院の、九月下旬の宿のベランダから眺める川面は心なしか寒々として、一ヶ月前の賑わいがうその様に静まり返っていたが、それでも夏の余韻を愛惜するかの様に二、三隻の遊船が浮んでいた。

先夜の事があってから、先生はすっかり私と女中さんに胸襟を開いていた。

孫程にも年差があり、学生時代先生の記憶にも残っていなかった私に、先生は数々の研究の苦しかった思い出や、教授になって京都から遠い九州に赴任されて来た事情、現在の生活状態までもなんのてらいもなく語ってくれて、聞く私達の方がこんな事まで立ち知ってよいかと思うことすらもあった。

大学でも官庁でも同じであろうが、先生が医学部長をしていた頃の話で、任命されたその日から毎日朝夕公用車での送迎が始まったが、任期の切れた日からばったりと来なくなり、それはあたり前の事であっても、その切替の見事さには先生もあきれたと自嘲し、なかなか頭の切替が出来ず暫らくは遅刻ばかりしていたそうであった。

先生は自身を繕うとしない性質の様で、退官してからの生活についても収入源と言えば年金だけのようで、それでも退官後二、三年間は弟子達の世話で幾つかの病院の顧問みたいな事をして雑収入があったが、先生の性格からして顧問である以上出掛けて講演をしたりしていた。最初の間は医師達も聞きに来てくれていたが、先生の方にもそう何時までも医師達を満足させる話題があるわけもなく、話が面白くなくなったのか一人減り二人減りで、何時の間にか講演会は中止になり、それでも顧問料はきちんと送って来るので病院だけには顔を出していたが、何時間も汽車に揺られお茶を飲んで帰ってくるだけのことが阿呆らしくなって、顧問先を皆な先生の方から断ったとのことであった。

もともと贅沢な生活に慣れているというわけではなく、少なければ少ないだけの生活をすれば良い事で、かえって清々したと先生は事もなげに言った。

このような話をするのに、先生には少しも暗さや淋しい翳りがなく、何とも言えぬユーモアがあって、先生が本当に清廉の人であることが私には悲しい程であった。

翌朝、私の運転する車で小鹿田《おんた》焼の窯場に登った。

市内にありながら私自身初めてで、途中何度か道に迷いそうになったが、先生はまたそれが楽しいようであった。

秋晴の気持の良い日で山峡の小さな集落には全く人影がなく、先生と私は別世界に迷いこんだ様な錯覚をおぼえた。

川の水で水車を回し、それを動力源として陶土を臼でつく杵の鈍いのどかな音が村のあちこちで聞えていた。

藁葺きの家屋も散見できていかにも山里の風情があって、先生を大変喜ばせた。

下の方から私達は一軒一軒の窯元を丁寧に見て行った。

里に人影のないのを先程から異様に思っていたが、作業場には入ると秋の窯開きが近づいている為、一家総出で一所懸命に土を捏ねロクロを回していた。

目の前で土の固りが続々と皿や壺や徳利に変っていく様子はまるで手品を見る様な感じで、その真剣な制作態度には質問するのも気がひけて只黙って見るだけであった。

全部の窯元を見終ってもまだ昼には間があったので、市内にもう一つある窯場に行って見ますかと先生に尋ねると、先生も乗り気になりそこまで回る事にした。

そこは伝統も浅く名は売れていなかったが、それ故に私達が訪ねると愛想良くいろんな事を教えてくれてロクロも回させてくれた。

先生はこれといった趣味もないと言っていたが、陶芸にも結構造詣が深いようで、専門家をたじたじさせる様な質問をしたりした。

旅館を発つ頃には、あんなに良かった天気もにわかに崩れ、秋雨が降り始めて、肌寒いくらいになった。

高台の窯場から見る盆地の風景は秋雨の細い糸の作る網目に古い家並が暗く重くよどんでいた。

何か体の温る中食をと先生にすすめると、先生はどうも肥る質で、心臓を悪くしてからは中食を抜くことにしていると先生はいった。

今朝は早くから歩き回っているし、これから家に帰りつくのは夜だから、何かお腹に入れて置かないとかえって体に毒ですと勧めても、先生は何かしきりに思案していたが、やはり止めておきましょう、ばあさんに叱られますからと笑いながら言った。

先生の言うばあさんとはお手伝いさんのようで、「ばあさんにはわかりゃしませんよ、カロリーの少ない蕎麦にしましょう、とびきりうまい蕎麦屋を知っていますから」と私は、本当に先生の疲労を心配して勧めた。

子供が困った時の様な顔をして先生は暫らく考えこんでいたが、今度は嬉しそうに、腹の中まで見えはしまいからねと笑い出した。

寒い程だったので、特別汁を熱くしてもらって私達はてんぷらそばを食べた。先生には久し振りの中食のようで、本当においしそうに食べ、今日は眼の保養も舌の保養もさしていただいたと、心から満足したように言った。

この近郷にもう一つ有名な窯場のあることを思い出し、この次にもう一つ是非御案内したいところがありますと言うと、先生はまた楽しみが出来ましたと嬉しそうであった。

翌月、先生と私は早朝旅館の前で待ち合せて、残されたもう一つの小石原の窯場にのぼった。

秋もたけなわの頃で、登る程に周囲は紅や黄色に色どられ、山を見慣れた私でも息を飲む美しさであった。

先日の窯場は山峡の谷川に沿ってあったが、今日のそれはたどり着くまではヘアーピンカーブになったところを幾つも経なければならず道行は難儀したが、着いてみるとそこは台地に開かれた窯場であった。

台地からは九州の高い山々、久重や阿蘇山が遠望でき、見渡す限りが無数の山々の重畳するうねりであった。

先生と私は先日の様に、一軒一軒丁寧に窯元を見て回った。

ここまで登ってくる車中で、先日私が無理に中食を勧めたことをお詫びすると、先生は逆に感謝された。

あの時は汽車が延着して帰宅したのは夜中で、先生も車中で大変な空腹に悩まされ、あのそばを食べていなかったらとても体がもたなかったでしょうと先生は苦笑した。

そしてこれからは、旅にでたら、食べれる時に食べておきますと先生は一寸はにかむように言った。

ある一軒の窯元で、先生は陳列された壺の一つに大変興味を示し、出来たら買いたいようで主人と交渉していたが、値段でおり合わないようで、又この次にしようと先生は残念そうにあきらめた。

その壺は私が見ても気品があり、さすがに先生の目の高いのに感心させられた。先生が所望するのであれば、私が買って先生に差しあげてもと思う気持が起こったが、言い出すことが出来なかった。

先生と私は清冽な谷川の上に夏の間だけ建てられた葦簀《よしず》張りの部屋で山菜料理の中食をとった。

まだ軒下に風鈴が置き忘れられて鳴っていたが、その涼しい音色がここち良い程の上天気であった。

先生は先程の壺があきらめ切れないのか、時々思い出した様に、壺の良さを称した。

この年までいろんな壺をもらったが、何時までも大事にし、愛情が残るものは自分の眼で選び自分で金を払ったものですと先生は述懐した。

山菜料理も田舎に住む私には特に珍らしいものはなかったが、全ての料理が山菜だけで、色々工夫されているとそれはそれで、一つの風情を持つもので先生も感心していた。

遅い中食を終り、帰りの峠をいよいよ越す時、先生は車を止め、どうしてもあの壺がほしいので、もう一度窯場に戻ってほしいと私に一寸気兼する様に言った。私は先生の気持を感じ取っていたので、心の中で快哉を叫びたい気持で引き返した。

壺の値段は遠いK市から来て戴く先生への一回分の謝礼よりはるかに高い額で、先生は胸中で色々計算しても、欲しい物は欲しい気持を断ち難かったのであった。戻りの車中で、先生は一個の壺に固執する気持を少し大人げなかったと思ったのか、余命いくばくもない者が壺を買ってもどうしようもないと思うだろうが、どうしても欲しいと思ったら、どうしようもなく欲しくなるもので、又ばあさんから笑われるかも知れないと苦笑した。

十一月も寒くならないうちにと、少し早く中旬に先生は来院することになり、その日は私も朝から休暇がとれたので、先生には内証で久留米駅まで迎えに行く事にした。

十一月ともなると平地でも霜の降りることもあるが、その日は十一月にしては霜が雪のように降り、陽が登り始めると気温も上って日本晴の天気になった。

駅前は晩秋の午前中のあのどこの駅でも見られる静謐な空気が張りつめていた。

透徹した晩秋の大気は人影や建物の周囲だけを一層透明に被っている様で、どの輪郭も鮮明に見せた。

汽車の到着が少し遅れる様で、運転手は所用を済せる為に車を離れた。その数刻後に汽車が着いて、数十人の客が駅前に掃き出されてきた。その中に先生の姿が見えないのに狼狽し始めた頃、先生が秋陽を右手で避けながら駅舎の影から子供のようにとことこ歩き出て来て、暫らく人影を探していたが、運転手の姿がないのであきらめたのかまた駅の中へ引き返して行った。

私は慌てて車を放り出して先生の後を追ったが、駅の構内に先生の姿は見えなかった。プラットホームまで迎えに出なかった事を私は後悔した。暫らく構内に佇んでいると冬物のオーバーで重装備した先生が駅員に手をとられる様にして事務所から出て来た。先生は日付を間違えたのではないかと心配して駅員に尋ねに行ったのだった。先生は私を見ると驚いて一瞬立ちどまったが、私が今日迎えにこれた事情を話すと大変喜んだ。

遊船と窯場を見終ると、先生を御案内する良い所がなくなり、今日は盆地の川が深い渓谷を裂いて平野の中へ流れ出すその側壁をなす山襞の中腹に、江戸時代に設立された由緒ある古刹に案内し、そこで精進料理を一緒にすることにした。

筑後平野の稲の収穫はひと山越えた盆地あたりに比べると大分遅いのだが、それでも十一月中旬になると殆んどが刈田に変り、その上に晩秋にしては強い日射が照りつけて、平野の涯の山脈もくっきりと浮かび上って見えた。

先生が初めて来院した頃はまだ青田の頃であったが、今刈り入れの終った平野を見ていると、時の推移の早さに驚かれた。

先生は最近体調が良いとの事で、持病の狭心症の話をするにも明るかった。

発作が起り始めてかれこれ二十年にもなると言う事で、近頃はあまり苦にもならなくなったが、発作を起して他人に迷惑を掛けるのが心配で、逝くならコロリと終りたいものだと他人事の様に笑い、丁度発作が始まった頃に先生の御長男が信じられないような浅瀬で溺死なされ、自分の代りに死んだようでそれが今でも不憫でならないと言った。

このあたりは米所でも知られているが、植木の産地としても日本でも屈指の所で、平野の中程にも沢山の植木が植樹され遠くから鎮守の森の様にあちこちに見え、特に平野の南端に屏風のように連なる耳納連山の裾野から中腹にかけての緑地はなんらかの植木が密植されて出来、森というより山を作っていた。

平野がまもなく切れて山襞に切れ込むかという地点で、車は右折して山裾から頂の方へ植木苗地の中を縫う様に登って行った。このあたりは植木の他に果樹の生産もさかんで、ブドウ、梨、栗、柿などの果樹園が広がり、丁度富有柿の最盛期で、葉の落ちた木には赤い大きな実が鈴なりにさがり、あたりを赤く染め晩秋のコバルトの空と美しいコントラストを見せていた。

やがて山の中腹に古刹大生禅寺は忽然として姿を現した。

山寺ではあったが、境内は思ったより広く、正面に古い寺堂がそびえたち、黄葉ざかりの銀杏の大木が亭々と境内を染め、杉の巨木もうっ蒼としていて堂々たる風格を持っていた。

寺の境内からは筑後平野が一望のもとに眺められた。

下から見ると何でもない山の様だが、上がって来て見ると良い所があるものですねと先生は感慨深そうに言った。

平日のせいもあって客は私達だけのようで、広い寺内はひっそりと静まりかえり、外の明るさに比べ奥座敷は程良い陰影に包まれていた。

品の良い老女が挨拶に現われ今はもうシーズンオフで暇ですが、忙しい日には二百名からの昼食の客があり、近所の主婦に加勢してもらっているとのことだった。

京都で長い間生活していた先生には精進料理は珍しくないのではと気遣っていた

ところ、京都時代は血気さかんな時期で、神社仏閣などに興味はなく、まして精進料理も殆んど口にしたことがないとの事で、もっぱら華やかな街にばかり眼を向けていましたと、古き良き時代を懐しむように笑った。

精進料理の数々が適当な間隔をもって運び込まれて、般若湯と隠語で呼ばれる酒も老女の好意で特別に多く飲ませてくれるようになった。どの料理も長年の質素な生活の知恵が煮込まれていて、味わい深いものであった。

京都時代の思い出が次々と先生の口からもれ、それは淡々とした楽しい話しであったが、その口調にはもう再び京都の地に帰って生活出来る事はないであろうと言う哀惜と望郷の言葉ともとれた。

一旦居住地を変えると、再び元に帰ることは大変困難な事で、そのうえ若い頃共に研鑽した人々も各地に散らばり、あるいは不帰の人となっているようで、故郷は遠くから眺めておく方が良いかもしれないと先生の口調から感じるのであった。

先生は先年関西に所用があった折先生の長兄のもとを訪ねた時の話をした。

今訪ねておかねば二度と会えない様な気がして、先生は日程を変更してお兄さんに会いに行った。しかし、長兄は耄碌がひどくて弟である先生を識別出来なかったそうで、先生は大変淋しい思いをしたとの事で、幼い頃からそれは大変厳しく長兄に鍛えられた記憶があっただけに先生も衝撃を受けられたそうで、人間が人間を識別出来なくなったら終りですね、と淋しそうに言った。それから先生は私に御両親は健在ですかと尋ねたので、去年続く様に二人共他界した事を告げると先生は暫らく物思いに沈んでいたが、先生は最近よく御両親の夢を見る事を話した。

先生の御両親は先生が幼い頃になくなられ、あとは長兄の手をわずらわせたとの事であったが、父親も大変厳しい方で、叱られた記憶しかなく顔もよく憶えていないが、一度大変に叱られて泣きながら父親のもとを逃げ出した時、ふと後を振り返えると父親がそれは本当に慈悲あふれる優しい顔で先生の後姿を見ていてくれて、今だにその顔だけが思い出され、夢にも出て来るとの事だった。

親というものは本当に子供を愛しているものだとその時先生はしみじみ感じたそうで、今この年になってもどこかで父親があの時の慈顔で先生の後姿を見つめてくれるのを感じるそうであった。

間もなく自分も両親の元にまいるでしょうが、親だけは本当の優しさで迎えてくれる様な気がしますと先生は言った。私は良い話しを聞かされて涙ぐんだ。

先生は貴方みたいな前途洋々の人にこんな抹香臭い話を聞かせて申し訳ない事を

したと気の毒がった。

寺の広縁から広大な筑後平野が俯瞰でき、秋の雲が群をなし、そこに大小の深い影を落してゆっくり移動していた。広大な平野の真ん中を筑後川が一条の線となり白く輝きながら蛇行し、幾筋かの国道が灰色の鈍い背を向けて走り、大小の村や町が索莫とした刈田の中に散在し、また近代的な建物の温泉街や工場、学校などが川筋に並び、遠い彼方の平野の涯をなす山々の中腹には、ほんの数個の集落や鎮守の森も一望のもとにあった。

望見する平野の中で雲の影の落ちた所と明るい所があまりにコントラストが強く、私の心の中にも秋の雲が人生の淋しい深い翳りのまだらな影模様をつくり通り過ぎて行くのを感じた。

十二月にはいると寒い日が続き、先生の体に無理があってはと懸念したが、一年の締めくくりでもあり、是非先生と忘年会をしたいと思って電話をすると、今年はまだ風邪もひいていないし体調も良いとの事で、上旬のうちに来院した。

夕方宿に行くと、先生は何時もの係の女中さんと元気そうに話をしていた。

何時もこの三人のメンバーなので、今夜は若い看護婦でも呼びましょうかと聞くと、先生は一寸考え込んでいたが、老人では若い子が可哀相だし、忘年会だから今夜は三人でやりましょう、若い子は次回の楽しみにとって置きましょう、と楽しそうに笑った。

先生ともすっかりうちとけた女中さんが、それなら今夜はとびっきり上等のフグが入荷しているので特別サービスしますと嬉しそうに先生の腕をとって先生を抱きしめた。

先生は足元が少し危い為入浴の時も女中さんに傍について貰っていたので、それじゃ今夜は私が先生の背中を流させてもらいましょうとふざけて先生の手を女中さんから取り返した。

私達三人は長い付合いではなかったが、本当に気心の知り合った仲になっていて大変に楽しい忘年会になった。

フグは女中さんの言う様にとびきり上等で、ヒレ酒もつくって飲んだ。

酔う程に先生は日本にまだ脳外科と言う分野がなく数名の同志と、脳外科を始めた頃のことを面白く話して聞かせてくれた。

教授からお前脳外科を始めろと言われ、何をしてよいのかさっぱりわからず、毎日毎日解剖室でアルコールづけの脳をスケッチばかりしているものだから、先生の頭がおかしくなったと学生や看護婦の間で噂がたち、自分でも本当におかしくなったと思い悩んだが、今考えると噂の方が本当は正しかったとか、脳外科の手術を始めたら、患者が皆死ぬので、何もしない事を申し合わせたら途端に死亡者が減り、その為とにかく何もするまいという事になり、脳外科変じて何もしないＮＯ《ノー》外科と呼ばれる様になったとか、本当に抱腹絶倒の話をされた。

余程先生は気持が良かったのか、最後には京都時代に憶えた幾つもの長唄や新内を出され、それは年期のはいった立派なもので、それに合わせ私と女中さんが舞ったりもした。

間もなく先生はコタツに入ったまま気持良さそうに寝込んでしまい、私も少々先生に飲ませ過ぎた気がし、夜中に何か起ったらと不安になり、女中さんも同じ思いであるらしく、私は泊る事にして先生の横に床をとってもらった。

先生の持病を心得た女中さんは、先生の言う七つ道具、ニトログリセリン、ブランデー、水差し、電気スタンド、おしぼり等を枕元に並べた。

私も相当に酩酊していて、眼をつぶると天井がぐるぐる回った。隣りの先生は気持良さそうに大きな寝息を立てていた。

学生時代に秘かに敬愛していた先生との再会から今日までの事を、私は夢のように感じ、先生の言葉の一句一句を思い出すと眼がさえたが、何時の間にか深い眠りにおちていた。

どのくらい時間が過ぎたのだろうか。犬の遠吠えにも似た苦しそうな声に驚き、私は飛び起きて電気スタンドをつけた。

丸い薄明りの中に先生が何かを捜して枕元を這い回っている姿が浮かんだ。

私は瞬間酔いがさめて立ちあがり室内の灯をつけ、ニトログリセリンのビンを取ると錠剤を取り出して先生にさしだした。

先生は苦しそうに胸元をはだけていたが、錠剤を口にふくむと、ずっと楽になったようだった。

脈をとると不整はなかったが、救急車を呼びましょうかと尋ねると、その必要はないと言うように先生は手を振った。

先生はもう一錠口に含み、駄目を押す様にブランデーをなめて、おしぼりで汗をふくと何もなかった様に横になり、私が泊っていた事に先生は驚いた様子で感謝の言葉をかけた。

一月は日本中が寒波の中に埋もれたようになって寒く雪の多い日が続き、先生からとても行けそうにないので二月になったらお伺いしますと言う丁寧な手紙が届いた。

月が変ってからは冷え込みは一層激しく、何度か来院する予定日が、雪や先生の風邪などで延期になり、律義な先生はそれを大変気にしていて、月末の少し寒気の緩んだ日を見はからって来院する事になった。

私は体が温まるという猪鍋を用意して待っていた。

その日は午前中小春日和のような温い日であったが、昼頃からにわかに雲が多くなり急に冷え込んで来た。

夕方帰って来た運転手の話によると、先生は久留米駅で降りては来たが、汽車の暖房装置が故障したために、車内が冷え込み悪感戦慄におそわれ、こちらに着いて倒れでもしたら迷惑をかけるので、今のうちにひき返した方が良さそうだと申し訳なさそうに、下りの列車に乗り込んだということだった。

無理させたのではと心配して、夜電話をすると先生がばあさんと呼んでいるお手伝いさんが出て、約束の果せなかったことを詫び、暫らく先生の方へ報告に行っていたのか戻って来て、熱はまだありますが単なる風邪のようですから御心配なさらないようにと先生の言葉を伝えた。

電話口からも、老人二人だけの静寂で淋しい冬の夜の情景がうかがえるようで心をうたれた。

先生は風邪から軽い肺炎を併発して、二週間以上も床を離れられなかったとのことだった。

三月にはいると、私の身辺にもいろんな問題がおこってきて先生の御見舞にもあがれず心苦しい思いをしていた。

その当時、各地に新設の医大が出来て、そのスタッフとなる人材を集めるのに各大学も苦労していて、卒業十年前後で比較的まだ自由な行動のとれる医師に声を掛けていた。

私にも医局の先輩から声がかかり、もう一度大学へ帰って勉強をしなおしてみたい気持と、今勤務している病院に対する責任とで、思い悩んでいた。

先生に御相談してみようかと私は何度も思ったが、生涯を学問一筋に通してこられた先生を煩わすにはあまりにも私的な問題で、先生に対する甘えでしかないと知って相談するのをやめた。

人の去就は所詮自分自身が決めることであった。

三月も中旬になると暖い日が続きはじめ、先生も体力を回復なされたようで、月末には来院できる事になった。

寒波の強かった割には桜前線の進行は早く、月末には七分ぐらい咲き、桜の花では一番美しい時期であった。

先生は長患いで少し面やつれはしていたが、むしろ体が軽くなって動きやすくなったようだった。

忘年会の時から三ケ月もたっていたが、先生はあの時の楽しかったことを話され、二月の下旬に途中からひき返したことを詫び、あの時あのままで来ていたらこの地で寝込んでしまい大変な事になっていたと苦笑した。虫の知らせというか、先生がこちらに出て来る時は、ばあさんも大概親戚の家に泊りがけで出掛けるのに、あの日はばあさんも途中から家に戻って来ていたそうで、長年世話をかけるとその辺も通じるのでしょうと先生はてれた様に笑って話した。

何時もの三人で猪鍋を囲み遅まきながら先生の快気を祝った。

この祝宴が、私にとって先生との別れの宴であることは心にしまっていた。

宿から見おろす川岸の長堤や川を二又に分けて洲のようになった小高い丘の公園には桜が咲き始めていた。そこには夜桜見物の為に雪洞に灯がともり、夜空に桜花が白く浮きあがり、気の早い花見客が宴を張っていた。先生は夜桜を眺めながら、良い気候になったことを喜び、よくこの冬を越せたものだとしみじみともらした。

冬が来ると春の桜を再び見られるだろうかと、年をとってからはその事ばかりを思い続けると述懐したが、先生の脳裏には京都の花の名所への記憶がこめられているように私は感じた。

先生は病みあがりの為に、酒はあまり口にしなかった。

窓を開けても心地良い様な春宵で、食後私は先生を散歩に誘った。

満開までにはまだ間がある為か、公園は意外と人通りも少く、静かなたたずまいであった。

通りの雪洞と桜の枝につるされた裸電球で夜空に浮き上って見える花はまだ青みを帯びたような純白で、七分咲き故に清冽で、発剌とする美しさが漲っていた。

公園の遊歩道のすぐ脇にまで満々と水を湛えた川が寄せており、そこに雪洞と桜が淡い影を落していた。

先生と私は花に見とれながら歩き、公園の頂上に来た時、どちらともなくベンチに腰をおろした。

私は大学にもう一度戻る決心をしたことを先生に告げねばと思いながら、何となく逡巡させるものがあり、今宵はこのままにして後で御手紙を差し上げようかとも思っていたが、あと二、三日後にこの地を去ることになっていた私は、一年足らずではあったが、先生に教えを受けて、また心楽しい豊かな日々を送れた御厚情に対して、感謝の礼を口頭で述べたかった。

先生は黙って聞いていたが、暫らく間をおいて私の決心を大変喜んだ。

一旦医局を去った人が、再び大学に戻って研究生活にはいることは、想像以上に困難と忍耐と努力のいることとも先生はつけ加えた。

人生には転機は想像している以上に幾つもあるもので、その岐路、その岐路でどう道を選ぶかは結局本人の意志でしかなく、結果はどうあれ、とにかく自分の思うようにするのが一番だと言ってくれた。

先生が大学を卒業した頃の話で、先生自身は腹部内臓外科を専攻の予定であったが、教室の先輩の強引な勧誘で日本の脳外科の草分けの一人となる決心をしたそうで、あの決心がなければ一介の開業医に終ったかも知れなかったこと、先生が本気になって脳外科の勉強を始めた頃は丁度太平洋戦争直前で、日米関係が険悪になってきて将来のためには、アメリカに是非留学しておかねばと先生はあせったが、先生には今一歩の決心がつかず逡巡してしまったが、後輩のS先生はそんな情勢の中でも果敢に渡米した。

日米戦争勃発と同時にS先生は強制送還されてきたが、終戦後すぐ又渡米した。S先生は脳外科会の泰斗として専門外の私でもその名は知っていた。

大戦前に決心したようにとにかくアメリカに渡っていたら又別の人生が開けたかも知れず、大変後悔をした経験を先生が我が子か直弟子に諭《さと》すように話してくれた。

かすかな春風に、花にも弱いものがあるのか、数枚の花びらが宙に舞った。

先生は橋の上で私の手をとって別れをおしんでくれた。

新設大学の内科のスタッフの一員として私は雑多な仕事に追われ、意にそわない日々が流れていった。

それは先生に別れを告げた日に、先生が私に期待した生活とは随分と違ったもので、理想と現実の間には大きな隔りがあった。

創設期の大学はいつの時代もそうであったかもしれないが、特に新設医大は学問の場というより医師速成の場という方が当っていた。

私が去った後も、先生は月に一度きちんと来院されている事を噂で聞き、私は頭がさがる思いがしていた。

別れの時先生が、決心した事を実行に移すことは大変な事だと言われた言葉を身にしみて感じていた。

私は一年間の煩悶と模索の末、大学を退ぞき、もう一歩も後にひけない開業の道を父の故郷に求めた。開業するには相当の資金も必要であったが、何よりその地で基盤をつくり、生涯を全うする決心と忍耐と努力を要する大変な仕事であった。

私が先生の消息を耳にしたのは開業して二年経た梅雨の頃で、卒業後十年目に再会してからすでに三年の月日が流れていた。

先生はその年の春先に自宅の風呂場で転倒し、両側の大腿骨を骨折してK大学病院に入院しているとのことだった。

多忙にまかせて、この三年間便りもしなかった事が悔まれ、なんとしても御見舞だけでもと、都合つけてK大に駆けつけた。

うっとうしい梅雨の日で、大学病院に到着したのは既に午後になっていた。整形外科の病棟を訪ねると、先生は数日前に退院していた。私の心の中では落胆と後悔が渦まいた。

先生の容態は骨折は一応つながったが、歩行はもとより起立も出来なくて、それにお年令《とし》でしたからと看護婦は気の毒そうに語尾をにごした。

とにかく先生の自宅を訪ねようと、住所と電話番号を調べてもらったが、看護婦の言うには、たしか先生は奥様が京都からお迎えにこられて、そのまま空路で京都の方へお連れしたのではないかと気の毒そうに教えてくれた。

雨はやんでいたが、外は重苦しい雲が空をおおい夕方の様に暗かった。

この街にたとえ先生がいなくとも、私は先生の住居を探しあて、京都の転居先を隣人からでも聞きださねばならないと思った。

大学構内から先生の自宅に電話してみたが応答はなかった。

学生時代を過した街ではあったが、十年余もたっていれば、街も私の想像を絶した変容をきたしていた。

先生の自宅は昔の城下町の面影をつたえる一画にあたっていた。

中央の警察で市内地図を見せてもらい大方の見当をつけていたが、古い家並みが複雑に入りこみ、道も狭く袋小路のようになっていて、ある道では行き止まりになったりしていた。

乗用車では進行できず、車は路傍において徒歩で探すことにした。

米屋か酒屋なら地理に詳しいだろうと尋ねても番地と先生のイメージとがなかなか一致しなかった。

何軒目かの米屋さんが、かなり自信をもって教えてくれたが、目標とする小学校の校庭ですら、密集した家屋の中に埋もれて発見出来なかった。いよいよあたりは暗くなり、雨も落ち始めた。

狭い路地で途方にくれて佇んでいると、どこか近くでゴーという地響きのような音がして、その方に走ってみると家と家との間に広場みたいな所があり、そこで小さな竜巻が広場の中を隅から隅まで嘗めるように執拗に這いずり回り、さかんに砂塵と紙屑を巻きあげていた。

その竜巻は不思議なことに、その広場の中だけを、回りの密集した家並みの方には行こうともせず、長い間巻き続けた。

広場には人一人いず、竜巻を見ているのは私一人であった。

竜巻が自然にうす暗い中空に消失した時、その広場が私の目当てとした小学校であるのに気付いた。

校庭の辺を辿っていくと古い小学校の裏門に出た。その前は複雑に入りこんだ六叉路みたいになっていて、その一つの路地にはいり込んで十数メートル行くとさらに小さな路地が分れて、その角から三軒目の家に先生の表札がかかっていた。

木造の古い小さな家だった。

木製の門は閉ざされて、二、三日分の新聞が狭い石段の上に濡れて重なっていた。

呼鈴を押しても返事はなく、念のため板塀越しに覗いて回ったが、人の住んでいるような気配はなく、長く放置されたのと、暗い天気のせいか一層家は荒廃して見えた。

先生を慰さめたであろう植え込みのある小さな庭と池が見えた、朽ち葉が積もり、池面には塵が淀んでいた。

応接間と思える窓に比較的新しいクーラーが取りつれられてあったが、あれは三年前の夏のあまりの暑さに耐えかねて、奮発しましたと先生が言っていたものらしく、それだけが他と不釣合いに新しさを残していた。

両隣家の人に先生の消息を尋ねてみたが、二軒共意外に若い住人で日頃から先生とはあまり交渉がなかった様で、三ケ月前の事故以来空家になったままであること以外は知らないらしかった。

時間もさがってきて、雨が一段と激しくなった。

道を隔てた前にまだ建って間もない大きな邸宅があり、この家ならもしやと思って寄ってみた。

初老の上品な女性が出てきた。私の身分と先生との関係を説明すると、身内の者が見舞を受けたように恐縮して犒いの言葉をかけてくれた。

先生とは随分前から親密に交際していたらしく、今度の先生の事故についても詳しく話してくれた。

両側骨折のうえに心臓の状態も良くなかったため手術は見合わせて、牽引とギブス固定で治療したために長びき、先生は大変難儀をされたとのことだった。

事故にあった時すぐにでも奥様は先生を京都へ連れて帰りたかったようでしたが、容態からしてとても無理で、骨折が一応つながったのを契機に、三日前に大学病院からそのまま先生は空路京都に飛び立ったとのことだった。

先生が昭和二十五年京大からK大の教授として赴任して以来、奥様が京都に御仕事をお持ちの関係から、先生と奥様は不自由な別居生活が強いられていて、その他にもいろいろと事情があったのでしょうが、先生も京都に帰る切掛を何度も失い、お弟子さん達も皆こちらにいますもので、先生もこの地をなかなか離れづらかったようでした。

御病気という切掛でなく、先生が京都にお帰りになったのでしたら、まだよろしかったのでしょうがと、老婦人は事情を知っているだけに涙ぐんでいた。

お盆休みを利用して私は京都に旅立った。

新幹線で京都に着いたのは正午を一寸過ぎた頃であった。

京都駅は意外に閑散としていた。その日は八月にしては特別のように初秋を思わせる清澄な日射しが京都の街並を静かに照らしていた。

整然とした街路にも人影は殆んどなく、私はどこかちがう国にまぎれ込んだような錯覚に陥りそうになった。

先日の事もあり、先生の転居先を見つけるのに難渋するのは覚悟していた。タクシーで先生の居住地の町内にはいると、適当な所で停めてもらった。

店も殆んどしまっていたので、仕方なくあいている店を探して歩くと、小さなタバコ屋があいているようで声を掛けるとすぐ老婆が出て来た。

老婆では難しかろうと思って、尋ねるのを止めようかと思ったが、念の為に先生の名前と番地、それに二ケ月程前こちらに九州から越して来たのですがと尋ねると、老婆は下駄をつっかけてわざわざ道路まで出てきて、あの白い三階建のマンションがそうですと教えてくれた。

そのマンションは目と鼻の先に建っていた。私は半信半疑と拍子抜けした気持で、老婆にもう一度念を押した。

間違いありません。あのマンションは先生の奥様が経営なさっているのですから、たしか玄関の右隣の部屋に先生は寝ているはずです。私は若い頃から先生御夫婦を知っていますからと、老婆は自信を持って言った。

そこは洛北の閑静な住宅地であった。マンションは最近建ったばかりの豪華なものので、庭の植木なども手入れが行き届いていた。

大きな鉄扉の前で私は思わず衣服を正した。

学生時代の試験の時と、先生に十年ぶりに再会した時に感じた、あの緊張と興奮が私を戦慄させた。

二階の先生の住居になっている所はアルミの雨戸があけ放され、簾《すだれ》が涼しそうに下がっていた。

中は静まりかえっていた。私はおそるおそる呼鈴を押した。

暫らく間があって、六十前後の九州訛りの女性が出て来た。

私は名前を告げて、九州から先生の御見舞にあがりましたと挨拶すると、女性はあわてて奥に引き込んで行ったが、暫らくして戻って来ると、奥様はお墓詣りに出掛けて留守ですが、どうぞおあがり下さいと奥に案内した。

この女性が、先生がばあさんと親しく呼んでいた女性であることを私は直感した。

ばあさんは私が想像していたより若く、体格も良かった。いかにも素朴で誠実さがにじみ出ていた。

先生は南向きの明るい清潔な広い部屋に赤ん坊のように仰向けに寝ていた。

私は部屋に入り、先生の床の右横に座って、九州から御見舞にまいりましたと頭を下げた。

先生は全体的に体がはれて窮屈そうで精気のない顔をしていた。

一寸の間先生は私の顔と天井を忙しく交互に見比べて、それから少し途方にくれたような悲しい眼をした。

ばあさんがおろおろして先生の耳元に口を寄せ、大きな声で私の事を説明した。

暫らくの間先生は記憶の糸をしきりに辿っているように考え込んでいたが、もう一つ納得のいかない顔で、どうしても私を思い出せない眼付になったが、先生は無理に上半身を起し、わざわざ有難うというように、どんな来客に対してもそれが習慣になっているように儀礼的に頭を下げた。

それから先生は頭を枕にもどすと、天井を見つめたままの姿勢で懸命に何かを思い出そうとしているようだった。

私は出された御茶をいただいた。

初秋の午後のような透明で稀薄で、どこか淋しい空気の中で、三人は沈黙を守ってかなりの間たがいに空隙を見つめ合っていた。

ばあさんに、私は先生の容態のことを言葉少なに尋ねた。

先生は最近言葉も耳も不自由らしかった。

私達が会話をしている間も、先生は無関心とか無表情といった風ではなかったが、只天井の一点をうつろな眼で凝視していた。

私は頃合いを見はかり、先生に何時までも御元気でいらっしゃるように挨拶をして辞去した。

前庭から私は廊下越しに、先生にもう一度お別れの挨拶をした。

すると先生は誰とも思い出せない私に名残り惜しそうに手を振ってくれた。

私が門を出て街路を歩き始めると、後から下駄のカラコロ、カラコロという音をさせて、ばあさんが追って来ていた。

立ち止まって待つと、息せき切ってばあさんが走り寄り、私の手を握り、先生はもう九州に帰ることはないでしょうが、九州の皆さん方に呉々もよろしくお伝え下さいと言った。

私はばあさんの手を感慨をこめて強く握り返し、それから人影のない初秋の京都の街路を目処もなく歩きはじめた。

荒野の月

私がQ大の胸部疾患研究所の友田講師から懇請されて、彼が来春の胸部疾患学会のシンポジュウムで発表する予定の研究に参加したのは、昭和四十×年の十二月の初旬であった。

私は七年間在局したその研究所を四年前に退局し、現在は同じ福岡市にある総合病院の内科医として勤務しているのであるが、どうにかすれば融通できる時間はもっていた。

友田講師のシンポジュウムのテーマは、「大気汚染、喫煙ならびに年令因子の肺におよぼす影響について」という事で、研究所や近郊の療養所等から該当する症例をかなり多数集めて、研究はすすんでいたのであるが、純粋に大気汚染の影響をみるには、汚染のひどい工業地帯に居住する老人肺の検討が必要であった。

研究班は福岡市から百キロ程離れた、日本四大工業地帯の一つである北九州市の養老院と、その対照として研究所の近郊の海に面した半漁半農の空気の清澄なY町の養老院を選び、越年しない間に研究に一応の目処《めど》をつけようと、研究所の先輩や休暇にはいった医学生等を動員して、十二月の初旬の一週間に集中的に調査を行う手筈になっていた。

友田講師からの依頼であり、研究の内容も私のような勤務医にも役立つ事であったし、養老院そのものが強く私の心を惹き付けるものがあったので、勤務先に断って最後の二日間に参加することにした。

私が参加した日は朝から空はどんよりと曇り、今にも雪が降りだしそうな寒い日で、久しぶりに早起きし、今日から参加する連中の車に同乗させてもらい、北九州市にむかった時には、まだ冬の空は明けきっていなかった。

私達が丘の上にあって、北九州工業地帯を遠望できる小奇麗な養老院に着いた時には、先夜から泊りこんでいた友田講師と、二、三の医師は既に調査にとりかかっていた。

友田講師は私に懐しそうな笑顔をむけると、早速到着したばかりの研究員を胸部レ線、心肺機能、診察の各班と、職業歴、喫煙歴などを直接老人から調査する問診班に分けた。

私は三人と問診班にまわされた。暫らくして気付いたのであるが、この班が一番骨が折れて、難かしい仕事のようだった。

難聴や言語障害があったり、記憶力の鈍った老人達から過去の事を聞き出すのは、日頃慣れた保健婦や職員が傍についていても大変根気のいる事で、時にはつい大声になり、叱責するような口調になることもあった。

食堂と演芸なども兼ねて出来るようになっている舞台のついた板張りの大広間は掃除も行き届き、ガスストーブが随所に置かれ保温も充分だった。

私がこれまで胸に抱いていた養老院という暗い淋しいイメージは、小奇麗な建物、清潔で暖い室内、そして私達の調査に積極的に協力しようと列を作って順番を待つ明るい顔の老人達を見ているうちに余程薄らいできていた。

私達の調査の結果は各人のカードに記入されて、養老院に知らせるようになっていたため、故意に調査を拒否する老人はいないとの事だった。百二十名程の老人の調査を終り、老人達に見送られて私達が養老院を出た時は、もう冬の日はとっぷり暮れて、重い雲からは粉雪が舞い降りていた。

友田講師はこの一週間北九州市に泊りこみで調査の指揮をとっており、彼は参加した医師達に同宿を勧めたが、各人の仕事の都合上、雪の積らないうちにと、粉雪のなかを皆次々に帰っていった。

残ったのは私と友田講師の二人だけになった。

明日も参加する予定の私に、彼は同宿しないかと誘った。

私も彼と久しぶりに語りたかったので、宿泊を予定していた妻の伯父の家には電話でその旨断った。

私達の宿は北九州市のある病院のクラブで、戸畑駅の近くの国道三号線から少しはいり込んだ静かな住宅街にあり、彼の知人の紹介とかで、彼は北九州に来るたびに利用しているとのことだった。

忘年会シーズンには少し間があったので、利用者は私達二人だけだった。前もって連絡してあったので、風呂からあがると部屋には夕食の用意ができていた。

私達が二人きりでこうした機会を持ったのは五年ぶりだった。

私と友田講師は同期に研究所に入局し、同じ病理研究室に所属して、その上同じテーマを協力して研究し、それを二分して学位を取った仲で、単に同じ釜の飯を食べたというよりもっと親密であった。その頃私達は研究所や近郊の療養所等で死亡患者がでると遺族を説得し、遺体を預り受けて病理解剖をしたものだった。

遺体から肺をとりだし、血管造影をして肺の血管の分岐をしらべたり、リンパ流などを研究した。

解剖室は夏はうだるように暑く、冬は部屋の底まで凍り付くように寒かった。

当時私はいわゆる無給医で、生活費を稼ぐため、研究室の仕事が終るとバスに乗って途中まで行き、農家に預けてある自転車で山道を、遠く海を眺望できる煙草畑の丘の上にある療養所に週三日当直に通っていた。当時はまだ報酬も安く、最低の生活費を満すのが精一杯で、私は下宿もできず、研究室の椅子や、当直室に寝泊まりしていた。

そんな私を地方の素封家の出である彼は、仕事のあとなど、焼鳥屋や一杯飲屋に馬力の補給とか言ってよく連れていってくれた。

私は彼に最初に対面した時から好感を持ち、この男とならどんな苦労も共にできると感じていた。だから私は、彼にどんなに御馳走になっても負担や抵抗を感じることはなかった。

私達は飲むと私達の研究について論議し、また人生を語り合ったりした。

当時私は母を失って間がなく、一人の妹も東京に嫁した直後でもあり、孤独で精神的にはいつも心の中を冷い風が吹きぬけているような淋しい、空虚な心情だった。

彼は私の孤独な心情をよく理解してくれて、直接表に出さずに、なにかと心を配り慰さめてくれた。

私は日々の診療、研究、彼の友情、そして研究所のある美しい環境により次第に立直っていった。

研究所は福岡市の西端にある松林のきれいな海岸の中にあって、外海に面しているため、波は荒かったが海は青々と澄んでいた。

当直の夜半など松籟に混って、玄海の潮騒が聞えてくることもあり、少々交通不便な点はあったが、思いきり研究に打ち込める環境であった。当時私達は二人共独身で、ひたすら研究に没頭した。

そして四年後私達の研究は完成し、論文を専門誌に掲載し、金沢での胸部疾患学会で発表した後学位を授与された。

その半年後、彼は米国留学に飛び立っていった。

私は彼が二年後に帰国したのに前後し、研究所を退局して福岡市の総合病院に勤務したのだった。

私と彼が、二人だけで泊り込んで語り合ったのは、金沢の学会の帰路山陰回りで松江に寄った時で、その時既に彼の渡米は決っていたので、その別れも兼ねていた。

当時は留学するにしても、留学資金を相当個人で負担しなければならなかった。彼は私が留学できないことを気にしていたが、当時の私には留学など到底およびもつかぬことで、私は同輩で、同じ研究をした彼が認められて留学生に推挙された事が心から嬉しかった。

私達は松江の宍道湖畔の静かな宿で、一晩中語り明かし、別れを惜んだ。

私達が研究所にはいった頃は、長い間不治の病と云われていた結核にストレプトマイシン、ヒドラジッド、パスといった新薬が続々と発見されて、結核に対する最後の追手をかける時期であった。

暗中模索して、切掛すら摑めなかった医師や研究者達は新薬の登場によって、堰を切った荒れ狂う水が激流をなして河をまたたく間に満していくように、細菌、病理、化学、外科療法などあらゆる方向から結核に総攻撃をかけた。

私達が二人の研究を完成した頃には、肺病と呼ばれ胸部疾患の代名詞となっていた結核に対する治療法は一応の完成をみせ、胸部疾患研究者達の耳目はそれまであまり顧りみられなかった慢性気管支炎とか肺気腫、肺線維症、肺癌等に次第に向けられ、いわば胸部疾患研究の新たな曙とも云ってよい時代であった。

窓外には雪がしんしんと降っていた。

私達はすき焼き鍋をかこんで、苦しかった研究のことやその頃の思い出を話した。

彼は私達が出会った当時と少しも変らぬ誠実と情熱を持ち続け、今度の研究の主旨や学会の動向などを話してくれた。

彼は今夜こうして私とゆっくり話し合う機会を、連絡こそしていなかったが、前もって予定していたらしく、私は私で、今度の研究に誘われた時、彼とこうした夜をもちたいと思っていた。

彼は私に、来秋ドイツから留学の招聘があっており、教授は君を推薦しようとしているが、私の意向はどうかとたずねた。

私には突然の申し出であった。

留学などということは、私の一存で決めうることではないし、また容易なことではなかった。

私は暫らく考慮の時間もいるし、即答はできなかった。

しかし、彼の配慮はうれしかった。

私はもう一度大学に戻り、日常の診療で疑問に思っていることを勉強したい気持もあったし、外国へ行って見聞をひろめ、新しい研究に打ち込んでみたい意欲もあった。

翌日、私達は今度の調査の最後の養老院を訪ずれた。

昨夜来の雪は小降りになっていたが、冷え込みは厳しく舗装してある国道からはいり込んだ未舗装の狭い路地には、タイヤの跡や乱れた足跡が凍りつき、その上に新しい粉雪が舞い降りていた。

私達は寒々とした路地を幾つもまがり養老院についた。

コンクリートが所々剝げ落ちた小さな四角い門と板塀に囲まれた中に、木造の古い平家があった。

私達は狭い玄関にあがり、すぐ左にある事務所に挨拶すると、既に研究班は待機しているらしく、事務員が出てきて案内してくれた。

天井は低く、暗い廊下を歩くとみしみし音がし、通された部屋も十畳ぐらいの広さで、赤茶けた畳の中央に大きな角火鉢が置かれ、炭火が赤々と燃えていた。

昨日訪ずれた丘の上の瀟洒な建物にくらべると、あまりのみすぼらしさに私の心はふさぎこんでいった。

私達は昨日のように班に分かれて、それぞれの部屋で仕事をはじめた。

私の班は角火鉢を囲むようにして、食卓にでも使うのか粗末な細長い台を置いて問診を始めた。

職員が知らせるマイクの声で老人達が続々と集まってきたが、なかには職員が背負ってくる老人もあったし、老人同士肩を貸しあってくる組もあり、一見まだ若々しく、どうしてこんな人が養老院にはいっているのかと疑問を持つような入居者もいた。

昨日の養老院と違って老令者が目につき、それにどこか体の不自由な老人が多いため、問診は難渋をきわめた。

後で知ったのであるが、昨日の瀟洒な養老院は、老人達が一部負担金を支払える比較的恵まれた老人の集まった軽費老人ホームであるのに対し、この養老院は身寄りのない、その上身体上に異常のある老人を収容する、特別養護老人ホームとのことであった。

老耄のため本籍地はむろん、氏名すら憶えていない老人もあり、その都度職員を呼んで尋ねたり、台帳を取り寄せて調べたりした。

今度の調査では住居歴は特に大事な意味を持っていた。

生誕地から住居歴、職歴、家族のことと聞き進むうちに複雑な表情を見せ不意に口を閉ざす老人もあって、そういう場合には、それ以上立ちいって訊ねないという約束が私達の間ではとり決められていた。殆んどの老人が朝鮮や満州、日本国内なら北から南までと各地を転々とし、職業も幾つも変え、最後に北九州にたどりつき、この地で病気になったり、老いて身寄りもなく養老院に収容された経歴だった。

なかには化粧や仕草から、明らかに花柳界あがりらしい老女も二、三人いて、華やかな過去を得々と喋ったりした。

私の分担の四十名程の問診が終った時には正午を過ぎていた。

私達は一室に集まって用意してきた折詰弁当を食べたが、皆んな食欲がなく、沈んだ表情をしていた。

午後はまだ捗どっていない心電図や、聴打診などの理学的検査を行い、五時頃になってやっと終った。

皆んな養老院からうける重苦しい雰囲気のためか、疲れて無口になっていた。

養老院側から茶菓子が用意されていたが、殆どの医師が口をつけず、早々と帰路についた。

最後は昨日同様、私と友田講師だけになった。私はなぜか、今日は一人汽車で帰りたい心境になっていた。

彼は私の疲労を心配したが、調査に使用した道具の返却などもあり、先に退去した。

私はこの重苦しい雰囲気から早く逃れたい気持と、なにか去り難い気持で錯雑としていた。

私が職員に見送られて養老院を出た時は、冬の日は暮れていたが、外は雪明りで仄白かった。

門を出て歩いていくうちに、私は全身の力が抜けていくような疲労を感じた。

どのくらい歩いただろうか、後から人の追ってくる気配がして、ふり返ると、私が来た雪の道を若い女性が息せき切って走ってきた。雪明りで辛じて顔の輪郭がわかり、私の仕事中助手をしてくれた女子事務員であった。

「先生、おつかれのところ誠に申し訳けないのですが、一人御診察お願いできないでしょうか。二、三日前から風邪気味でしたが、今夕から急に呼吸がおかしくなってきましたので嘱託の先生に電話したのですが、風邪気味で寝込んでいらして、どうしてもこられないとのことで……」

私は即座に引き返した。

養老院は外見よりずっと奥行が広く、私は彼女に先導された薄暗い電燈の灯った廊下を何度も曲って行った。

夕食後のくつろいだ時間らしく、ラジオやテレビの音声があちこちから聞えたが、障子の破れや、隙間から瞥見できる部屋は寒々として、暗く汚なかった。

私が案内された部屋は四畳半で、隅に病人がねかされ、その枕元に一人の老人が座っていた。

私達がはいっていくと、枕元の老人は畳に頭をこすりつけるようにしておじぎをした。

「お婆ちゃん、先生よ」

と彼女は大声で病人に呼びかけた。病人はああと呻いた。

薄暗い明りで見る病人は七十過ぎの老婆で、頭には氷嚢がのせてあり、白髪はうすく、眼をみひらいてじっと天井を見詰めるようにしていた。

意識は不明瞭で、熱が高く、皮膚は汗ばみ、呼吸には喘鳴があり、診察すると、胸部には湿性ラ音が聴取され、明らかに肺炎をおこしており、脈拍も微弱で心不全をおこす一歩前であった。

それに右半身は強直性の麻痺があって、筋肉はそがれたように萎縮していた。

「この人は中風もあるのですね」

「ええ、三、四年前におこし、最近はどうにか歩行できるようになっていたのですが……、先生、大丈夫でしょうか」

「風邪をこじらして、肺炎をひきおこしています。そのため心臓も相当弱っており、すぐ治療を始めないと危険です。ここには薬はおいてありますか」

「はい、常備薬として一応揃えてありますが、とにかく持って来てみます」

彼女は救急箱を持ってきた。

薬品は一通り揃っており、それに私が危惧していた注射器もあった。救急の場合は注射でなければ間に合わないので、すぐ注射器を熱湯消毒させた。

彼女は看護婦でも保健婦でもなかったが、日頃こういう仕事も手伝っているらしく、私の指示することを手際よくやってくれたし、そのうち当直の男子事務員も加勢にきた。

時々老人達が心配そうに覗きに来た。

私は抗生物質、強心剤、解熱剤などの注射をして、部屋を暖めさせる一方、室内の空気が乾燥しないように火鉢に薬罐をかけさせた。

夜になって冷え込みは増々厳しくなってきていたが、緊張したせいか疲労感は消えていた。

私は暫らく容態を観察するため事務室で休んだ。

女子事務員が作ってくれた一杯の熱いうどんが体を暖めてくれた。

私が二度目の容態観察に行った時は養老院は消灯時間になっており、建物全体が暗く静まりかえり、どこかでこっそり浪花節を聞いているらしいラジオの音だけが聞えた。

病人の枕元には最初からついていた老人が厚い綿入れを着こんでうずくまり、心配そうに病人をのぞきこんでいた。

私は余程親しい仲か、夫婦だろうと思った。

病人の熱は解熱剤の効果でかなり下がり、脈拍もしっかりしてきていたが、喘鳴はいぜん強く、下気道の感染を示唆していた。

発汗で濡れた下着を取り変えさせた。意識混濁はまだ続いていて、時々大声をあげて譫言をくちばしった。

私には何と言っているかわからなかったが、枕元の老人はその度に目脂のたまった眼瞼を見開き、何か囁き返し病人の手を強く握りしめた。

私は綿棒で喉にたまった喀痰をとると、喘鳴はかなりおさまり、今夜を持ちこたえれば助かるかもしれないと思った。

老人などが肺炎をおこした場合、一番こわいのは肺機能の予備力がないため、痰を喀出できず、気道閉塞をおこして窒息死することだった。

私は注射の時間指示、水分と栄養分の補給、気道閉塞時などの緊急の場合の処置など女子事務員に詳しく教え、とにかく異常がおこった場合は医師に連絡してもらうように念を押した。

私自身居て診たかったが、勤務の関係もありどうしても今夜中に帰福しなければならなかった。

汽車の時間には間があったので、事務員達の車を呼びましょうと言うのを断って養老院を出た。

既に十一時をまわっていた。

雪は降り止んでいたが、道は凍りつきその上にかなりの雪がつもっていた。

住宅街は白一色に包まれ、ひっそりと寝静まっていた。

路地を抜けると国道に出た。路面は街灯を反射して鏡のようにひかり、その上をチェーンをつけた車が鈍い金属音をたてながら往来していた。

視界がひらけ、左側の天の一角にはY製鉄所の巨大な工場の煙突群が林立し、さかんに灰色の煙をあげており、その中の一本だけが燐黄色の炎をあげていた。最初、その炎が目にはいった時、私は一瞬火の玉かと思わずのけぞった。それは頼りなげに宙に浮いて、ゆらゆらと風に揺れながら明滅していた。

それから毎日養老院のことは気に掛っていたが、仕事に追われて連絡はとっていなかった。

三日目の昼休みに電話があった。

「おいそがしいところをお呼びだてして申し訳ありません。私、北九州の老人ホームの事務員の水谷と申すものですが、先日はどうもありがとうございました」

「ああ、あなたでしたか」

あの時の女子事務員であることがすぐにわかった。

「その後、あのお婆さんの容態はいかがですか、気には掛っていたのですが……」

「はい、あの翌朝から患者の意識も戻り、今朝は平熱で、喘鳴もすっかりとれ、食欲もでてまいりました」

「それはよかったですね、私も翌日まで体力がもてば、薬でなんとか回復できるのではないかと思っていましたが、あの老令ですから心配していましたが……」

「先生、本当に有難うございました。本人も後で先生のことを聞き知って呉々もよろしくとのことです。園長も大変感謝しています。北九州においでの折は、どうぞお寄り下さい」

私はなんとなく嬉しくなり、肩の荷がおりたようにほっとした。

私が再びあの養老院を訪ねる機会をもったのは、年が明けた二月の初旬であった。

福岡、北九州およびその周辺の総合病院の勤務医の有志が集まって、月に一度土曜日の午後に勉強会をもっていた。

会ではその時折に、大学から講師を呼んだり、会員が交互にその専門分野の話をしたり、珍しい症例や診断困難な症例を持ち寄って検討し合っていた。

今年初めての例会は北九州市立K病院が当番で、会は日頃より早く切り上げられて、新年宴会が近くの料亭で行われた。

私が宴会を早めに切り上げ養老院にむかったのは、まだ五時をやっとまわった頃であったが、戸外は既に暮れていて、冷たい夜風が吹いていた。

私は前から今日の例会の帰りに、老婆のその後の容態を見るために養老院に立ち寄る心積りはできていたのだが、いざ夜道をその方へ歩きはじめると、心の中でなにか逡巡させるものがあった。

土曜日のこんな時間に訪問する唐突さと不自然さはもとより、たった一度関係した老人達や、たまたま危急の場合に居合せて診察しただけの老婆を見舞ってどうしようというのかという心の抵抗と後ろめたさがあった。

このまま引き返えそうかと迷いながらも、足が養老院に向っていたのは心の奥底に、どうしても訪ねずにはいられない、ある感情を押えきれなかったためだった。

狭い路地を幾つも曲ったところに養老院は静かに横たわっていた。門は既に固く閉され、玄関も事務室の灯も消えていて、建物の一画にだけ電灯のついた部屋が見え、時々動く人影が見えた。

おそらく食後の団欒のひとときなのだろう。ひっそりと静まりかえった養老院にはどんな闖入者も拒否する安らぎがあった。

門の前にたたずみ躊躇しているうち、私の心から門を叩こうという気持は次第に消えていき、足音をたてないように気遣いながら引き返した。

心の中で、これでいいのだと何度も繰り返した。すると心の奥深い所にうっ積していたものが薄皮でもはがすように、一枚一枚剝がされていくのを感じ、夜道を歩きながら友田講師のすすめるドイツ留学を一つ引き受けてみようかなと考えていた。

住宅街の途中にある明るい店舗の前を通りすぎる時、私は眩しい光と冷たい突風を避けようとオーバーの衿を立てた。

「先生」店舗から飛び出して来た声に私は驚いてふり返った。

「先生でしょう、私です。老人ホームの……」

「ああ、水谷さん、あなたでしたか」

店舗からの薄明りで見る顔に見覚えがあった。

黒っぽいオーバーに白いスカーフを被り、その中に清純な瞳が輝いていた。

私は何か恥かしい所を見られたような気持だった。

「先生、あの時は本当に有難とうございました。あれからお婆ちゃんすっかり立ち直って元気にしています。今日はどこかのお帰りですか」

私は一瞬迷ったが、養老院を訪ねようとして果せず、引きかえしていることを正直に話した。

「そうでしたか、お寄りいただいたらどんなに喜こんだでしょうに」

私達はいつの間にか肩を並べて夜の街を歩いていた。

まだ宵の口であったが、厳しい冷えこみと吹き荒れる突風のため商店街は殆ど店じまいをしていた。

私達は国道から右に折れて紫川筋の道を歩いた。紫川の川面は寒々とした小波を立てながら流れていた。

私達は川沿いの喫茶店にはいった。中は私達以外には客はなかった。

話題は自然に老人達のことになり、私は先日診断した老婆と枕元で介抱していた老人のことが気に掛っていたので、

「あの二人は夫婦なのですか」

と訊ねた。

「いいえ、母子なのです」

夫婦か仲の良い老人同士と思いこんでいた私には、母子とは思いもつかぬことで、その上母子で養老院に入居している事実に衝撃を受けた。

彼女は老母子の話をしてくれた。

――母子はもともと筑豊の住民でしたが、父親は五人の子供を残して炭鉱の落盤事故で早死しました。それ以後は母親が選炭婦や日雇いなど苦労をかさねて子供達を育てましたが、次男と三男は戦死し、娘二人も戦中戦後にかけて流行病と肺結核

でなくし、残ったのは長男だけになりました。

この長男は出来が良く、幼い時から行商や坑夫をしたりして母親を助けました。そして戦時中に長男は嫁をとり、一家をかまえ三子をもうけて幸福な生活を送っていたのですが、終戦の年の秋、なにか魔がさしたのか、戦後のすさんだ世相に負けたのか小倉の飲屋の酌婦と、母と妻子を捨てて出奔しました。

当時長男は四十才、相手の女性は二十才台だったとのことです。

残された母と嫁は互いに励まし合って、息子あるいは夫の帰りを信じて待ちつづけたのですが、消息はなく、風の便りでは長男は佐渡から北海道の炭坑町へ流れて行ったとのことでした。

昭和二十八年中北部九州の全域を襲った大洪水で、行商に出ていた母親を残して嫁子供は遠賀川の濁流にのまれて死んでしまいました。母親は遠賀川の河口の土砂の上で三日三晩泣き明かしたとのことで、それ以来、小康を保っていた母親の持病のリウマチが悪化してきて、歩行をおかし、身寄りもなかったためあの老人ホームにひきとられました。

その頃の母親は日夜半狂乱したように長男、嫁、孫の名を呼びつづけたそうです。

それでも母親は長男の帰りを信じて待ちつづけ、またそのため今日まで命長らえたのかもしれません。

長男が北九州に戻ってきたのは、出奔して実に二十年目の昭和四十年でした。

二十年前の面影はなく、痩せ衰え、長い坑内作業と飲酒のせいか肺や心臓、肝臓などもいため、年令よりずっと老いて、もはや使いものにならない体になっていました。

母子は二十年ぶりに母親の収容された養老院で再会し、あの養老院で共に暮す破目になりました。

母は息子に自分の食事を分け与え、息子も母の好物のおかずがくると譲ったり、母の看病をまめまめしくしたりして、二十年間の不孝を一生懸命取り戻すようで、老人ホームでも評判の親子になりました。

彼女は語りながら涙ぐんできた。私の心の中にも忘れようとしていた悲しい記憶が甦えり、それがひたひたと寄せてくる波のように心の中をみたしてきた。

私達は紫川にかかる常盤橋の上で別れた。

突風には霞が混り、それが私の顔を冷たく刺したが、空には研ぎすまされた鎌の鋭刃のような三日月が浮び、その下を細長い、薄い雲が無数に飛龍のように飛びかい、その度に紫川にうつる月影が見えかくれした。

二月末、女子事務員から老婆の容態の再悪化を知らされてからは、私は何かに憑かれたように暇を見つけては養老院を訪ねた。

老婆の容態は一進一退で、持続の関節リウマチは末期の様相を呈しはじめ、肺、心臓をおかし、全身の臓器に波及していた。

中風による半身不随からはかなり歩けるようになっていた体も、関節痛と変形硬直のためほとんど病臥の状態になっていた。

私は毎週土曜日には大概養老院を訪問していたので、老人達の間では土曜先生の渾名がつけられていた。

老婆は身も知らぬ私の好意を率直に受けいれてくれたし、最初は老婆の身内でもない私の行為を奇特な医者として遠くから眺めていた老人達も、段々親密の情を表わすようになり、その頃から私は老婆ばかりでなく、異常のある老人達も心安く診察するようになっていった。

私が最初養老院を訪ずれた時に悲惨と困惑を感じたあばら屋も、結構住みごこちの良いものに思われてきていた。

二月、三月がすぎ、四月も半ばがすぎていった。

養老院に通い始めてからは月日のたつのが早く、何時の間にか粉雪の舞う季節から桜が散る季節に変っていた。

多忙な日々であったが、心の中には安らぎと充実感が静かにみたされていくのを感じた。

友田講師から決断を迫られていたドイツ留学の締切の近づいた四月の下旬の午後、私は研究所に彼を訪ねた。

私達は昔よく散策した研究所の裏の海岸を歩いた。

浜辺にはさわやかな風が吹き、空には白雲が流れ、沖にはヨットが走っていた。

私は沖を見つめながら、彼にドイツ留学を辞退したいとつげた。

私の性質や最近養老院を頻繁に訪ねていることを人づてに知っている彼は、敢えて理由も聞かず言葉少なく、今度の留学はきっと君のために良い機会と信じるが、君の決心は変らないだろうから無理押しはしないが残念でたまらないと言った。

五月にはいって、教授から直接にドイツ留学について最後の説得があったが、私の決心は変らなかった。

私の留学を期待していた妻や義父の失望は大きかったが、私の一途な決心の前には口をはさむ余地はなかった。

春先には一時小康を取り戻していた老婆も、五月にはいると日ごとに悪化し、入梅の頃から全身に浮腫がでてきて意識も混濁してきた。老衰と長年の持病による全身の荒廃には、もはや日々の対症療法しかなく、うっ陶しい梅雨のように老婆の病状は一日一日悪化していった。

六月末には老婆の顔は腫れあがり、皮膚はむしろ独特の光沢をもっていて、別人のような容貌を呈してきた。

虫のようなかすかな息づかいと微弱な脈拍からも、とても梅雨を越せそうにはなかった。

養老院では、老人達も職員も皆懸命に看病に打ち込み、特に女子事務員は不休不眠で打ち込み、その様子は肉親に対するよりも熱心で、彼女自身の心にある何かに一途に没頭しているように見えた。

旅路の果ての養老院で最期を迎える場合、誰にもみとられず淋しいものだろうと想像していた私には、皆の真剣な姿は感動的であった。

余程老婆を設備の整った病院に移そうかと考えたが、周囲の状況からして、むしろ住みなれた場所で息を引きとるほうが幸福かもしれないと感じた。

七月の上旬になっても、なかなか梅雨は明けそうになかった。しとしとと降り続く長雨こそ少なくなって来たが、時々強い夏の陽射があるかと思うと、きまってその後には激しい雨が降り、そのためかえって蒸し暑い日が続いた。

意識が混濁してからも、弱いながら規則正しかった老婆の呼吸と脈拍に乱れが見えはじめた。

呼吸を喘ぐみたいに下顎でするようになると、そう長くもてない前兆だった。

七月中旬の正午すぎから血圧はほとんど測定不能に陥いり、呼吸にはむしろ喘ぎはなくなり、もう停止しているように見えたが、時々思い出したように、溜息でもつくかのように大きな下顎呼吸を行なった。

雨上がりの午後の鈍い陽射が養老院の狭い庭にまどろんだ。

いよいよ臨終のせまった病床の周囲は深海のような静謐さと、波にたゆたう空気に包まれてきて、その海底でするような老婆の溜息にも似た呼吸は、私には長い苦渋の生涯に対する深い嘆息に思われてならなかった。

科学的な根拠はともかく、生は潮の満ちてくる時、死は潮の引き時に多いといわれ、私自身も実際にかなり経験していた。

人の最期には、海の潮がその魂をどこかに遠い所にみちびいていって呉れるのだろうか。

夕方の六時過ぎ、大きな下顎呼吸を二、三度行なうと、全身の軽い痙攣と共に老婆の呼吸は止った。

腫れあがった老母の手を握りしめて、言葉にもならぬ痛恨のうめき声をあげて最後の別れを行なう老母子を残して私達は席をはずした。バス停まで雨上りの道を女子事務員が送ってきた。

彼女の悲嘆ははげしく、私は彼女を慰めにもならぬような陳腐な言葉でいたわった。それはまた私自身に対する慰めでもあった。

雨上りの、まだ暮れなずむ夕空に月が浮んだ。

その夕月を汽車の車窓から見つめていると、いましがた亡くなった老婆が、私の母の面影と重なっていった。

昭和二十年秋、私は夜汽車の車窓から皎々と照り渡る月をみつめていた。月光にうつし出された筑後平野は恐ろしい程の青ざめた光の中に、近くの稲穂の一本一本、中ほどの集落や鎮守の森の木々、そして遠くの山裾と、それに連らなって折り重なる山脈の稜線までも、くっきりと浮びあがらせていた。

私の横に妹の愛子、その横に母、前の座席に叔父と叔母が坐っていた。

私達は夕方に届いた電報により、あわただしく彦山線に乗りこみ夜明駅で久大線に乗替え、さらに鳥栖で鹿児島本線に乗継いで博多の先の小さな駅で降車した。私達は、車中、終始無口で、母はうつむいて膝の上のハンカチをしっかり握りしめていた。

私はこのあわただしい旅立ちが、父の死と関係のあることを、母の狼狽と悲嘆の表情から、そして出発間際にホームで私の手を強く握りしめて、

「淳一、これからはしっかりしなければいけませんよ」

という母の言葉から感じ取っていた。

私達は駅から暗い夜道を歩き、療養所内の松林の間を長い幾棟もの病棟を通り抜けて、敷地の片隅にある霊安棟に行った。

暗い松林の奥からかすかに海鳴りが聞えていた。

父は霊安室の薄暗い電灯の下に、白い布で全身をおおわれて横たわり、まわりはたくさんの草花で飾られ、部屋中に線香の煙と匂いが立ちこめていた。

私と妹は母に呼ばれ、父に最後の別れをした。

母が白いおおいを静かにはぐると、妹は恐ろしいものでも見せられたように、突然大声で泣き出し、それにつられて私も母も泣き出した。その時はじめて、今迄経

験したことのない深い悲しみが、実感として私の体を流れた。

それから私と妹は、控室に用意された布団に寝せられた。

隣室では一晩中、母と叔父、叔母の交わす会話と忍び泣きが、松籟と海鳴りに混じって聞えた。

父に対する私の記憶は殆んどなく、私が学校にあがる前に、歯科医をしていた父は戦地に応召され、三年後には肺結核を患って内地送還となり、郷土の地を踏むことなく、そのままこの療養所に収容されたのだった。

翌日、療養所内にある火葬場で遺骨にし、その夜の汽車で持ち帰った。

父の四十九日があけたその年の晩秋、父が応召されて以来疎開していた母の実家を離れ、私達母子三人は彦山線ぞいの二、三駅はなれた村に小さな家を見つけて移住した。

母の実家でも、母の両親は既に他界して代がかわっていたし、父が還らぬ人となったからには、私達母子も自立の道をさがさねばならなくなっていた。

当時、母が四十才、私が小学五年の十一才、妹の愛子が二年の八才だった。

特別の手職も持たず、資金もなく、その上子持ちのために住込みで働くことも容易でなかった母にとって、自立の手段は行商しかなかった。

戦後の混乱、物資不足―物々交換が主であった経済状態では、交通不便な田舎と都会とを結ぶ行商は貴重な存在でもあった。

母は日田や久留米、品物によっては博多まで仕入れに行き、それを山国川に沿った耶馬溪や玖珠地方、筑後川上流の大山村や小国町などに主に農家へ売り歩き、また遠い所では耳納連山を合瀬耳納峠で越えて八女などの筑後地方まで足をのばすこともあった。

最初は農家が主だったが、母の歩きまわる範囲内にある天ケ瀬、宝泉寺、湯平、湯布院、杖立などの温泉宿の女中さん達も相手にするようになり、したがって取り扱う商品は日常の小間物から食料品、衣料、化粧品に一寸した薬品にまで及んだ。

知合の人から着物や貴重品を預り、それを農家で米や野菜などと交換してきて手間賃を貰うといったことも引受けていた。

母の実家は農家であったが、両親が教育熱心で理解があったため母は、当時村でも一、二人しか行っていなかった高女を卒業し、すぐ父のもとに嫁いだため、殆ど力仕事をしたことがなく、体も生来丈夫なほうではなかった。

仕入れにいくときも行商に出る時も、母は一番列車を利用していたので、何時も夜明け前に家を出た。

母は大きな風呂敷包を肩に背負い、私は母が両手にさげて歩く小さな風呂敷包を二つ持って、まだ寝ている妹を残して駅まで母を送っていくのが常だった。

母の帰りは遅くなり、時には二、三日から一週間の行商の旅になることもあった。

母は日帰りの時は、私と妹のために食事をこしらえて戸棚にいれていき、長く家を留守する時は、その献立表を作ってくれたので、それに従って私と妹は食事をつくった。

家を留守にしている間、母が最も心配したのは炊事を私達にまかせているため、火事をひきおこしはしないかという事と、病気でもして私達が学校を休むことだった。

出掛ける前にはきっと「火に気をつけて下さいね」と母は私達にくりかえし、火事の恐ろしさを話し、祖父が昔家を新築した時、万一出火した場合に隣近所に類焼がおよばないように、人家のない田圃の中に建てた話をしてくれた。

母はまた、母の両親がそうであったように非常に教育熱心で、それも勉強がよくできるよりも、真面目に努力することこそ尊いと教え、そのため少々の病気ぐらいでは学校を休むことを許さなかった。

私が小学六年の梅雨時に悪性の結膜炎に患り、両眼とも腫れあがって殆ど失明状態に陥った時でさえ、恥かしがる私を背負って学校に行き、担任の先生に早退の許可をもらってから、土砂降りの中を、山を越えて隣町の眼科まで毎日通ったことがあった。

母はかなりの格式のある家の出でありながら、行商に身をおとしたことを少しも恥じたり、卑下することもなく、困難な仕事を気力でカバーして、一言の愚痴も零すことはなかった。

最初のうち母がいないと妹の愛子は淋しがってよく泣いた。

母が長い間帰ってこない秋の夕暮など、私と妹は土塀の前にたたずみ、母が行っているであろう遠い山の端を見つめた。空や雲や、山脈を熟柿色に染めていた夕陽が釣瓶落しに沈むと、あたりは急に暗くなり、秋風が冷たくなると、妹は母恋しさのあまり泣きだした。妹を慰め、励げまさねばならぬ立場の私も、何時の間にか泣いていた。

長い間留守にして母が帰ってくる時の楽しみは、きっと私達に学用品とか本を買ってきてくれることであった。

母が久しぶりに帰ってくる或る夏の夜、母を出迎えることは禁じられていたのだが、一刻も早く母の顔をみたさに、終列車で帰ってくる母を、夜道を提灯をさげて妹と二人で迎えに行ったことがあった。終列車が着いても母は降りてこず、私達は段々心細くなっていったが、時々バスで帰ってくることもあるのに気付き、私は妹の手をとりバスの停留所へ懸命に走った。

私達が走り着くと同時にバスも来たが、それにも母は乗っていず私はたまりかねて車掌さんに母の事を訊ねた。

車掌は運転手に二、三言たづねて、

「見なかったよ」

と素気なく答えると、バスは走り去った。

ローソクも燃えつきて、バスが走り去ると、あたりは真暗闇になった。それまで母は一度も約束した日に帰ってこなかったことはなかったので、強い不安にかられながら、泣きじゃくる妹の手を引いてとぼとぼと家路についた。

途中まで来た時、泣きじゃくっていた妹が急に泣きやみ、

「お兄ちゃん、火の玉!」

と西の方の山をさして叫んだ。見ると山の端を大きな火の玉がゆっくり上下に揺れながら山の向こうにすっと消えていった。

私は全身に不安と恐怖感がつっ走り、妹を背負うと夢中で走りだした。どれくらいの距離を走ったか記憶もなかったが、気が付くと私達はトラックのヘッドライトの光の輪の中に照らしだされていた。

トラックのドアがあいて母がいそいで降りてきた。

私達は母に飛びつき、大声で泣き叫び、母の背中をどんどん叩いていた。

その頃から母の行商も身についてきたが、母は正直な商売しかできなかったので、その分足で稼ぐことになり、大変な労働だった。

母が疲れて帰ってくると、厭がる母を無理に寝かせて、妹と二人で肩や足を揉みほぐした。

これが私と妹の、母に対する感謝の気持を表現できる唯一の方法だった。

私は母と相談して中学は、十里程離れた日田の中学に汽車通学をすることに決めて準備をしていたが、学制が変り、新制中学令がしかれ、村にも新制中学ができた。

私達一家には色々な意味において、その方が都合よかった。

中学校にはいると、私は春、夏、冬の休みなどは、時々母の行商について行くようになった。

泊る所は知り合いの農家や旅芸人や樵の泊る粗末な木賃宿で、遅い夕食がすむとそれから母は一日の売上げや貸借の計算をし、明日の予定を綿密にたてるので、床につくのは夜半になることが殆どだった。この時期が母にとって一番苦しい時で、高価な着物を買った女中が心中したり、売った品物が後で安物とわかって文句をつけられたり、売りつけた石鹸で乳幼児に皮膚病ができたりして、責任感の強い母を随分悩ませた。

そして、丁度その時期に、一週間の行商の最後の宿で、売上げ金の総てを盗難にあった事があり、その時ばかりは、さすがの母も動揺したが、それも母には働いて取り返すしかなかった。

私も休日などはできるだけ、母の負担を軽くしようと、母について行商にでることにしていた。

私達の地方では比較的涼しい夏休みを短縮して、秋の刈入れ時の農繁期に、十日間程の特別の休暇をとる習慣があり、草刈り休みとか、草宿りと呼んでいた。

それは稲の収穫と同時に、冬期の牛馬の飼料にする干草をつくるために山や高原に小屋をつくり、そこに宿りこんで牧草を刈ることから、その呼び名があった。

農家の子供にとっては、飯盒でごはんをたいたり、草原で草笛を吹いたり、野鳥をおっかけたりできる楽しい年中行事の一つで、この休暇が終ると、山間の村々には急速に秋は深まっていった。

私達一家もこの休暇を利用して、幼い妹にも荷をもたせて長い行商の旅にでた。母はこの行商で損失をある程度取り戻そうと考えていた。

しかし、私達の意図とはうらはらに農繁期の農家では人は野良仕事に出払い、温泉宿でも当時は農業を兼ねているところが多く、商売にはならなかった。

この行商の最後の日、私達は八女から星野村を通って合瀬耳納峠をめざしたが、その時、持ってきた荷物の大半が売れ残っていた。

峠を越す手前の山峡の集落で、私達は大きな農家に立寄った。

農家は夕餉の時らしく、土間にはあかあかとかまどの火が燃え、家中に暖かい湯気がこもり、居間には一年の収穫を喜ぶように、一家中が集って談笑しながら夕食をしていた。

子供達は座敷で輪をつくり、歌ったり踊ったりして楽しそうに遊んでいた。

私と妹を土間に残し、母は奥へはいっていった。すると座は急に静まりかえり、気配からして、折角の時に余計者がちん入したという雰囲気だった。

母は粘って何かを買ってもらおうと、押し問答をして、とにかく荷をおろし、風呂敷包を解こうとした。

すると、一座の作男らしい若者が立ちあがり、

「今年は不作じゃけん、何も買えんばい。さあ帰った、帰った」

と酒気をおびた大声でいった。それにつられて皆がどっと笑った。

私達が立ち去る時、その男が再び追うちをかけるように、

「あぎゃん年で、後家さんちゃ、もったいなか、もったいなか」

とひょうきんな声色で浴びせたので、またどっときた。

私達は砂を嚙むような苦い、侘しい気持で引き上げた。

母は一言も発せず、坂道をどんどん登っていった。

私と妹は必死に母の後を追った。月光に白く光る母の後姿には私達を寄せつけない、冷いきびしいものがあった。

峠を越す頃、妹は疲労と空腹と、ひしひしと肌刺す秋の夜寒のため泣きだして歩こうとせず、私が手を貸して歩かせようとしたが、妹は意固地になって、一歩も動こうとしなかった。

母は一度立ち止って、私達の方をふりかえり、

「そんな聞き分けのない子は、お母さんの子供ではありません」

と邪険に言ってまた坂道をどんどん登りつめ、峠の頂に消えていった。

私は妹の手をとり、必死に後を追った。

峠の頂にも、その先の降り坂にも母の姿は見えなかった。

月光に照らされて、合瀬耳納峠から眺望できる光景は、遠く視界を横切る筑豊連山、近くの峻険な角度で落ちこむ耳納の山々の稜線、一瞬私を母かと錯覚させた石碑と地蔵のたたずむすぐ足元から、深く谷底まで落ちこんでいく段々畑などが複雑にいりこんでいて、その上に青白い月光が降りそそぎ、その光は昼間より異様に明るく、そのあまりの明るさのためにすべてのものを無気味なほど平坦に見せ、遠くの連山と近くの山影の間に、小さな三角形に見える筑後平野の集落の灯さえも、青白い光の中に溶かしこんでいた。

その時、私は恐ろしい未知の世界を覗いたような気がし、その奈落にひきこまれていくような不安と恐怖にかられ、一瞬母は本当に私と妹が重荷になり、私達を捨て去るのではないかと予感し、白く輝く坂道を母の姿を探して泣き叫びながら、かけおりていった。

すると背後の木影から母が、

「お母さんはここよ」

と飛び出して来て、かけ寄ると、私と妹をひしと両腕に抱きしめて腕をわなわなふるわせながら泣いた。

このような不安と困難の時代を、私達母子は力を合せてなんとか切り抜けた。母も信用を得て、得意先もできるようになったが、戦後の混乱も大分落着いてきて品物も豊富に出回るようになり、同業者も多く入りこんできたため、生活は決して楽ではなかったが、貧しいながらも充実した毎日を送った。

私達は将来の夢を語り合う余裕もできてきた。

私は、父が戦病死したので、医者になって病める人を助けたいと言えば、妹はそれなら私は日本一やさしい看護婦さんになるといった。母は二人の夢をにこにこ笑いながら聞き、母は母で、あと四、五年行商を頑張り、それから日田にでて花屋か本屋を開きたいと夢を語った。

日田はなだらかな山にかこまれた盆地で、きれいな水をたたえた川が流れる、静かな小都市であったが、そこで生活するのは私達の憧れであった。日田の高等学校に汽車通学をするようになると、私は通学前に牛乳配達をして少しでも母を助け、本気で医学部をめざして、ひそかに勉強をはじめた。

当時は大学にはいること自体が大変なことで、まして医学部は学資の面からも困難なことであった。

高校を出て就職をし、一日でも早く母の負担を軽くせねばという気持と、どうしても大学へ行きたいという気持が入りまじり、私なりに悩んでいた。

母は元気にしていたが、髪には白いものが混りはじめており、長年の重労働で、見た目にはわからなかったが、ちょっとした腰つきとか言葉の端々に、老を感じさせるものがあった。

母は私の気持を察してか、ある日私に、

「私はまだまだ元気でやれます。あなたには是非最高学府の教育をうけてほしい。学資の面はどうにかできますし、私と愛子のことは心配いりません」

と励ました。母には、それだけの算段があったのだった。

昭和二十八年、私は九州の西端の熊本市K大学医学部に合格した。

母の喜びは大変なもので、合格の電報を見て母は、へなへなと畳にすわりこみ、しばらくものが言えなかった。

母は私の負担にならないようにと、口には出さなかったが、私の合格を方々の神社に祈願していたのだった。

入学式には母と妹が参列した。

商売をはなれて旅行をしたのは、私達には初めてのことだった。

母は新調の学生服や角帽、皮の鞄なども買ってくれた。

私達母子は、武夫原の桜の花のはらはらと散るもとで記念写真をとった。

私の晴姿を見て、妹ははしゃぎ母は泣き出した。

私は安い学生寮にはいり、奨学金を受け、家庭教師のアルバイトを週に一度もすれば、母からの仕送りもかなりあったので、そんなに不自由のない学生生活を送れた。

私は希望に燃え、勉学に読書、スポーツにうちこんだ。

その年の一学期も終りにちかづいた夏の初めに、西日本全域を何十年ぶりかの集中豪雨が襲い、殆ど全ての河川が氾濫し、死者行方不明が数千人に達した。

九州の中部の山間部では何百ミリもの降雨量があり、それが全ての河川に流れこみ、降っても降っても、雨は終ることを知らず、瞬時降り止んでも、すぐに暗雲が空をおおい、また大雨を降らした。

土砂を流し、木を倒し、石を動かし、それが河川に流れこみ、ふくれあがった水流は山を穿ち、土手を壊し、橋や人家を流し、人をのみこんだ。

電気、通信、交通など文明の利器を不能にし、人がただ逃げまわる様子は、この世の終りとさえ思わせた。

　大学のある街もほとんど壊滅状態に陥いり、上流からの火山灰を含んだ濁流が全市に流れこみ、それまでの清澄な街並を一変させた。

　私は母妹の安否を気遣ったが、連絡のとりようがなかった。

　私の心配はつのり、ついに決心して切断された交通網をつなぎつなぎして、山を越え、川を渡って故郷をめざした。

　倒壊した家、けづりとられた道や田畑、ひん曲った鉄橋を目のあたりに見ているうちに、私の心は絶望的になっていった。

　私が家に辿り着いたのは、出発して五日目の夜で、月光の下に見る村は、村というより荒廃した河原という感じで、流れこんだ大小の石や材木が、月光をうけて無気味な陰影をつくり、無数にころがっていた。

　私は傾きかけた真暗の我家に駆けこみ、母と妹の名を呼んだが、返事がなかった。

　急いで裏口にまわると、土間の片隅で二人はローソクを灯して細々と食事をしていた。

「お母さん、愛子、帰ってきたよ」

と私が叫ぶと、二人ははっとして顔をあげ、私を見て、茫然と立ちあがり、ローソクの灯を私の方へかざし、暫らく私の顔を見詰めていたが、私と認めると母は、

「淳一」

というと、そのまま腰が抜けたように坐りこんでしまった。

夏の間に村人は力を合せて復旧工事に立上った。

今度の大戦で直接の戦災をうけなかった農村にとって、思いがけない大洪水は、事実上の戦災と同じであった。

農村の荒廃のため、母の商売は不可能になり、私と二人で村の砂防工事に出て生活費を稼いだ。

私は家の生計をたて直すために、休学を母に申しでたが、母は頑として承知しなかった。

それから幾日かして、なにか後髪をひかれるような気持で大学に帰った。

延期されていた前期の試験が終ったのは十月の末で、寮に帰ってみると、妹から速達が届いていた。

私は胸騒ぎがして、封を切った。

手紙には、――母が四、五日前の朝方、脳溢血の発作をおこして倒れたこと、し

かし命には別状ないこと。兄さんには試験が終ってから帰って来て貰いなさいと、母が言ってきかないので、母の言い付けを守って今日まで延ばしてきたが、右半身の麻痺をおこし、言語障害もあらわれてきたので、試験が終ったら、すぐ帰って来てほしい――と書かれてあった。

私は全身に水を浴せられたようで、取るものも取りあえず帰郷した。家は灯が消えたように静まりかえり、薄暗い電灯の下に、母は妹と伯父夫婦に見守られて眠っていた。

私は母の手を握り、囁きかけた。

すると眠っているかに見えた母が、うすく眼をあけ、私をみとめてやさしく微笑み返し、何か言おうとしたが、言葉にならず、幾筋もの涙を流した。

発病してまだ四、五日しかたっていなかったが、母はしょう悴して、見るかげもなかった。

入学したばかりで、医学的知識は皆無の私にも、日がたつにつれて、言語障害や片麻痺がはっきりしてくるのがわかり、医者の話では命はとりとめたが、麻痺は残るだろうとのことだった。

一ケ月の間、母は殆ど眠り続け、その寝顔は安らかだったが、顔に刻まれた深い皺や、時々発する呻き声に、長年の心身の労苦を見るようだった。

私は母の看病をして、なんとか母にもう一度立ち直ってもらおうと退学か休学をしたいと伯父と妹に相談した。

伯父も妹も、私の申し出を全然受付けてくれず、伯父は、

「お前が帰ってくる前に、その問題は話合いで解決している。お母さんは、私のたった一人の妹だから、お前が一人前になるまで、私が面倒を見る。この病気はどんなに焦ってみても急にどうこうなるものではない。後は、お母さん自身の力で、失なわれた機能を徐々に回復していくことだ。お母さんならそれが出来る。お母さんだって、今は死んでも死にきれんだろう。これまで苦労してきたんだから……。とにかく私に任せなさい。お前も辛いだろうが、今は勉強をつづけなさい。勉強にも、一つの流れがあり、中途で止めるのはいかん。そんなことをしたら、それこそお母さんは悲しむぞ。病気で倒れた時でさえ、お前を試験が終るまで呼んじゃいかんと言うのだから……」

と言った。

伯父の言葉を聞いて、私は慟哭した。

伯父の家も農地解放で殆どの田畑を失い、今度の水害でも手痛い被害をうけ、人

手も少なく、決して楽な暮しではなかった。

妹は夜間の高校にかわり、昼間は母の看病をすることになった。

十一月末の寒い日、私達は母を毛布でくるみ、リヤカーで静かに母の実家である伯父の家へはこんだ。

伯父の命令で、私はその日の夕方の汽車で大学へ発たされることになり、私が別れにいくと、母は顔面麻痺で曲った顔に無理に微笑をつくり、何度もうなずき、それから私の視線をさけて、咽ぶように泣き出した。

私が大学に帰った時には、既に後期の授業が始まっていて、一ケ月の欠席で、私の出席日数はぎりぎりになっていた。

母からの仕送りが途絶えたために、私は学内に提示されるアルバイトに飛びついていかねばならなかった。

授業中もアルバイト中も、私の心は遠く病床の母のもとに飛んでいた。

母は今頃どうしているだろうか……、一人淋しく部屋で寝ているのではなかろうか、風邪でもひいていなければよいが、麻痺は少しは緩解してきたろうか。

母は母で、病臥の身でありながら、私の体や勉学、生活費のことを心配しているのではなかろうか……。

私の傍においてやれたら、私も心がやすまり、母もどんなに心強いだろうかと、私の心はそのことで一杯だった。

私は冬休みで帰省する前日の夕方、帰校途中ふと目にはいった、ある宗教団体の養老院にふらふらと吸いこまれるようにはいっていった。

私は園長室に通され、血色のいい六十年配の外人の園長に面会した。私は母の病気のことを話し、遠くにいる母が心配なので、ここに入所させていただければ私も安心だし、そうしていただければ、私はここでボイラーマンでも掃除夫でも、どんな辛い仕事でもしていいと話した。

私の目を見詰めて、静かに話を聞いていた園長は、碧眼を輝やかせて言った。

「あなたの心情よくわかりました。しかし、あなたのお母さん若すぎます。それにここ病院ではありません。ここ、本当に身寄りのない、老人の集まる所、辛く、悲しい所です。あなた贅沢です。あなたみたいな若い依頼者、初めてです。それにあなた、前途洋々の医学生です。お母さん養老院いれるのいけません……」

私は園長の区切れのよい言葉を聞くうちに、眩暈を感じ、そこをふらふらと立上り、外へ出た。

外は既に暮れていて、冷たい雨が沛然と降っていた。

私は雨の中を、濡れるのにもかまわずとぼとぼと歩きながら、今聞いた園長の言葉を何度もくりかえした。

すると、私の眼はつりあがり、顔は蒼ざめてきて、母を養老院などに押しこもうとした心の中の邪鬼を洗い流すように、雨の中をかけだした。

翌年の夏には、母は床から上体をおこし、不器用ながらも左手で食事が出来るようになっていた。しかし、人の手を借りずには立上れなかったし、言葉使いも口唇を完全に噤むことができないため、丁度歯が抜けた時のような発音になり、聞きとり難い状態だった。

私は医学書を読んだり、先輩医師の話を聞いたり、この病気から立直った人や民間療法などを訪ねて、治療法を勉強した結果、積極的に体を動かすことしかないと知り、この夏休みの間に、せめて母に身の回りの事はできるようになってもらいたいと思った。

長い間、動かしていなかったので、まず硬直した関節を静かに動かすことから、私は始めた。

私が想像していたより、母は痩せ細り、一まわりも二まわりも体が小さくなり、特に麻痺した側の手足の筋肉は削られたように細くなり、太腿から足先にかけて、薄い皮膚の下には骨がすけて見えるようだった。

痛がる母を、私は心を鬼にして動かした。

最初のうちは母を後から支えて立上る練習をさせたが、左足はともなく、麻痺した右足は微動だに出来ず、私が抱きかかえて起しても、手を離すとすぐ後に尻餅をついて倒れるか、足を不恰好にひろげたままに前のめりになったりした。

私は憐憫の情を捨てて、毎日毎日同じ事を繰り返した。

妹が見ていて、そのあまりの呵責なさに、泣き出したこともあり、伯父も私に、あまり無理しない方が良いのではないかと、忠告してきたが、私は挫けなかった。

母は弱音をはかず、私の指導に懸命についてきた。

しかし、休みの大半が過ぎた八月の中旬になっても、母は立ち上がれるようにならなかった。

その日、伯父一家も妹も出掛けて、広い屋敷内には、私と母だけになった。昼間の訓練で疲れた私と母は、長くなって寝ころがっていた。開け放たれた窓からは満月の青白い光が冷たく差しこみ、庭は一面霜が降りたように白く輝き、静まりかえった屋敷内では、音といえば、時々池で鯉がはねる水音がするだけだった。

母が便意を訴えたので私は浣腸をして部屋をはずし、母の呼ぶ声で部屋にもどり、汚物を処理した。

「あなたに、こんなことまでさせて、本当にすまないね」

と母は情なさそうに言った。

私は、それに答えず、またごろっと横になった。

訓練しても実効があがらないため、私にも母にも失望と落胆の気持が流れていた。

光は放っても、少しも熱感を感じさせない、鏡のような空虚な満月を見詰めていると、私は次第にその不思議な光の中に吸いこまれていくような気持になり、何時の間にか、私には母が重荷で面倒に感じられ、もし母がいなければどれだけ気が楽で、したい事も自由にでき、青春を謳歌できるだろうと考えていた。

「お母さんは死んでしまった方が良かったようね、何の役にもたたないし……。あなた達に迷惑ばかりかけて」

どこか遠い所から聞えて来るような母の言葉に、私ははっとして我に帰り、母の方を見ると月光の青白い光をうけて、眼窩のくぼんだ小さな顔があり、私は母の死顔でも見たように驚いてとび起きた。

「そんなこと考えたらいかん。お母さんが死んだら、僕も死ぬ」

私は、私の心の中を見透かされでもしたようにうろたえ、それを激しく否定するように、何度も同じ言葉を繰りかえした。

一瞬にでも、私の心をよぎった、母をうとんじた感情のために後年まで私の心に小さなしこりを残すことになった。

その翌日から、母は奇蹟的に自力で立ち上れるようになった。

その姿を見て、私は夢でも見ているようで、母はこの病気のため涙脆《もろ》くはなっていたが、一年ぶりに自力で立ち上がることのできた喜びのため、足をひらいて立ったまま泣き出した。

夏休みの終りの頃には、壁伝いであったが、母は十歩程歩けるようになっていた。

故郷を後にする時は、誰でも、何か忘物をして、それをどうしても思い出せないようなもどかしさと、なにか後髪をひかれるような気持になり、わけのない悲しみに沈んでいくと思うが、私がその夏休みを終って汽車で発った時、――伯父の家は田圃の中の高台の一軒屋であったため、車窓から一キロの間も、家を眺めることが出来たのであるが、――私が物思いに沈んで、車窓から家を眺めていると、母が縁側にたって、汽車に向ってハンカチをふっている姿がふと目にはいった。

母は私の坐っている車窓がわかっているのではなく、ただ私が乗っている汽車に向ってハンカチをふり続けているのだった。

私は背筋に悲愁と感動が走り、涙があふれでて、周囲の乗客も気にせず、窓を上げ母に向ってハンカチを激しくふり続けた。

とうとう最後まで母は、私に気が付かなかった。

私はこのまま汽車をとび降り、母のもとに走りたい衝動を必死にこらえた。

母の状態については、妹や伯父から頻繁に便りで知らせてきた。

秋の暮の妹の便りでは、母は壁伝いなら家の中を隅々まで三周でき、それに人手を借りずに、一人で御手洗に行けるようになり、母はそれを何よりも喜んでいるといってきた。

母の姿が目に浮び、母の喜びが、私には手に取るようにわかった。

母が倒れて、二年目の秋には、杖を使えば戸外も散歩できるまでに回復してきた。

秋の夕暮など、私はふと足を止め、夕空を見上げることがあり、すると、母が毛糸の帽子をかぶり、左手に杖をもち、右肩を少し下げ、垂れさがる右手を帯の間にはさみ、右足を少し開き加減にひきずりながら歩く、中風患者独特の姿勢で畦道を歩行練習している姿が目に浮んだ。

そして、私と妹が幼少時、母の帰りを待っていたように、きっと母も遠い私に思いを馳せて、暮れていく山の端を見詰めているだろうと想像した。

三年目には、母は杖が不要になり、言葉も常人と変らぬように上手になった。

四年目の晩秋、私がアルバイトをすませて、夜遅く帰寮すると、机の上に妹の字で書かれた手紙が届いていた。

裏を見ると、差出人は母の名になっており、私は急いで封を切った。便箋には、鉛筆の太い字で、ほとんど平仮名で書かれてあった。


淳一さん、おどろかしてすみません。

少しずつ、左手で字をかくれん習をしていたのですが、どうやらかけるようになりましたので、矢もたてもたまらず、たよりしました。

表がきと、さし出人はあなたの友だちが見た時、あなたがはずかしい思いをしたらいけないので愛子さんにかいてもらいました。

わたくしは元気にしています。

みの回りのことは、ほとんど自分で出来るようになりました。

これも皆んな、あなたのおかげで感謝しています。
さむくなってきました。くれぐれも、かぜをひかないようにして下さい。
ここに同ふうしたお金で、あついブタ汁でも食べて、あったまって下さい。お正月に会えるのをたのしみにしています。

淳一さんへ

昭和三十一年十一月十五日

母より

私は思いがけない母からの便りを、何度も読みかえすうちに、涙がとめどなく流れてきて、しまいには布団を被って思いきり泣いた。

私にとって、秋の空が、こんなにも高く、澄んで美しいと感じたのは、何十年ぶりのことだろうか……。

私は、母の便りを受けた日から、目の前が急に開け、全ての物が美しく見え、全ての物に限りない愛情と感謝をもつようになった。

意と意を通じあう事が、こんなにも人の心に安らぎと、喜びを与えることを知ったのは初めてだった。

私は頻繁に手紙を書き、母からも便りがきた。

翌年の春には、妹の愛子は定時制高校を卒業して、村の農協に勤めるようになった。

その年の秋に、私は寮を出て、郊外の結核療養所に当直兼小間使いとして住みこんだ。

屋根の修繕、下水の掃除などもすることもあったが、住込みの上に若干の給料も貰えたため、従来よりずっと勉強にうちこめるようになった。


淳一さん、勉強にうちこめるようになって、よかったですね。

母も安心しました。あと卒業まで、一年少しになりましたね。

しっかり頑張って下さい。わたくしは元気にしています。

昨日、高女時代の友達が、三人見舞にきてくれました。

そして、立派な綿入れをいただきました。

日帰りで、夕方の汽車で帰りましたが、いろいろ昔話などして、とても楽しい一日でした。

同封したのは、裏山の紅葉です。

窓から見ると、夕日の光をうけて、美しいこと！

その紅の美しさはたとえようがありません。あなたにも、一目見せたいと思っておくりました。

今年の紅葉は特に美しく、そして、寒さがじわじわ来ましたので、とても長持ちしました。

二十五日は村祭りでした。奉納相撲や、農作物品評会などもあり、境内には露店がたち並び、大変にぎやかでした。

甥の小学二年の次郎ちゃんが、角力にでて、五人勝抜きをして、五十円もらいました。母も百円あげました。

それでは、また便りします。呉々も体に気をつけて下さいね。

母より

昭和三十二年十二月一日

淳一さんへ

いよいよ卒業試験が始まったそうですね。六年間の総仕上げですね。何も考えず、一生懸命やって下さい。

私も皆んなも元気にしています。

今春、農高を卒業した甥の一郎さんは、乳牛を飼いはじめ、毎朝早く牛乳を、農協へ自転車ではこんでいきます。

私も、その頃起きて、庭を散歩します。朝霧に包まれた山々が、だんだん姿を見せて来るさまは、とてもきれいです。

愛子さんが私のために、庭に植えてくれた菊が、今年は見事に咲きました。中菊、小菊が主で、種類は嵯峨菊、肥後菊です。

伯父さんは、品評会に出したらどうかと言っています。

私の体のことで、加藤神社や本妙寺におまいりしてくれたそうで感謝しています。私も大神宮様に、あなたの卒業試験が無事終りますように、お願いしておきました。

それから、あなたには黙っていましたが、今春から、隣村まで詩吟を習いにいっています。

お医者様に相談しましたら、もう大丈夫ということでした。

月に二回ですが、送り迎えは鍛冶屋の源さんが、リヤカーでやってくれます。村でも、小学校時代の同級生は源さんだけになりました。次郎ちゃんや、近所の子供が後押しをしてくれます。

そのうち、あなたにも披露します。

私の事は何の心配もいりません。返事を書く必要もありません、しっかり頑張って下さい。

今年は悪性の風邪が流行すると、ラジオがいっていました。

勉強する時は、腰に毛布をまいてしなさい、体がとっても暖まります。

淳一さんへ

昭和三十三年十一月五日

母より

お便り有難とう。試験もあと三科目になったそうですね。

でも、最後まで力を抜かずに頑張って下さい。時候も大分暖かくなってきましたので、凌ぎ易くなりました。

母も、今度の風邪で、すっかり体を弱らせたように思います。

髪の毛が、目立って白くなりました。でも、日毎にどんどん良くなってきましたので、安心して下さい。

卒業したら、インターンをこちらでするそうで、喜こんでいますが、あなたが充分に勉強できないのではないかと、心配しています。試験が終って二十三日には帰省できるとのことで、心待しています。

その夜は、卒業祝いをすると、皆んな張切っています。

それから、あなたの卒業祝いに、皆んなで背広を贈ることに決めました。看護婦さんにでも、寸法を測ってもらって、知らせて下さい。

もう間もなく、野の草花が、一斉に芽を出し、花をつける美しい春がきます。帰る日を楽しみにしています。

淳一さんへ

母より

昭和三十四年三月十日

医学部の卒業試験は、毎週一科目ずつ、筆記試験と口頭試問があり、延々四ケ月に及んだ。

私は卒業したら、私の特別の事情から、村に近い久留米の国立病院でインターンをするように、手続きをとっていた。

私達母子は七年ぶりに、一緒に住めることになった。

私は、卒業試験の終った日、大きな鯛を一匹さげ、故郷をめざしてとんで帰った。

駅には、総出で出迎えていてくれて、皆な喜色溢れ、源さんは日の丸の旗をふっていた。

その夜、全ての戸は開け放たれ、祝宴がひらかれた。私は、卒業祝いに皆なから贈られた、新調の背広を着せられ、床間を背に母と並んで坐らせられた。

祝宴には、伯父一家、母、妹、それに源さんも加わった。まず、伯父が祝辞を述べ、私は謝辞をかえしたが、万感が胸にこみあげて来て、涙ぐみ、言葉にならなかった。

次いで、母が不自由な体を正坐して、挨拶をした。

「淳一さん、卒業本当におめでとう。よく頑張ってくれました。父も、どんなに喜こんでいることでしょう。これも、伯父さん一家の力添えがあってのことです。一生御恩を忘れてはいけません。私からも、心から御礼申し上げます。本当に有難うございました……。私は今日まで生き長らえて、本当に果報者です。私は大病を患い、世間から見れば、不幸に見えたかもしれませんが、私は幸福そのものでした。

　人生において、何が幸福かといっても、親が、子の日々に成長していく姿を見守る程の、幸福はありません。淳一さん、医者になったことは、第一歩です。これから、しっかり勉強して立派な人間になってこそ、本当の医師です」

　座は静まりかえって聞き、嗚咽が流れた。それから、母は習得したばかりの詩吟を披露した。

　祝賀の詩・河野天籟作
四海波平らかにして、瑞煙漲ぎり
五風十雨、桑田を潤おす
福は東海の如く、杏にして限無く
寿は南山に似て、長えにかげず
鶴は宿る、老松千載の色
亀は潜む、江漢万尋の淵
芙蓉の雪、大えいの水
神州に磅はくにして、九天に輝く

母は、しっかりした口調で吟じ、その声は朗々として春夜に流れた。私は、母の努力と上達ぶりに驚いた。これを切掛に、座は祝宴らしく晴れやかになり、伯父は小唄を出し、源さんは安来節を踊ったり、浪花節をうなったりして、座をもりあげ、私も妹も、皆んな合唱し、夜を徹して賑わった。

三日後、私は大学に戻り荷を整理して、私達一家が居住するために用意された病院の宿舎に発送した。

その夜、療養所では私のために、送別会が開催され、看護婦、炊事婦さんなど、殆んどの従業員が出席した。

患者会からも、記念の柱時計が贈られた。

私の心は、歓びと希望でふくれあがり、これまでの苦労が、遠い昔のことに感じられて、床にはいってもなかなか寝つかれず、これから私達が住む家を、母の好きな草花で埋めつくそうとか、母のために、やわらかい夜具を揃えようなどと、次から次にわきあがる楽しい想像で、私の心ははちきれそうになった。

しかし、一方では、幸福がこんなに容易におとずれて良いものだろうか、もっと苦労しなければ……、いや幸福はそこまで来ているではないかと、私は心の中で、自問自答をくりかえした。

待ちこがれた幸福が、手に取れるところまで来ると、人はむしろ底しれぬ不安を感じるものだろうか。

その夜半まで、私は興奮と不安のため、なかなか寝付かれず。浅い眠りをくりかえした。

何処であるか思い出せないが、阿蘇か久住か、耳納連山であったかもしれない、確かに一度来たことのある荒野を、私達母子は歩いていた。母を先頭に、その後に、私と妹が従っていた。

荒野には、月光が皎々と照りわたり、一面の薄野《すすきの》は目に痛いほどの銀色に輝いていて、風にまかせて、美しい波をつくった。

この月の輝きも、確かにどこかで眺めた記憶があり、それも幾度もあったように思った。

母は杖を使い、肩を上下に大きく揺さぶり、跛《びっこ》をひきながら、後続する私達に迷惑がかからないように、必死に歩いていた。

私は、母の後姿を見ながら、自分の肩に手をやった。

私の背には、母と行商して歩いた時の、あの重い荷はなかった。

私は、ほっと安堵した……。そのはずなのだ。私は医者になったのだし、もう、重い荷を背負って坂道を登る必要はなくなったのだ。

背後の妹を見ると、妹も幼い時の、あの何時も泣き出しそうな顔をして必死に後を追う顔ではなかった。

それなのに、何故母は先を急ぐのかと、私はしきりに考えた。

先に、一度小休止してから、随分時間がたったのに、母はなかなか休もうとしなかった。私は心配になり、母に少し休みましょうと、呼び掛けた。

母は、私の声が聞こえなかったのか、聞きちがえたのか、一層肩を上下に揺さぶりながら先を急いだ。

私は、不安にかられ、妹の手をとると、母の後を追いかけた。

しかし、不思議なことに、どんなに急いでも、母との差は開くばかりだった。

薄の中の細道を登りつめた所で、母は私達の方をふり返った。

高い薄の穂影の中で、母の顔だけが宙にうき、月光を浴びて、白蠟のように青白く、不気味に見えた。

母は、私と妹を見つめ、やさしく微笑み、何かを私達に言っていたが、よく聞き取れなかった。私が聞き返すと、私の声が聞こえなかったのか、背をむけると、母はすっと坂道の向こうに消えていった。

私は、戸をはげしく叩く音で、とび起きた。

夜はすでに明けていた。私は全身に冷汗をかいていた。

看護婦がはいってきて、電報を手渡した。

不吉な予感が走った。

　ハハシススグ　カエレ　アイコ

その時、私が受けた衝撃、悲しみ、落胆がどうであったか、そうしてどのようにして家路をたどったかも、ほとんど記憶になく、私はただ夢の続きの中を、ひたすら歩いているようで、一刻も早く、夢が覚めるようにと、必死にもがいていた。

母は、その日帰ってくる私のために、花を生けようと、朝早く裏山にヤマモモの花を切りに行き、その帰りの畦道で足を滑らせ、小さな谷川に落ちて、水死したのであった。

野辺の送りは、私、伯父、一郎さんと源さんの四人が、棺をかつぎ、その後に、この地方の慣習である、白、赤、青、黄などの幟をたてた葬列が続いた。

早春の野面を、まだ冷たい風が吹きぬけ、葬列の幟を舞いあげた。

それから間もなく、私と妹は、母と一緒に住む予定であった、病院の宿舎にうつった。

私の心には、何時も淋しい、冷い風が吹きぬけ、何をしても充たされぬ虚脱の日々が続いた。

私の心の奥底には、母の体が不自由で、私がどんなに訓練しても母は立上ることができずに、絶望的になったあの月の夜、一瞬なりとも、私の心を襲った、母を疎《うと》んじた気持が重く私を責め、夢の中の母の動作と対応して、母は自から命を断ったのではないかという、心を抉《えぐ》られるような悲しい想像が入りまじって、それが私を苦しめた。

私はその病院で一年間のインターン生活を送ったが、私の心情を見かねた院長は、彼と大学時代の同期で、教授をしているQ大胸部疾患研究所に、私を立ち直らせようと紹介してくれた。

私は院長の温情を率直にうけいれ、その翌春、胸部疾患研究所に再出発を期して、出発した。

私が懸念していたように、養老院では老婆に先立たれ、とり残された老人が、秋口からめっきり弱っていた。

老婆の危篤の時のように頻繁でなかったが、私は土曜日ごとに、養老院を訪ねていた。

老婆をなくしてからの老人は、一層無口になり、部屋にひきごもりがちで、母を失った落胆と、生きる支柱をなくしたためか、どこが特別悪いというのではなく、全身から活力が次第に抜けていく状態だった。

九月末私は女子事務員と相談して、私の勤務先の病院にひきとって治療しようと申し出たが、老人は頑として受けいれず、どうせ長くないと自分でもわかるし、今更長生きしたところで、どうということはないので、母の亡くなった養老院の、この部屋に最後まで居たいと言ってきかなかった。

十月になると老人は、持病の肝硬変と珪肺が増悪し、黄疸が顕現し、呼吸困難も日増しに強くなっていった。

珪肺の末期はスポンジみたいに無数の小孔でできている肺の肺胞壁が、珪酸などの外毒によってひきちぎられ、肺胞がうしなわれていく。

十一月中旬の土曜日、私の到着するのを待ちかねたように、私と女子事務員の手を握りしめると、消えいるように呼吸をひきとった。

その夕方、私と女子事務員は、紫川ぞいの道から中野橋を渡り、小倉の繁華街を通りぬけて、富野の丘陵の方へ歩いていった。

私達は、お互いの心に去来する感慨をかみしめるように、ほとんど会話を交わさなかった。

彼女は口を開いても、視線を変えても、涙があふれ出てくるのか終始うつむいて歩いた。

富野の丘陵には、レジャーセンター等もあり、夏の間は納涼や夜景見物で賑うのであるが、晩秋ともなれば、人出もなく閑静そのものであった。丘陵からの眺望は、私が想像していたより広く、美しかった。なだらかな幾重もの丘陵と、海との間の平地に、小倉の街並が横たわり、戸畑、若松、門司なども遠眺でき、本州の突端である彦島も、右手に見えた。

小倉湾には、船影が散見でき、海岸線には工場群が見えた。

やがて、なだらかな幾つもの丘陵の襞に、薄紫色の夕靄が静かに流れこみはじめ、丘陵はその小さな頭だけを残すようになった。

遠くに屹立する帆柱山は、中腹を見る間に厚い雲に遮ぎられ、わずかに山頂とテレビ塔だけを残し、雲の上に浮かんだように見えてきた。まだ灯は、どこにも燈っていなかった。

私達は、丘陵に立って、静かに暮れていく晩秋の街並を眺めた。

彼女は、私を静かに見あげて、語りはじめた。

――私が物心ついた頃、私の両親は各地の縁日を渡り歩き、綿菓子をつくって売る、露天商をしていました。

私の目から見れば、かなり年差はありましたが、仲睦まじい夫婦でした。

私が学校にあがる前の年の秋、博多の筥崎八幡宮の放生会のお祭りで、商売しました。筥崎宮の放生会は、盛んなお祭りで、私には参道に並ぶ夜店が、何里も続いているように思われました。

綿菓子は飛ぶように売れ、父の呼びこみをする奇矯な声色をききながら、アセチレンガスの火を絶やすまいと、子供心ながら浮々していました。

祭りも終りに近づいた風の強い日、母は私の手をひいて、来春学校にあがる私のために、鉛筆や、筆入れ、ランドセル等を、惜しみなく買ってくれ、金時なども一緒に食べました。無心に喜ぶ私の顔を、母はじっと見つめていました。

風はますます強くなり、夜店に飾られたセルロイドの風車が、激しい、無気味な音をたててまわっていました。

翌朝目を覚ますと、母はいなくなっていました。

後年知ったのですが、母は、同じような商売をする若い男と出奔したのでした。

父は前もって、その事を承知していたようで、あわてませんでした。父はそれ以後、学校にあがる私のために、家を留守にしがちな露天商をやめ、電気工事の仕事にかわり、好きな酒もたちました。そして、私が祇園祭りに出たいと言えば、着物を揃えてくれましたし、修学旅行にも貧しくて行けない子が沢山いるのに、父はちゃんと行かせてくれました。

父は私の成長だけが生き甲斐のように、私を可愛いがってくれました。私が六年の時、父は仕事中に高所から落ちて大怪我し、傷がよくなった後も、もはや力仕事はできず、養老院に収容され、私は施設の学校に変わりました。

その当時、養老院で父をなぐさめ、看病してくれましたのが、あの亡くなった老婆でした。

私が養老院に父を訪ねると、老婆は私の衣服の綻を繕ろってくれたり、お小使いをくれたり、実孫のように可愛がってくれました。その頃、出奔した母は実母だが、父は血縁がないということが、私の耳にはいりました。

母はどうであれ、父こそ実父と信じていた私にとっては、身の凍るような衝撃でした。

けれども、私は考えました……。

この世に一旦生れた以上、全ての人が父母であり、兄弟であると……。私と父こそ、本当の親子であったのです。

それから間もなく、父は亡くなりました。父の腹巻きから、内職やわずかの給付金を貯めた、私名義の貯金通帳がでてきました。

私は高校を卒業すると、父がお世話になった、老人ホームに事務員として勤めました。それが父に対する鎮魂であり、私を可愛がってくれた老婆に、私のできるせめてもの謝恩であったのです。

そして、老婆の容態がいよいよ悪化した時、先生の研究班が訪ずれました――

「先生、本当に御迷惑をお掛けして、すみませんでした。先生を私事にひっ張りこんでしまって。私は先生にお会いしたとき、この先生に、お婆ちゃんのことをお願いしてみようと感じたのです。先生は、厭な顔一つ見せず……」

彼女は、こみあげてくる感情をこらえ切れず、すすり泣きはじめた。

夜の帳《とばり》は、次第に海の方から降りてきた。

小倉湾ぞいの工場に、一つ二つと灯がつき始め、煙突からローソクの火のような炎があがり、それが風に揺れ、対岸の彦島にも灯が宝石でも散りばめたように点在してきた。

私は、泣きじゃくる彼女の肩をやさしく抱きよせた。

私もまた、私と母のことを彼女に話そうかと思ったが、今話せば益々彼女を悲しませることになると思った。

晩秋の夜風が吹きぬけ、冷気が肌を刺してきた。

私は彼女のコートの襟を立ててやった。

刻一刻と夜は降り、街の灯は一層輝きをまして来て、またたく間に、視界一面光の海になった。

山裾の住宅街の灯は、濃紺の中に輝やき、小倉の繁華街の上空には、無数の美しいイルミネーションが夜空を焦して、薄黄色のアーケードをかけた。

帆柱山も、その山影と空の境界をなくし、テレビ塔の灯だけが遠く宙に浮き、彦島と小倉湾の間には船灯だけが、止っているように動かなかった。

コスモスの花

コスモスの花の美しさのたとえ方は、見る人の心象や嗜好によって違うかも知れないが、私には何時見ても、また年ごとにその興趣はいよいよ深まり、心にしみる花である。

コスモスには秋桜の呼名があるが、見方によってはたしかに春に爛漫と咲きほこる桜花に似ている点もあるが、庭先や、路傍、草むらのあちこちに小さくかたまり、色とりどりのコスモスの花々が、宙に浮いたように頼りなげに風に揺れる風情は、桜木の大木として放物線をつくって咲きほこる桜花とは、私には全く異質のものに思われる。

桜花は春霞のもとで見るものであり、コスモスはあくまでも澄みきった秋空に、かすかに鰯雲の走るもとで見るものである。

サキ婆さんを初めて往診したのは厳冬の頃で、私が医院を開業して初めての冬であった。

盆地をとりまく山襞の一隅に開業した時、冬になればきっと山奥からの往診の依頼もあると、乗用車にスノータイヤを付け、そのうえチェーンまで用意したが、それにこたえる往診の依頼はなく、むなしく冬を越すかと思う頃に、サキ婆さんの往診を言ってきた。

サキ婆さんの家は、往診用に入手した精密な地図では隣県との境界をなす山の頂上に近い所にあった。山を登る程に雪は深くなり、途中で岐路にまよい、何度か立ち往生したうえ、スノータイヤのうえにチェーンを巻いて山を登った。

全山眼に痛いような白一色で、小さい谷川の川面に、わずかだけ雪がなかった。谷がせばまり、正面に屹立する山が眼前にいよいよ迫ってくるところで、谷川にかかる小さな橋を渡ると粗末な農家が二、三軒かたまってあった。

その中の一軒がサキ婆さんの家であった。

藁葺きの土間は外とくらべて、暗かった。

土間から呼んでも返事がなく、私は破れた障子をあけて、あがって行った。

家はその度に建て増しをしたのか、廊下の継ぎ目にはかなり段差があり、奥にせまい曲った廊下が続いていた。

私は声を出しながら、部屋を次々にのぞいていった。

往診の到着が遅れた為に、耐えきれず街の医者に患者を運んだのかも知れないと私は思い、あきらめかけた時、奥の暗い部屋から人の気配がした。

私はその部屋にはいろうとして、危くころげ落ちそうになった。

その部屋の入口にも段がついていた。

手さぐりで壁の電気スイッチを押すと、うす暗い裸電球が隅の布団をかすかに照らした。

断髪の老婆が布団から顔だけ出し、眼で私に挨拶をした。

それは寒い中を、遠い道をすまないね……、と言っているようであった。

薄暗い枕元に座って老婆に容態を尋ねたが、熱にうなされている為か、返答に要領をえなかった。

家の中には他に誰もいないようであった。

「婆ちゃんは一人ね」と尋ねると、老婆はうなずいた。

先程まで、私の到着を家人も待っていたらしかったが、待ちきれずに山に仕事に行ったと老婆は言った。

こんな雪の日に山仕事があるのかといぶかしく思ったが、積雪で杉が倒れるのを起しにでも行ったとしか考えられなかった。

沢山着こんだ下着をまくり診察をしたが、長年の農作業で鍛えたのか、年に似ず固い筋肉をしていた。

「婆ちゃんはいくつになるの」

「よう憶えておらんが、八十七か八のはずじゃが」

八十七才もの高齢を他人事のように、老婆はこともなげに言った。

風邪から腎盂炎を併発したらしく、高熱と腰痛を訴えた。

雪はまだ降り続いて、あたりはしんしんと静まりかえり、窓から見える山村は雪に飲み込まれそうな恐怖感があり、窓の隙間から粉雪が吹き込んできた。

翌日は、雪はやんだが冷え込みは一層きびしく、道路は凍りついてすべった。車で登れるところまで行き、あとは歩いた。

木々の枝や、路傍の枯草に積もった雪が時々強い風に吹雪のように舞いあがって視界を遮った。

老婆の熱はさがり、かなり元気を取り戻していた。

その日も老婆は一人きりであった。

「内臓ははがゆいごつ丈夫だけど、膝が悪うて困る」

昨日の高熱と腰痛の苦しみを老婆は忘れたように言った。

老婆の言うように内臓は丈夫そうであった。

膝を診てみると、水がたまっているといった急性の所見はなかったが、膝全体が大きくなって変形をしていた。

これでは歩行も思いどおりにはなるまいと思った。

私はなぐさめに、膝の関節内に注射をして、熱はさがってもあと二、三日は薬を飲むように言って、

「婆ちゃん、又悪くなったら、電話をしなさい。何時でも来てあげるから……」

と老婆の手を握り下山した。

遠山にはまだ雪が残っていたが、二月になると梅が咲き始めた。

老婆の家の近くに往診をしたついでに久しぶりに寄ってみた。

雪は解けて、まわりの景色は春めいてきていたが、かすかな水音をたてる池の面にはまだ薄氷がはっていた。

外から呼んでも返事がないため、土間に入ると、ウンウンうめき声を出しながら、老婆が仏間の畳の上を這いながら居間の方に丁度来ていた。

居間との境まで来て、ひと休みするため顔をあげた時、私と目が会った。老婆はさして驚いた風もなく、私の顔を暫く見つめて思い出そうとしていた。私が手に持った往診カバンを見せるとやっとわかったらしく、嬉しそうにうなずいた。

「寒かったろう、まああがってぬくもっていかんかい」

私は遠慮なくあがりこみ、炬燵にはいった。

炭火があかあかと燃えて、足もとから全身に暖みがのぼってきた。

この前、私がなぐさめに膝にうった注射がとても効いて、どうにか這えるようになったと感謝された。

期待していなかっただけに、その効果に私の方が恥かしい思いであった。

暖まる内に、ガラス戸越しの裏庭に梅の花が咲いているのに気付いた。

まだ三分咲きといったところだったが、あたりがまだ冬ごもりの中にあるだけに、一際目立って見えた。

膝にうつ注射が思いのほか効果があるというので、週に一回くらいの割で私は老婆の往診を始めた。

四月の桜の頃には老婆は杖を使えば庭先を歩けるようになった。

葉を落した季節には桜木の存在はなかなか目につかなかったが、花をつけてみると往診の途中のあちこちに桜木が目にとまった。

老婆の家の庭先にも、納屋のうしろにも桜の大木があり、それらは八重桜であった。

「先生、桜は八重に限るよ」

と桜を見あげて美しさに溜息をついている私に、老婆が縁側から声をかけた。

私と老婆はすっかり親密になり冗談も交わす仲になっていた。

八重桜をあまり見たことのなかった私にも、八重桜の美しさが理解出来るようであった。

花弁の一枚一枚が厚く、近づくと、若葉にかこまれたそのふくよかな美しさは奥深く、優艶で芳香さえも漂よわせるみたいだった。

「婆ちゃん、前から気になっていたが、婆ちゃんの額にある腫瘤（こぶ）を取ってあげようか」

と私は初めて会った時から気になっていた事を、冗談にまかせるように言った。

「こりゃ子供の時からあった。こりゃ取れないものとあきらめていたが、本当に取れるかい」

老婆は半信半疑に言ったが、眼は少し輝いていた。

「簡単に取れるし、後かたも殆んど残らんよ」

「今更取ってもね、わたしはこぶ婆さんでとおっているからね」

「まあ考えておかんね。何時でも取ってあげるからね」

この瘤の為に一生気まずい思いで暮らしてきたと思うと老婆が可哀相な気がして、言い出さない方がよかったのかも知れないと思った。

それからの往診の折には、瘤について私は故意にふれないようにしていた。

老婆の家の庭先は整理されたものではなかったが、四季折々になんらかの美しい花が咲いていた。

梅雨になると縁側に座って老婆と二人で、紫陽花を眺めた。

こんな山奥で殆ど誰の目にもふれない花々を見ていると、花というものが一層美しく可憐に見えるのであった。

庭先を歩けるようになってからの老婆は何時行っても、縁側に腰かけて庭先を見ていた。

毎日毎日、一人で庭先を何十年も見つめている老婆は一体何を見て、何を感じているのか、私は知りたい気持になる事があった。

「先生、瘤の手術をやってもらおうか」

「簡単な手術だから、何時でもいゝよ。瘤取り先生になってあげましょう」

と私は笑って応えた。

老婆は決心するのに、自分なりにかなり迷っていたのであった。

数日後、老婆は山を降りてきた。

山を降りるのは数年ぶりの事で、老婆は心なしか緊張していた。

簡単な手術とは言っても、痛みはともなうもので、まして顔面の手術は気持の良いものではなかったが、老婆は一言の苦痛ももらさず耐えた。

ガーゼ交換には私の方が山に登った。

一部創が哆開《しかい》したが、一ケ月もするときれいに創口はなおった。

瘤のあった時にくらべると、老婆の顔は随分柔和になった。

今年の夏は短く、九月になるとさして残暑もなく一気に秋にはいっていった。

つまぐれの花やカンナが庭に咲き乱れた。

庭先に老婆の姿が見えない時は、裏にまわると老婆が石垣の草をむしっていることが多かった。

「婆ちゃん瘤が取れて淋しくないかい」

老婆は額に手をやり、創のあとをこわごわとさわりながら、

「夢の中で、瘤をさわって、ないので驚いて目を覚ます事があるよ。鏡を見ると自分が自分でないようで妙な気持たい。でも妙なもので、瘤がなくなると、それはそれで、もう生まれた時から自分には瘤はなかったような気がするよ」

老婆は、てれくさそうに言うのであった。

九月の下旬に台風がやってきた。

風も雨も普通の台風の倍はあり、行き過ぎてはまた戻るといった進路をとったために、長い間強い風雨にさらされて被害も大きかった。

二週間くらいは山に登る事が出来ず、道路が復旧したのを聞くと、一番に山に登った。

台風一過の秋空は一層澄み渡っていた。

山道の際にある小さい田にも台風の跡が生々しく、稲は渦を巻いて倒れ、農夫達が稲をおこしていた。

土間から声を掛けたが老婆の姿はなかった。

私は一人縁側にこしかけて白く光る庭先を眺めていると、納屋の影から老婆が顔を出し、

「先生、よう来てくれましたね」

と足を痛そうに引きずりながら近づいてきた。

私は馳けより、老婆の手を取ってやった。

「もう先生は来てくれんかと思っとった。心配せんでも先生は来てくれると家の者は言うけど、一日一日が待ちどおしくて、電話をして呼んでやろうかと言うけど、電話する程の病状でもないのでね」

「早くこねばと気になっていたけど、道が悪くてね……」

「年をとると、悪い方ばかりに、頭が行って、もう先生は二度と来てくれないと、そんな事ばかり考えてね」

「婆ちゃん心配せんと、何時でも来てあげるからね」

老婆は故意に私の顔を見ないようにして、痛い膝に注射をしてもらおうと着物の裾をまくりあげていた。

私には老婆の気持が痛い程わかった。

十月にはいると、台風で荒れた庭先にも、道筋にも、あちこちにコスモスの薄緑のしなやかな茎が目立ちはじめた。

天気の良い日は老婆は庭先に筵をしき、その上で小豆や大豆をたたいていた。

「婆ちゃん頑張るね」

と声を掛けると、

「少しは何か役にたたんとね」

と恥かしそうに笑うのであった。

「そうそう先生、里芋を持って帰らんかね。皮をはいでおいたけん」

「折角皮まではいだのを勿体ないよ」

「珍しくなかろうけど、芋ならいくらでもあるから」

老婆は新聞紙に包んだ芋を無理やりに往診カバンに押し込んだ。

私が礼を言って立ちあがろうとすると縁の下から、クンクンと泣きながら小犬が出て来た。

「婆ちゃん、この小犬はどうしたの」

「三日前に生まれたばかりでね」

抱きあげると野球ボールぐらいの小犬は泣きながら私の手の中であばれた。

「たった一匹ね」

「いや、四匹生まれたけど、他のは捨てたよ」

「どうして、可哀相に」

「四匹もいらんし、食わせるのが大変だもんね」

「何処に捨てたね」

「家の者が、杉の根ざらいに行く時連れて行ったから、あの山の中じゃろう」

老婆の指示す山は庭先の谷川をはさんで、円錐形みたいになって天をさして屹立し、頂上まで杉がびっしりと植えられて、あの山に捨てられたら人間でも帰ってこれないように思われた。

コスモスの花が咲きはじめた。老婆の庭先にも、思いもかけずコスモスがたくさんの蕾をつくっていた。

コスモスの花は見かけに似ず長持ちするものであった。

十月から十一月の初旬にかけての往診はコスモスの花を見るだけで心が安まった。

農家の庭先、路傍、草むらと、至るところに続々と咲きみだれ、それが秋空に調和して一層美しかった。

「昨日は先生のあとを孫に追わせたけど、一足ちがいで……」

「私が来たのを知っていたね。それは悪かったね……」

私は一寸恥かしい気持がした。

昨日、私が来てみると庭先には入る道に数台の車がとまり、家の中から賑やかな笑い声がもれていたので、何か寄り事でもあっているのだろうと遠慮して早々に帰ったのであった。縁側からふと座敷を見ると、床の間に結納の時に送られる一式がおかれ、その横に真新しいタンスが二さお置かれてあった。

「おや、婆ちゃん御目出度だね。お孫さんでもお嫁さんに行くのかね」

「同じやるでも嫁じゃなくて、男の孫を婿養子に出すんだよ」

老婆は一寸淋しそうな顔をした。

「本当は出したくないんだけど、この山の中じゃいい仕事もなくてね……」

二人の間に会話がとぎれた。

「今は婆ちゃん、貰っても、やっても同じだよ」

私は老婆をなぐさめるように言った。

小犬が私の足にじゃれついてきた。持ちあげると小犬は丸々と太ってきていた。生まれた時の倍くらいになっていた。

「そうそう、先生に読んでもらおう、何度聞いても孫の行き先を憶えきらんで」

老婆は座敷から荷札を持ってきた。

「婆ちゃん、眼鏡があるといいのにね」

「眼鏡があっても同じだよ。わたしは字が読めないんだよ」

私は気の毒な事を言ったと後悔した。

九州の中央部にある小さな町の名を老婆が憶えるまで何度もくり返して読んだ。

秋の透明な陽射をうけて白く光る庭先で、コスモスの花々が、幼稚園の子供達のように整列したり、時には気ままに動き回った。風によっては鬼ごっこのように鬼から四散し、また円舞のように手をつないで回ったり、うち寄せる波から逃げるように一斉に私の方に走り寄ったりする。時に渦巻くような激しい風が吹くと、コスモスの花々は渦巻いて大気のなかに吸い込まれて、消え失せそうである。

「先生、コスモスの花は本当にきれいだね。子供の時からこの庭先で何十年も見ているけど、少しもあきないね」

老婆の年令の半分にも、まだ間のある私にも、老婆の感懐がわかる様な気がした。

秋の陽が少しかげり始めたのを感じると、私は思いきるように立ちあがった。

山道をくだりはじめて振り返ると、納屋のそばに老婆が杖を支えに立って手をふっていた。

コスモスの白、淡紅、薄桃色、紫色が風にいりみだれ、宙に蝶のように舞って見えた。

夜の底

十一月の末の夜の山間部の冷込みはきびしかった。

外国製の救急車の強力な暖房装置でしても、車内はなかなか暖まらなかった。まだ車の往来のはげしい市街地では、救急車はサイレンを鳴らしながら通りすぎたが、山間部にさしかかってからは、K医師の指示もあり、闇の中に先行車や対向車のヘッドライトが見える時だけ、サイレンを鳴らすようにしていた。

救急車のサイレンは誰が聞いても気持の良いものではなかった。

都会とちがって田舎では、夜も十時をすぎると、深夜と言ってよかった。

先程からS看護婦が暇にまかせて、窓外を見ろうと、湿気でくもった車窓をハンカチでしきりに拭いていたが、ガラスの外面にすでに霜がかかっていて、時々農家の灯がぼんやり見えるだけだった。

救急車には、専門の運転手が非番のために、急遽運転をかってでた若い事務長をはじめ医師や看護婦等、六人が同乗していた。

運転手の横にレントゲンのIさん、ガラス窓でしきられた患者を運搬するためのベッドのある後のコンパートには、K医師と医学生のM君、それに看護婦のSとNが乗っていた。

市街地をはずれ山間部にさしかかると、道路は途端に悪くなり、救急車の振動がはげしくなった。

救急車がはねる度に、後のコンパートに乗っている看護婦が悲鳴をあげた。

実際振動の度に油断すると、体が三十センチ程宙に浮いたり、前にころがりそうになった。

M君が後から時々看護婦の腰をささえてやろうとするので、また嬌声がおこった。

運転をしている事務長がその度に、「しっかり摑まっておれよ、俺はしらんからな」と後ろに声をかけ、ますますスピードを出した。

とにかく先をいそぐ救急車であるため、皆も必死にこらえた。

T先生が往診先から救急車発動要請の電話をかけてきたのは十時をすぎていた。

若い女性で、夜になり急に全身の痙攣をおこし、意識も判然としないとのことであった。

その時まで、救急車に乗っている連中は院長などと、病院の食堂で一杯飲みながら談笑していた。

その日、病院では午後から三例の手術があり、たまたまその中の一例が術中に軽いショックに陥り、一時あわてたが、手早い処置で大事に至らなくてすんだ。

その余韻から一座の話題はショックが中心であった。

ショックと言えない程軽いものであったし、他の手術も皆うまくいったため、一座の雰囲気は、はなやいでいた。

病院では、大概手術の終ったあとは、こうして集まり夕食をしながら談笑した。

神経をすりへらす大手術のあとは、アルコールを飲みながら談笑するのが、明日の仕事にも一番よかった。

医療従事者には、ショックはどうしてもさけられぬ重要な問題であった。

ショックは一寸した不注意からでもおこり、時には患者を死に至らしめることもある。

院長やK医師は過去に二、三回ショックの場面に遭遇して、その恐ろしさを知っていたが、まだ若い看護婦やレントゲン、事務員などはそういう経験もなく、院長やK医師の経験談に臨場感を持てず、その時の当事者や、周囲の人の驚愕や狼狽ぶりに腹をかかえて笑った。

院長が最初にショックの患者を経験したのは、医者になってすぐの頃で、腰椎麻酔で虫垂切除を終り、次の手術をしていると看護婦が真青な顔で手術場にとびこんできて、病室に帰したばかりの患者の脈がふれないと呼びに来た。

院長が手術着のまま駆けつけると、たしかに脈がふれなかった。院長は動転し、看護婦から血圧計を奪うようにとりあげて測ってみたが、血圧は全然測れなかった。

院長はすぐにベッドにとび乗り、一生懸命心臓マッサージを行なった。どのくらいしたか憶えていなかったが、患者が「先生、胸が痛いからもう止めてくれ」という言葉で我に帰った。

後で笑話となったが、院長が血圧を測った時には、聴診器を耳にはめていなかったとのことだった。

院長自身、その時聴診器のことに全く気付かなかったのだった。

とにかく、心臓マッサージをしながら、これで俺の医師生活も終ったなあと感じたそうであった。

Ｋ医師は大学病院でまだ勉強中に経験した事を話した。

彼の医局の大先輩で、講師までやっている人が、学生の実習のため気管支造影をやって見せていた時、気管支の粘膜の局所麻酔をしていたら突然患者が痙攣をおこし、意識不明に陥った。

日頃、講義でこういう事態が突発したら、こういう手当を瞬時行なうのですよと教えていた人が動転してしまい、病棟中裸足で、「誰か助けに来てくれ！」と走って回った。

「実際ショックをおこさせた人や、その場に居合わせた人でないと、その恐ろしさはわからんからね。第三者はそういう点、気が楽だからね」と院長がＫ医師の話しにつけくわえた。

院長は最近、ある開業医でペニシリンショックをおこし、院長に助けを求めてきた時のことを話した。

院長が駆けつけると、診察室で医者も看護婦もただおろおろしているだけで、手をこまねいていた。

院長は自からが当事者でないため、心に少しは余裕があった。

すばやく人工呼吸を行ない、適切な処置をして救命した。

命が助かったのがわかっても、当の医師は顔面蒼白で、しばらく震えが止まらなかった。

ペニシリンの注射を直接した看護婦は、ベッドの脇に土下座するようにすわり、わんわん泣いていた。

後で聞くところによると、その看護婦は興奮のあまり失禁していて、それを恥かしく思って、まもなく看護婦を止めたという。

失禁と聞いて一座から失笑がおこったが、その看護婦の衝撃と恐怖がある実感となって皆の心に迫った。

一座にしばらく沈黙が流れた。

「ショックと少し違いますけど、この前の交通事故の加害者も可哀相でしたね」とS看護婦がK医師に同意を求めるように話しかけた。

「そうそう、あの時の事故は凄《すご》かったね」とK医師が相槌を打った。一週間前の夜中、M橋の上で起った交通事故で救急車が出動した時のことであった。

その夜も冷込みがきびしかった。

女性を横に乗せた若者がスピードの出しすぎと、前方不注意で橋の上の歩行者をはねて即死させた事故だった。

遺体は二十五メートルもはねとばされ、橋の欄干で頭をめちゃめちゃに割られ、顔も原形をとどめていなかった。

救急車は救助の為に出動したのでなく、死亡を確認するのみであった。警官が、車の脇で蒼白になりぶるぶる震えている加害者を逮捕しようとすると、突然若者は駆け出し、橋の欄干をとびこえて川に身を投げようとした。

責任の重さのあまり、自からも命を断とうとしたのだ。

警官が後ろからとびつき、辛うじて引きずりおろし、ねじ伏せた。

若者は「止めてくれるな、俺も死ぬ」と狂乱した様に泣きさけんだ。

闇に、その声だけがはげしく響きわたった。

K医師もS看護婦も迫真のドラマを見ているようで、何時の間にか手をとり合ってぶるぶる震えていた。

「自からが加害者となって人を死に至らしめた場合、その本人の気持はたまらないでしょうからね」と事務長が感にたえない様に言った。

「そうそう、院長、あの時のやくざ同士の喧嘩もやはり凄絶でしたね」とレントゲンのIさんが言った。

もう四、五年前の事だが、夜の繁華街で起ったやくざ同士の喧嘩に救急車が出動した事があった。

救急車が着いた時には、もう黒山の人だかりで、その中に一人が血の海の中で倒れており、刺した方も刺身庖丁こそ硬直した手で持ち続けていたが、腰をぬかして地面にすわりこみ、わなわなと震えていた。

医療面におけるショックの問題から、大分話がはずれてきたが、人間が人間をあやまちによって死に至らしめた場合の、人間の心理にはたいした差はないようであった。

一座の連中も、実際には加害者の真実の気持にはなりきれなくとも、かなりそれに近い気持になってきた。


救急車は小さな峠を越えて、下り坂になり、まもなく昇り坂になった。

道はますます狭くなり、向かいの山が近くなった。

時々民家のうす明りが見える以外は、月も星もない漆黒闇で、山と空の区別もほとんどつかなかった。

あれからN看護婦が、幼時一寸した火遊びから火事をおこし、納屋と母屋の一部まで焼いた記憶を話した。

その時のショックでども り癖がおこり、最近やっとその癖がなおったが、今でも火事を見ると、あの時の恐怖がよみがえり、ども り癖がおこると話した。

誰でもそれに類似した記憶は持っているらしく、話は時を忘れて続いた。

その途中にT先生から五里も離れた山奥への救急車の出動の要請があったのだった。

救急車で患者を迎えに行くのには、未知への興味と魅力がたしかにあった。夜も十時をすぎていたが、一座の連中は皆行きたがった。

結局、院長の命令で、院長と二、三人の看護婦を残して、六人が乗込むことになった。

救急出動には、思わぬ出来事もおこりうるので、できるだけ多人数行ったほうが、なにかと心強かった。

あれから救急車は幾つかの山峡の集落をすぎ、トンネルもぬけた。石清水が、救急車のフロントガラスをぬらした。

先行車や対向車の光が見えると、事務長がサイレンを鳴らした。すると車はおびえたように端に寄るか徐行してくれた。

小川の対岸の山裾の農家だろうか、サイレンの音を聞いて、いそいで雨戸を開ける家が見えた。

二又に別れた道などに来ると、事務長は徐行しながら、どちらの道を選ぼうかと迷ったが、このあたりの地形に詳しいのは事務長だけだったので、かまわず自分で道を選んだ。

「S君、小学校の前の養鶏所だったね」と事務長は後の、電話を受けたS看護婦にたずねた。

「ええ、そう言っていました。養鶏所の灯もついているし、小学校さえわかればすぐ見つかると言っていました」

やがて右手に校門らしいのが見え、学校らしい大きな建物がヘッドライトの中に浮かびあがってきた。

事務長は車をとめた。

学校の前には養鶏所らしいものはなく、一軒だけぽつんと寝静まった煙草屋があるだけだった。

助手席のIさんが車から降り、懐中電灯で校門の表札に見に行った。

「事務長、ここは中学校ですよ」ともどって来て言った。

「そうか、道は間違っていない筈だから、もう少し先だろう。中学校と小学校は大体あまり離れていないのが普通だから、もうすぐだろう。皆、左手の方を、気をつけていてくれ」

車が動きだした。今度は注意深げに徐行しながら走った。

一里も走ったろうか、その間も民家らしい民家もなかった。

出発して小一時間がすぎていた。

皆も少し不安になってきた。

まもなく舗装された道にでた。両側に民家がならんでいた。

どこの家も灯は消えていたが、一軒だけかなりの庭を持った家から障子ごしに灯がもれていた。

「あの家で聞いてみてくれないか」と事務長が車をとめて、後に声をかけた。

K医師とN看護婦がドアを開けて降りて行った。

肌を刺すような夜の冷気が、車内に流れ込んできた。

もう地面には霜柱がたちはじめていて、歩くとサクサクと音がした。

車の止まった気配から障子があいた。村の寄り合いでもあっているのか、大勢の人が集まっていた。

救急車と白衣の二人に驚いて、皆がどやどやと庭に降りてきた。

N看護婦が事情を話し、目的の家をたずねると、すぐわかった。

その中の長老格の老人が一人の若者に、「あそこはお前の親戚先にあたるじゃろうが、様子見かたがた案内しなさい。夜道はなかなかわからんもんじゃ」と言った。

老人の言葉に若者が助手席に乗りこんできた。

右手に杉山、左手に小川のある屈曲の多い道を車はさらに進んだ。ヘッドライトが、時々雑木や、竹林の間から隠見できる小川の水面をきらきらと光らせた。

やげて視野がひろがったと思うと、右手に校舎が見え、左手の小川の対岸に電灯をあかあかとつけた細長い鶏舎が見え、そのとなりの母屋も障子が開けはなたれ、灯がもれていた。

その明りの中に二、三人の人が立って救急車に向かって手をふっていた。

さらにその手前の暗がりの中にもう一人、懐中電灯をぐるぐる回しているのが見えた。

「あそこです」と助手席の若者が言った。

救急車は小学校の校門の前から左折し、田畑の中の道へはいっていき、小川に架かる橋の手前でとまった。

橋がせまく、それ以上は救急車では無理だった。

皆、救急車からとびおり、担架をかついで走った。

Iさんが救急箱を肩にかけ、大きな懐中電灯で先導した。

谷川のせせらぎが意外に高かった。

家の方からも懐中電灯をもった人が駆けてきた。

「やあ、御苦労さん」

T先生だった。吐く息が白かった。

T先生とK医師は病状を検討しながら歩いた。

藁葺の家は土間も炬燵の間も突然の病人の発生で取り乱し、雑然としていた。鶏糞の臭いが風にのって流れてきた。

患者は板張の炬燵の間に、下半身を炬燵につっこんだまま寝せられていた。炬燵の上には粗末な夕食がそのままにしてあった。

患者は若い女性で、田舎には稀な色白だった。

T先生が言うように、全身を硬直させ時々手足に小さな痙攣が走る以外、呼吸、血圧、脈拍、神経反射にも異状は見られなかった。

しかしどんな大声で呼びかけても反応はなかった。

T先生もこれまで鎮痙剤や強心剤をうったそうだが、たいして効果はなかったとのことだった。

K医師、T先生、患者の主人の若者と姑は話し合い、とにかく病院に運ぶことにした。

後のことをK医師に頼んで、T先生は一足先に自家用車で帰っていった。

患者の主人は、入院に必要な品物を取り揃えて、後から単車でついて来ることになった。

救急車がエンジンをかけると、その音に驚いたのか、鶏舎のほうで一斉に鶏の羽ばたく音がした。

意識こそはっきりしなかったが、思ったより患者の状態がよかったため、皆の気持に安堵と同時に少しがっかりした気配が流れた。

案内してくれた若者を先の家でおろしたが、まだ四、五人が道にたたずんで、心配そうに救急車を待っていた。

K医師はその人達に「心配いらないようですよ。どうも御手数をかけました」と挨拶をした。

救急車はスピードを出し、帰路をいそいだ。

「先生、注射かなにかしなくてよございますか」とN看護婦がK医師にたずねた。

「先にT先生がうっているので、しばらく様子を見てみよう」

車は中学校の前を通りすぎて、峠の坂を登りはじめた。

医学生のM君がK医師に小声で話しかけてきた。

「先生、私は先程から突然意識をなくす病気を、この患者に一つ一つあてはめて鑑別していたのですが、どうもヒステリーではないかと思うのですがね。一週間前に結婚したばかりの新妻ですよ。それに病気一つしたことのない健康そのものだったらしいです」

M君はどこからか、すでに情報を仕入れてきていた。

M君の言うには、新妻は街の育ちで、デパートに勤めていた時、この辺鄙な山中の男性と知り合い、華やかな結婚式を挙げ、豪華な新婚旅行から帰ってきて三日目だったとのことだった。

それに姑とも折り合いが悪くて、倒れる前にも些細な事で口喧嘩をしていたらしい。

「ねえ、先生そうでしょう。都会生活、華やかな結婚式、新婚旅行。それが終ると一変して、この辺鄙な山村での鶏相手の気も遠くなるような淋しい生活。先生、これはヒステリーですよ」

とM君は自信をもって言った。

K医師にも確かにうなずける点があった。

「しかし、M君。ヒステリーの診断はむずかしいんだよ。器質的な疾患を除外したあとでなければ、軽率に診断をつけちゃいかんよ」

救急車は峠を越して下り坂にかかった。

折り重なる山と山との間隙《かんげき》に街の灯がかすかに見えた。

今まで静かだった患者がうめき声をあげ、手足を痙攣させた。

N看護婦があわてて、患者をおさえた。

「なにか注射をしましょうか」とS看護婦がたずねた。

K医師は患者の容態を見て、鎮痙剤を指示した。

車内灯がつけられ、救急箱がひらかれた。車の振動で注射筒がガチャガチャ鳴った。

N看護婦が震える手で、辛うじて注射を患者の臀部にした。

しばらくすると痙攣がとまり、車内灯が消された。

どのくらい走っただろうか。患者の脈をとっていたN看護婦が突然悲鳴をあげて飛びあがった。

「先生、脈がふれません」

K医師とM君が驚いて車内灯をつけた。

患者の顔は蒼白になり、脈はほとんどふれず全身に冷汗をかき呼吸は止まっていた。K医師はすぐに人工呼吸用のマスクで、人工呼吸をはじめた。

車内がせまいため、体がつかえて思うようにできなかった。

見る見るうちに患者はチアノーゼを呈してきた。

K医師は事務長に、一寸した広さのある草原に車をとめさせた。

「これはいかん、ショックからアレスト（心停止）をおこしている。急いでおろして心臓マッサージをしなくては死んでしまう」とK医師が叫んだ。

皆とび降り、後のドアをあけて担架のまま患者を地面にひきずりおろした。

K医師は患者の腹の上に馬乗りのようになって、左前胸部の心臓の上を両手を重ねて力一杯圧迫しては、ゆるめる心マッサージをはじめた。その度に助骨の軋む音がした。

「脈がふれるか」とK医師がM君にたずねた。

「先生の圧迫に合わせて、かすかにふれます」

「僕が心マッサージをやるから、君はアンビュー（人工呼吸器）に酸素ボンベをつないで、酸素をやるんだ」

車内からIさんがアンビューと酸素ボンベを抱えて来て、モンキースパナでボンベの口を緩めて素早く、バックに酸素を接続した。

事務長が気をきかせ、車を動かし、ヘッドライトを患者に合わせた。K医師が心臓を三回圧迫すると、M君が一回バックをおして人工呼吸を行なった。

「S君、すぐ輸液をするんだ」K医師が命令した。

S看護婦が点滴の用意をして、震えながら患者の静脈に注射針をさそうとするが、ショックのため虚脱した血管にはささらなかった。

「N君、すぐアドレナリンとプレドリンを筋注するんだ」とK医師は救急車の側で茫然と立ちつくすN看護婦に向ってどなった。

N看護婦は自らうった注射で、患者をショックに陥らせたために動転していた。

S看護婦が替って筋肉注射を行なった。

患者の主人が単車で追いついたが、異様な光景に驚いて単車からとび降りて来た。

「どうかしたんですか」と大声でたずねた。

「患者の状態が急変したんです」とK医師が震え声で答えた。

主人も単車のライトを患者に合わせた。

心マッサージと人工呼吸が続けられた。

唇に赤みがさして来たが、四肢は氷のように冷めたかった。

S看護婦が車内から毛布を持ってきて下半身に被せ、毛布の上からマッサージをした。

「焚火をしてほしい。患者の体を温めなくちゃ」K医師がたのんだ。事務長、Iさん、主人の三人が懐中電灯を持って山中にはいって行った。

まもなく雑木を集めてきたが、どれも霜に濡れていて火がつかなかった。

「そうだ、ガソリンだ」と主人が大声をあげ、単車を押して来て、雑木の上に単車を横にしてガソリンをふりかけた。

火をつけると、ぼおっという音をたてて、強い火力で燃えあがった。

まわりが急に明るくなり、草原や杉木立、谷川などを浮かびあがらせた。

「先生、脈がうちはじめたようです」

S看護婦の言葉にK医師は心マッサージを中断した。

弱いながらも確かに脈がうちはじめており、血圧も九十ぐらいあった。それに焚火で患者の体も温まってきた。

「今のうちに、カットダウン（静脈切開）をやろう」とK医師が言った。Iさんが車内から静脈切開セットを持ってきた。

K医師は左足首にメスをいれて静脈をさがすがなかなか見つからなかった。

通りかかった車が二、三台ヘッドライトを合わせてくれた。

運転手達が降りてきて、患者の周囲に立ち、静脈切開をみつめた。K医師は額から汗を流しながら、やっと静脈をみつけだし、エラスター針をさしこみ、点滴セットに接続した。

Iさんが点滴瓶を高く持ち上げると、どんどん輸液がはいりはじめた。

「自発呼吸も出てきました。血圧も百以上にあがり、脈もしっかりしてきました」とM君が震え声で言った。

K医師は静脈切開の部にガーゼをあてて、立ち上ろうとした。

しかし、足のしびれと、背筋が緊張のあまり鉄のように強張っていて、耐え難い痛みを感じ、その痛みを避ける姿勢をとるために、ごろっと草原にころがった。

霜に濡れた草がK医師の背筋を冷たく刺した。

S看護婦が地面に坐ったままの恰好ですすり泣きはじめた。

人垣の後で、茫然と立ちすくんでいたN看護婦が突然大声をあげて泣きだし、「ゆるして下さい。私が間違ったのです」と叫びながら夜道を駆け出して行った。

人垣の男達が後を追いかけ、川岸でN看護婦をおさえた。

生命の重みに耐えかねた二人の看護婦の泣声が深い夜の静寂《しじま》に流れた。

「心配するな。もう大丈夫だ。誰が悪いのでもないよ」とK医師が大声で呼びかけた。

下の方の山裾の道からヘッドライトが曲がり曲がりしながら登って来た。救急車の帰りが遅いために心配して院長とT先生が迎えに来たのだった。

K医師が簡単に事情を説明した。

院長は聴診器をだして、担架の上の患者を丁寧に診察し、「よし、もう心配ない。車に乗せて運ぼう」と言った。

皆で協力して担架を救急車に運び上げた。

事務長と主人が谷川からバケツに水を汲取ってきて、火にかけた。ジュボッという何か物でも破裂したような大きな音がして、灰が夜空に太い円柱となって吹きあがり、あたりが急に暗くなった。それに呼応するように犬の遠吠えが聞えた。

院長の車が先ず出発し、次いで救急車、最後に主人の単車が続いた。

救急車内では何事もなかったように、患者が静かな寝息をたてていた。

傍でS看護婦とN看護婦がまだすすり泣いていた。

M君が食堂で、院長が話していたことを思いだし、

「二人共失禁はしなかったかね」と二人を励ますように、冗談をこめて言った。

二人の泣き声がまた一段とはげしくなった。

K医師はM君の肩に手をやり、今は何も言わない方がいいと言うように制した。

この患者を、もし蘇生術に失敗して死亡でもさせていたら、どんな気持だろうかと、K医師は考えていた。

生と死の違い——これはあまりにも差が大きすぎて、疲れた頭にはどうしても、仮定の問題を考えることが出来なかった。

時刻は深夜をすぎていた。

三台の車は夜の底を這うように、ゆっくり山をくだって行った。

鈴の音《ね》

由美さん、お達者でお暮しでしょうか。

あなたが嫁いで早や三月《みつき》が過ぎようとしています。

村の人々へのお別れの挨拶に、白無垢の花嫁衣装で正装したあなたの手をとって畦道を廻ったのが、昨日の事の様に思い出されます。

あの時の、あなたの本当に、本当に美しかったこと。

日頃から化粧らしい化粧をしなくとも、あなたはうっすらと化粧でもしている様に見える程の純白の肌をしていましたが、生れて初めて化粧されたあなたの顔は又一段と美しく、白無垢の衣裳と角隠しの間で、私との別離と育った村への愛惜のためだったでしょうか、愁いを含んだあなたの、あの澄んだ瞳が、清らかな涙をたたえたあの御顔の美しかったこと。

遠く離れて嫁いで行く悲しみに必死に耐えようとするあなたの瞳はきらきらと輝

き、その美しさは、我が子でありながら、絶句するほどに美しく、ほれぼれする程で、村一番の器量よしと日頃から噂していた村人達も目をみはり、今でもあの時のあなたの美しさは語り草となっています。

黄金の穂波の中を行くあなたの白一色の輝くばかりの美しい姿を村人が見送ってくれてから、村では稲刈も終り、田圃は刈田となり寒々とした景色に変りました。川面にも川霧がだんだんと深くなり、三日前には初霜が降りました。

私にもこの歳になってはじめて、四季の移ろいの美しさがわかり始めた様な気がしてきました。

黄金の穂波が去った後には、次第に川霧が深くなり、庭には山茶花がうす紅色の花を咲かせています。まもなく梅が咲き、桜の咲く春もまいります。

これまであなたと暮してきたこの二十年、四季の移ろいなど考える余裕のなかったことがはじめてわかりました。

あなたは如何だったでしょうか……。

あなたには本当に生れた時から苦労の掛けどおしでしたが、あなたは素直な、気立ての優しい子に育ってくれました。

如何に貧しくとも、貧しさに負けない明るさと、素直な子供にだけは育てようと私は心を砕いてまいりました。

でもそれは私のとり越し苦労であったようです。あなたは、どんなに貧しい暮しのもとでも、それに損なわれることのない天性の純粋な心を持っていました。

この手紙をしたためながらも、雨戸をうつ風の音が、あなたが台所で明日の料理の仕度をしている庖丁の手さばきの音に聞えてなりません。

「お母さん、寒くありませんか。台所の方は私に任せて、早くおやすみになったら」

とあなたの優しい声が聞えてくる様でなりません。

裏戸でもたたくような音がしますと、私は思わず立ち上り、

「由美さんですか」

と呼び、立ちあがろうとします。

それが、たとえ風のいたずらとわかっていても、私にはまだあなたが傍に居て、明日の料理の仕入から帰ってきて、静かに戸をたたく音にしか聞えてならないのです。

私はその度に土間に降りて、戸を開けてみます。

そこには無論あなたの姿はありません……。

それでも私は暗闇の中に、風の中に、雨の中に、雪の中に両脇に野菜や魚をかかえて、明るい笑顔で立っていたあなたの姿が浮んでならないのです。

「お母さん、わざわざ立ってこなくともよいのに、さあ、さあ奥に行ってお炬燵には入っていて下さい」

私にはあなたの鈴の音の様な、いつも澄んだやさしい声がかえってくる様な気がしてなりません。

私はそれが徒労とわかっていても、もしやあなたが寒風に手をちぢこませてそこに立っているのではないかとつい思い、立ちあがるのです。

あなたを嫁がせて、私はやっと人の一生の意味というものがほんの少しわかり始めたように思われます。

あなたの嫁入りの日取りが決ってからの半年間、私は何かを夢見ている様な気持で過しました。

何としても婚礼が無事に終る様に、私には祈るような毎日でした。

しかし、過ぎさって見れば非常に短いものに感じられてなりません。

そしてあなたと過した二十年間の思い出さえもが、走馬燈のように私の心にかすかな、でもかけがえのなかった日々として静かに去来していきます。

貧しくとも、なんと楽しかった日々でしたでしょう。

私は、この世での役目をはたし終えた様な安堵と静謐な思いでみたされていま
す。

これからの人生は私に与えられた余得のような気がします。

あなたからの御手紙でおめでたを知らされた日、私は嬉しさで一人涙しました。

そして丁度その翌日、私にはもう一つの喜びの知らせがは入りました。

あなたは憶えているかしら……。

白無垢の花嫁衣裳のあなたの手をとって村中にお別れの挨拶をして回った日のことを……。

もう殆どの家々の挨拶をおえて、村の鎮守の森の境内を通りかかった時、楠の大樹の傍《かた》わらで、私達に祝福の挨拶を述べてくれた初老の御夫婦のことを。

あなたには、偶然に神社に祈願に来た御二人に見えたかもしれませんでしたね。

でも、あなたは丁重にやさしく、美しい笑顔で御二人にお辞儀を返しました。

ほんの一瞬の出合いと別れでありましたが、私には万感の思いが走りました。

相手の御二方も、私におとらぬ万感の思いであなたを見つめたことでございまし

よう。

「まあ、お美しいこと！」

と奥様の方が思わずおもらしになりました。

私にとってその一言は、何にも替えられぬ喜びでした。

一瞬のうちに私達は行き交いましたが、御二人と私の間には、限りない喜びの気持が交わされました。

境内の森が切れて、明るい陽射しに出た時、あなたは立ちどまり、背後の二人をふり返りもう一度お辞儀をしてくれましたね。

あの御二人も静かにお辞儀をかえしました。

そしてあなたは、私の顔を見て静かにほほえみました。

私の目から涙があふれ、あなたの顔がかすんで見えました。

あなたは、胸元からハンカチをとり出し、やさしく私の涙をふいてくれましたね。

その時秋風がおこり、あなたの胸元の鈴が美しい音色でなりました。

あの時あなたは、御二人のことをどんな方かと聞くのではないかと思いましたが、あなたは黙っていましたね。

昨日あの御二人から、御二人のお嬢様の結婚の知らせを受け、私はお嬢様の晴姿を見に日田まで行ってまいりました。

私も御二人がなされた様に、大原神社の境内の木陰でお嬢様の晴姿を拝見してまいりました。

ほんの一瞬でしたが、花嫁様のお美しかったこと。

そして驚いた事には、あなたとお嬢様が瓜二つの様に似ていたことです。

姿、形はもとより、そのやさしい眼差しまであなたとそっくりでした。

私はお嬢様を見た瞬間、あなたではないかと錯覚した程でした。

そのとき私の胸に感動が走り、この長年の苦労がむくわれた思いでした。

境内の見物客の一人から、御二人のお嬢様の結婚のいきさつを聞き、私は何もかもあなたに打ちあける気持になりました。

お嬢様の御両親、あなたが境内で逢ったあの御上品な御二人は、日田でも指折りの材木問屋を営んでいますが、お嬢様のお婿様になられる方は貧しい行商の青年ということです。

しかし、その青年は真面目な働き者で、大変な親孝行な方だそうです。

お嬢様と青年は幼馴染みで、お嬢様は幼い時から、その青年と結ばれることを心に決めていたとのことです。

当然、この結婚には周囲の人からの強い反対がおこり、親戚の中の有力な方々は、お嬢様はもとより、相手の男性、御両親にも圧力をかけ、どうしても縁談をこわしにかかったそうです。

でも、終始御両親がお嬢様の応援をしてあげたために、縁談は無事まとまったのでした。

御両親は、相手の青年が貧しいのは問題ではなく、貧しさにくじけず、明るい気持で生きる姿勢こそ大事なことだと主張し、周囲の反対を押し切ったと言うことです。

その様な姿勢は町中の共感と感動を呼び、あらためて御両親の行動と人柄に賞讃の拍手がおくられているそうです。

貧富の差をのりこえ、家柄の差をのりこえて、結婚を認めることは、想像するより困難なことなのです。

その困難を敢えて乗りこえた、お嬢様と御両親の勇気に、私はただただ感動いたしました。

あなたの場合と丁度逆の立場になります。

あなたの場合も、あなたを見染めた義父さんの理解がなければ、とてもまとまるお話ではありませんでした。

大阪でも有数の米穀商と、筑後川下流の渡し場の筏師相手の貧しい船宿とでは、とても縁談が成立するのは無理なことでした。

私は何度も迷い、何度もおことわりいたしました。でも私は心の中では喜びで一杯でした。

二十年間共に苦労し合ったあなたが、大阪でも一流の商人の目にとまるほどに育ってくれたことがどんなに嬉しかったことでしょう。

あなたがそういう期待に充分に答えうる女性に成長していることには、私は自信がありました。

それでも、あなたを遠い大阪に嫁がせることが、またあまりにも家柄がちがうことが私を悩ませ、逡巡させせました。

相手の御親戚の方々も続々とあなたを見にいらして、それらの全ての方々があなたの気立ての良さとやさしさと、美しさに魅了されて、反対していたのも忘れて、逆に激励して下さいました。

なかでも、婿となった純一郎様と御両親は誰よりも熱心で、私とあなたを一生懸命に説得しました。

私はあなたの将来のことを考えて、この方々の許へならば、あなたを嫁がせても大丈夫と思い、心の中ではあなたとの離別を決心しました。

心のやさしいあなたは、私を一人残していくことがどうしても出来ずに、随分悩んでいたのが私にもわかりました。

私は離別の悲しみを隠しあなたを説きましたが、あなたはどうしても受け入れてくれませんでしたね。

私はあなたに内緒で日田にのぼり、あの境内でお会いした御二人に相談いたしました。

御二人とお会いしたのは実に二十年ぶりでございましたが、御二人は私の苦労をねぎらい、あなたの縁談を大変喜び、由美さんがそれほどまでに成長したことに、私と奥様の妙様は肩を抱き合って泣きました。

「あなたが考えて、由美さんが幸せになると信じなされば、その道を選ばせるのが一番良いでしょう」

と御二人は言ってくれました。

二人の激励をうけ私は勇気を持ち、あなたが幸せになるのを信じて説得しました。

「どうしても、お母さんの言うとおりにしなければならないでしょうか」

とあなたはその度に哀願するように問い返しました。

今ふり返ってみても、あの時私が頑張って説得したことがまちがいでなかったことを、あなたの幸せそうな文面から感じております。

先に申しましたように御二人のお嬢様の須美様も昨日嫁いでまいりました。

須美様は同じ町内、あなたの大阪とは随分ちがいますが、やはりあなたを嫁がせた時の私のように、きっと御両親の心の中にも大きな穴があいたことと思います。

今私の耳元には、鎮守の森で秋風にあなたの胸元でかすかに鳴った鈴の音《ね》と、昨日大原神社の境内で須美様の胸元で鳴った鈴の音が、小さな美しい余音となって残っています。

あなたは憶えているかしら、あなたが七つの時、七五三のお祝に日田の大原神社にお参りした時のことを。

私達は貧しくて七五三のお祝いも出来ずに延び延びになり、七つの時にやっと御祝いが出来ましたね。

村の子供達が三つか五つの時にきれいに着かざり、両親に連れられてお宮詣りに行くのを、あなたは口にこそ出しませんでしたが、随分淋しい思いをして見ていたのを私も知っていました。

貴方には淋しい思いをさせて私はすまないと思っていましたが、その日の生活がやっとの私達にはどうしようもありませんでした。

あなたが七つになった頃、私は渡し場の舟頭や、野良仕事の手伝い、行商などから、どうにか筏師相手の小さな船宿をもてる様になり、七五三を祝える余裕が出来ました。

私が久留米から七五三の晴着を買って帰った時のあなたの素直な喜びようと言ったらありませんでした。

翌日晴着をつけたあなたと、筑後軌道にのって日田の大原神社に参詣にまいりました。

このあたりの人が大概久留米の春日神社か高良神社にお参りするのに、日田までのぼったことに、あなたは一寸いぶかしがりましたが、それより晴着を着たことの方の喜びが大きくて、あなたは一人ではしゃぎまわりました。

私が日田の大原神社に参拝したのには理由がありました。

私の故郷は日田からあまり遠くない寒村でした。

私の父はそこで庄屋につぐぐらいの家柄で、村人の人望もあり、私が物心つく頃までは裕福な暮しをしていましたし、私の七五三の御祝は大原神社まで人力車を連らねて山を下ったもので、それは豪勢なものでした。

私が十才の時、父は日田のある友人の事業の保証人にたってあげましたが、その事業がうまくいかず、その友人は父を裏切って夜逃げをしてしまい、父はその負債を背負い財産のすべてを失いました。

私達一家は村にもいづらくなり日田に出て日雇いみたいな仕事をしていましたが、仕事中の事故がもとで、失意の内に父は世を去りました。

父は死の間際まで、父を破産におとしいれた友人の悪口を一言ももらさず、親戚の非難にも耐え、騙されることはあっても、人を騙すことはしてはならないと母と私によく言ったものです。

それから母と私の苦難の生活がはじまりました。

母は野菜や鮮魚を天秤棒をかついでの行商をはじめました。

その日暮しの貧しい生活の中でも母はくじけず、私を素直でやさしい子供に育てることに母はいつも努力してくれました。

厳しい労働が母の体をむしばみ、私が高等小学校を出た年に母も亡くなり、私は天涯孤独の身となりました。

そんな私を不憫と思い女中として雇ってくれましたのが、材木商を営んでいた山村の旦那様でした。

旦那様も奥様も、お店の方々も私を我が子の様に可愛がってくださいました。

由美さん、私がこれから認《したた》めますことは、あなたには青天の霹靂の様な衝撃を与えることでしょうが、私にも勇気のいることでございます。

しかし、敢えてそれを承知で認め置く私の心境は、不思議と水の様に澄んでいます。

それは私に与えられた生涯に対する感謝と報恩の心からです。

私は山村商店で下働きの女中として一生懸命に働きました。

辛い仕事もありましたが、分けへだてなく遇してくれますので奉公は楽しいものでございました。

奥様は私に仕事の合間に礼儀作法や料理、さらに茶道や花道などまで、我が子を躾ける様に厳しくしこんで下さいました。

山村家の継嗣である松太郎様が東京の高商を卒業して帰ってまいりましたのが、私が十八の時でございました。

松太郎様も御両親と同じようにやさしい思いやりのあるお方でした。

あの当時は下働きの女中にとって若旦那様は雲の上の人のようでございました。

でも松太郎様はちがっていました。

あの方は下働きの私達にもよく声をかけて下さり、私達が忙しい時には、一緒になって仕事の手伝いなどもして下さいました。

そんな松太郎様を私は心からお慕い申しあげる様になりました。

松太郎様も、淋しい境遇にもめげずに頑張る私のけなげさに同情して実妹のように可愛がって下さいました。

私の尊敬は愛に変り、松太郎様の同情も愛に変り、二人は何時のまにか結ばれました。

私も松太郎様も決して曖昧なふしだらな気持からではありませんでした。

松太郎様も私も悩みました。

あの当時は、家柄のあまりにちがう取り合せが結ばれることは想像を絶する程の至難のことでございました。

松太郎様も私も知らないことでございましたが、松太郎様の御両親と町でも一番の呉服屋の間では、松太郎様とそこのお嬢様の間で既に婚姻の約束ができあがっていました。

その時私は既に身籠っていました。

日清、日露戦争景気はとうの昔に終り、日本中に不況の嵐がふきまくり、材木商も手痛い打撃をうけ、松太郎様の家運も傾きかけていました。

松太郎様の結婚も、家運を建てなおす為の一つの手段であったのです。

私の身重を知って御両親は驚愕しました。

大恩ある御両親に迷惑をかけた私は身の置き場もなく、何度か死を覚悟しました。

しかし、御両親は私を責めることはしませんでした。

子は天からの授り物です、と言ってその命をたつことを許しませんでした。

私は御両親の知り合いの百姓屋に預けられ、臨月を待つことになりました。

松太郎様も誠心誠意をつくしてくれましたが、当時の情況からは松太郎様の力ではどうにもならぬことでした。

松太郎様はまもなく呉服屋のお嬢様と結婚なさいました。

相手のお嬢様の名前は妙様と言い、私の学校時代の同級生でした。それを知った時の私の驚きと言ったらありませんでした。

私は行商の子、妙様は呉服屋のお嬢様でしたが、私達は心を許し合う仲良しでした。

身分の差を越えて妙様は私を可愛がり大事にしてくれました。

本当にお心のおやさしい方で、同級生達が行商の子と軽蔑しても、つねに私をかばってくれました。

妙様と私は成績でも一、二を競いました。

私は小学校で終り、妙様は高女に進みましたが、別れる時、

「あなたも家が貧しくなければ、私と一緒に高女に行けるのに」

と泣いて下さいました。

松太郎様の御相手が妙様と聞いた時、私は驚きと同時に喜びを覚えました。

妙様であれば、松太郎様をお預けしても、何の心配も後顧の憂いも感じないと思いました。

松太郎様は私を連れて家を出て、二人で行商してでも身をたてようと言ってくれましたが、妙様のお人柄を知っている私は固辞しました。

私から生れてくる子供は山村家の親戚に里子として出すよう御両親はとりはからい、私はまだ若いため良縁があればと言うことでしたが、私はその申し出をおこと

わりしました。

私は苦しくとも我が子は自分の手で育てよう、そして一生結婚するつもりはありませんでした。

翌年、私は出産しました。

松太郎様と妙様との間にも、数ケ月後に女児が生れました。

産後の日立も良く、私は自立する準備をととのえていました。

そんなある日、私が預けられていた山里離れた家に妙様と奥様が訪ねてみえました。

私は二人の来訪に口もきけない程に驚きました。

妙様は幼い時と少しも変らぬやさしいお方に成長されていました。

私達は数年ぶりの再会に涙を流しました。

それから妙様が静かに語り始めた内容に私は仰天する程の衝撃を受けました。

妙様は松太郎様と私の間のことを御存知なかったのでした。

結婚後すぐに妊娠した妙様への心遣いもあったことでしょうが、どうしても御両家の婚姻は成立させねばならなかった事情もあり、松太郎様の将来を思いやってのことでもあったのです。

妙様の出産後、私のことが妙様の耳にはいったのでした。

妙様は驚き苦しみ、煩悶の末、ある事を決心したのでございます。

私の辛い身の上に思いを寄せ、私だけに辛く悲しい生涯を負わせることに耐えきれず、その苦しみを私と二分したいと考えたのです。

妙様が申し出たのは、私の産んだ児と妙様の御児とを交換して育てようと言うことでした。

思いもかけぬ申し出に私は仰天しました。

妙様と奥様の間では、妙様の強い意志の為に奥様も説きふせられていました。

私一人だけに、いや私の児にも、松太郎様と哀別離苦の思いをさせる事は、気高い心の妙様には耐えられないことだったのです。

幼い時から喜びも悲しみも共にわかち合った妙様と私が、一方が貧しい身分であったからと言って、一方だけが哀別離苦を受けねばならぬ不合理を妙様は許せなかったのです。

「松太郎様の血を受けたことにかわりありません。まして幼い時よりあなたのやさしくすぐれた心根を知っている私には、あなたの御児を私の真の子として立派に育てあげる自信があります。あなたなら私の児を預けても、私にはなんの後顧の憂いもありません。お互いに哀別離苦の気持を分ち合い、立派な子に育てあいましょうね」

妙様は私の手を握りしめて、必死に私を説きました。

妙様のもとで育てられれば、良家のお嬢様として一生何不自由なく育てられる御児を、これから何処へ流れて行くかもしれず、どんな暮しをするかもしれない私が育てることがどうして出来ましょう。

私は必死におことわりしました。

でも妙様はどうしても承知してくれませんでした。

奥様も、

「私も妙さんから打ち明けられた時には仰天し、妙さんの真意を測りかねました。でも妙さんと話し合っているうちに、妙さんの本当の気高い気持が理解出来てきました。妙さんは本当に美しい心の持主です。この世にはいろいろの星を持って子供は生れてまいります。貧しい人も豊かな人も種々います。生れて来る時は皆裸です。でもその後は生れた星により、さまざまの不合理が待ちうけています。しかし、それがなんという意味があるのです。妙さんの児もあなたの児も同じです。あなた方は同じ人の子を産みながら一人は良家の児として育ち、一人は貧しい児とし

て育ちゆくのに妙さんは耐えられないのです。妙さんも哀別離苦を分ち持ちたいの
です。どうかここは妙さんの申し出を聞いてあげて下さいまし」

と私を一生懸命に説得しました。

私達三人は思いきり泣きました。

由美さん……。

今思い出しても、あの時の妙様の勇気ある申し出には感動の波が寄せてまいります。

私はこれまでも何度か、あなたに真実を話す機会がありました。

例えば私が明日の生活にもままならぬ程に窮乏した時、七五三の日の賑やかな大原神社の境内であまりにもあなたが喜こぶ姿を見た時、高女に行くかどうかで私とあなたが夜中まで話し合った時、結婚話が持ち上がりあなたが先方との身分のちがいにひと知れず悩む顔を見た時、私はあなたに真実を、その度に喉まで出かけたことがありました。

しかし、その度に妙様との約束を思い浮べてあなたに打ち明けたい気持を必死に我慢してきました。

だが今は、どうしても、あなたに真実を知っていてもらいたいのです。

全ては私の範疇を越えて遙か彼方の、美しい澄んだ世界のこととなりました。

それは、空は空色にあくまで澄み渡り、雲一つないこの世ならぬ透徹した世界のことでございます。

由美さん、もうお判りでしょう。私と妙様が交換したのがあなたです。

あなたは松太郎様と妙様の間に生れた御児なのです。

私と松太郎様の間に生れた児は須美と言い、あなたの婚礼の後に、一昨日婚礼をすませたあのお方です。

これを読んだあなたの驚愕が目のあたりに見えるようです。

由美さん、私のかけがえのない由美さん……。

本当に苦しい生活を共にしていただいて、私は由美さんに申し訳けなく思っています。

それでも、あなたとのこの二十年間、私には本当に楽しい充実した歳月でございました。

あれから私は妙様と話し合い、松太郎様の従兄弟《いとこ》にあたる俊次郎様、この方は日露戦争で脊髄をやられ下半身麻痺のため十数年も寝たきりの状態でしたが、この方と私の間にあなたが生れたことに戸籍上していただき、私は生れて間もないあなたを背負って筑後の方へ流れて行きました。

そうです……、須美とあなた由美様と交換した日は、二月初旬のそれは寒い日でした。

山里の峠から、日田盆地は底霧の白い海の下に閉じ込められていました。霧は下る程にこくなりました。峠の澄みきった大気にくらべ、それは恐しい程の無明の世界に見えました。

私は何度も立ち止り、そして峠へ足をもどそうとしました。これから私達が行おうとする嬰児交換が、この上なく非道なことなのか、それともやむにやまれぬ事なのか私には見当もつかないことでした。

私が妙様の家の土間についた時も、土間の隅にある井戸の場所さえさだかでない程の霧の深さでありました。

座敷に通された私の前には、大きな火鉢にあかあかと炭火が燃え、それは私の冷えきった心を暖めてくれました。

座敷には松太郎様の御両親、あなたには祖父母にあたる方、松太郎様、妙様、それに生れて間もないあなた由美さんが妙様に抱かれていました。

仏壇には明りがともされていました。

私と須美は妙様とあなたの正面に座りました。

その日はお店も休みにしてあり、一座の他は誰一人残してありませんでした。屋敷全体が寂としてもの音一つなく、座敷には張りつめた緊張がありました。

やがて祖父様が低い静かな声で、

「妙さんもあなたも決断してあることなのでわたしからは何も言うことはない。御二人共、実子と別れ住むという苛酷な運命を担ぎあい、たった一度の人生を渡る決心をした。私も幾日かそのことばかり考えてきたが、立派な生き方、妥協を許さない生き方だと私は思う。私から見れば須美も由美も孫であることに変りはない。健やかで素直でやさしい子に育ててあげてくれることを願うだけだ。特に由美とはもう会うこともあるまい。達者でな……」

言い終ると目頭をおさえました。

松太郎様は終始天井の一点を見つめて、懸命に姿勢をくずすまいとしていました。

祖母様は仏壇の前で長いことおまいりした後、納戸の方へ行き、もどってくると、私の腕から須美を抱きあげ祖父様に渡し、それから妙様から由美さんを受け取って来て私に抱かせました。

そして祖母様は胸元から大原神社の御札のついた二個の銀の鈴を出し一個を須美に、もう一個を由美さんに握らせて、

「この鈴は私がこの家に嫁ぐ時に母が形見として私にくれたものです。由美とはもう二度と逢うこともありますまい。これから先どんな苦しいこと悲しいことが待ちうけているかわかりません。悲しい時でも嬉しい時でもこの鈴を振って元気を出して下さいね。人生は苦しい事の方が多いのです。でも九つの苦しみは一つの喜びに及びません。喜びを探し出してどうか幸せになってね」

と言うと、祖母様は別れに耐えきれず納戸の方へかけて行きました。

由美さん、あなたは憶えているかしら……。

七五三の時、大原神社の境内をあなたが喜び駆けるたびに衿元で澄んだ音色で鳴った鈴を……。

学校にあがった時も、小学校の卒業の日も、二人で新しく船宿を始めた日も楽しい事のある度に鈴をつけてあげるのを、あなたは最初のうちはいぶかしがっていましたね。

……。

高女に入った時、あなたの紫の袴に帯元につけてあげた時は、もうあなたはその

理由を聞かないくらいに成長していました。

あなたにもあの鈴が私とあなたにとってかけがえのない由緒のある事をあなたは知り始めていたのでしょう。

私は鈴の音を楽しい時にはあなたと二人で聞き、苦しいときには私一人で聞きました。

あの鈴の音が私にとってどんなにか励ましになったことでしょう。

あなたと一緒になってからの苦しい生活はあなたも肌身にしみてよく御存知でしょう。

今思い出しても由美さん、本当に苦しい生活でしたね……。

筑後川下流の渡し場で女船頭をしていた頃の苦しい生活は、今思い出しても涙なくして語れません。

霧の深い寒い朝など、私は柳行李の中に綿をしきその中にあなたをねせつけ船尾に乗せて櫓をこぎ、行商をする時は天秤棒の前の籠にあなたを入れて回りました。

あなたが寒さに泣き、暑さに泣き、飢えに泣けば、その度に私はあなたを妙様のもとに飛んで返しに行きたい衝動に駆られました。

あなたは憶えているでしょうか……。

あなたが学校にあがった年の晩秋、私は行商に出て、遅れて帰りました。私の売った魚が腐っていたと責められ、情けない気持でした。帰ってみると、あなたは家にいませんでした。私は気が狂った様にあなたを探し求めました。陽は見る間に西に傾き、あたりは血で染めた様な夕焼けでした。探しあぐねた私は、あなたの名を呼びながら、まさかと思いながらも川原に降りて行きました。

日頃から川原だけは行かないようにと、あなたに厳しく言い付けてありました。あなたは川原の葦の中に立って真赤に染った川面を見つめていました。由美さん、あなたはあの時、川面に何を見て、何を考え、何を投影していたのです…。

後から近づきあなたを抱きかかえると、私の顔を見て火がついたようにあなたは泣き出し、私の胸元を激しくたたきましたね。

私は辛い思いをする度にあの鈴の音を心の中で鳴らしました。するとサ様の叱咤激励の声が聞えてまいりました。

苦しみはあなたも私も同じ、あなたがくじければ、私もくじけます。由美はあなたの子、須美は私の子、哀別離苦は世の常、辛苦は共に分かち合わねばなりません……、と聞えてくるのです。

私が苦しむ時は妙様もきっと同じ苦しみを背負っていると、私は自分に言い聞かせて頑張りました。

二十年の歳月が夢の様に流れていきました。

もし、私があのまま須美を育てていれば、由美さんみたいな素直でやさしい子に育てあげることが出来たかどうか、私には自信がありません。

おそらく出来なかったでしょう。

あなたの婚礼で迷いに迷った時に、二十年ぶりに松太郎様と妙様に御相談にあがりました。

もう祖父母様は御他界されていました。

御二人はあなたの良縁を聞き、私の肩を抱いて、喜んでくれました。

あなたの婚礼が決り、いよいよあなたが遠く嫁いで行く日、一目だけでもあなたの晴姿を御二人に見ていただこうと御二人にお願いにあがりました。

御二人は固辞しましたが、私は必死にお願いし、あの日の鎮守の森でのあなたとの出会いになりました。

二十年の別離の後の一瞬の出会いでしたが、あなたは本当に美しい笑顔を作り目礼してくれましたね。

妙様はあなたの美しい姿を見て、

「まあ、お美しいこと！」

と一言おもらしになりました。

一言の中に妙様の万感の気持が込められていたと思いました。

私は妙様の一言で二十年の歳月が一瞬のうちに流れ去りました。

その後私は須美様の縁談をききました。

私と二人で貧しく育ったあなたが大阪の米穀問屋へ、あの御二人の須美様が貧しい行商の青年と結婚いたしました。

須美様の話を聞いた時、私は自分の耳をいぶかしがりました。

でも考えて見ればそれは私のあさはかな思慮だったのです。

あの御二人にとって身分とか貧富の差とかいうものは、もともと持ち合わせていなかったのです。

御二人の気高い心を私は今さらながら感じたのでした。

本当に御立派な御二人でいらっしゃること。

私の耳にはあの清澄な鈴の音が今も聞えてまいります。

今はあなたの胸元にある、あの鈴……、胡桃の様な銀の鈴……。

悲しい時には励まし、嬉しい時には一緒に喜こんでくれるあの清澄な鈴の音。

由美さん、私の由美さん、きっとあなたはあの鈴をいつまでも大切にして下さる事でしょうね。

どんな苦しいことがありましょうと、あなたはあの鈴を守ってくださいますね。

そしてあの鈴をあなたの子に、そして孫に引き継いでほしいのです。

あの御二人の気高い心と共に……。

夜があけてまいりました。

雨戸のすき間から霧がしのび込んでまいりました。

霧の底から私とあなたを育ててくれた川瀬の音が、あの鈴の音のように聞えてまいります。

秋水記

畦道から往還に出ると、トクはしばらく佇んで思案にくれた。

青々と広がる麦畑を渡る風がトクの頬を気持良く撫でて行ったが、トクにはそれに心を奪われる余裕はなかった。

今度は夫の弥一郎の耳にも入れておかないと、もう自分だけの判断では事がすみそうになかった。

それにしても夫が助役をしている村役場へ行くことには気がひけた。

弥一郎は公私のけじめに厳しい性質で、勤務時間の間に、たとえ昼休みでも、家族が私用で弥一郎を訪ねたりすることを日頃から戒めていた。

が、今度ばかりは夫からどんなに叱責を受けようとも、夫に話をして指示を仰がねば、それもことによっては昼からの汽車ででも娘のアキの許へ旅立たねばとトクは考えていた。

一週間程前に、十里程川を下った河口に近い、このあたりでは一番大きな町の紡績工場に勤めている二女のアキの上司から、突然アキに関する仰天するような知らせが届いた。

弥一郎とトクには二人の娘がいた。長女のハルは一昨年既に近所の川上の村に嫁《か》していた。長女に婿養子を迎えるのが普通で事実そのような話もあったが、弥一郎もまだ四十代前半といった若さだったし、祖父の弥助も健在で、貰われた先が場合によっては将来息子を婿養子に出してもよいとまで言って呉れていた。

弥一郎もあまりそんなことに拘泥する方ではなく、二女のアキに家を継がせてもよいと考えていた。

ハルも、アキも気立てのよい近所の評判の娘であった。

アキは高等小学校を出ると、家事を手伝いながら習い事をしていたが、アキと同級の近所の娘が町の工場で働いて、人手が足りないためアキに来ないかと誘ってきた。

若いのに似ずアキは都会での生活にあこがれたりすることもなく、最初アキも家族も気が向かなかったが、御国《おくに》のためにと言われてみると、遊ばせているように見られるくらいなら、後学のためにもということになって働きに出ることになった。

トクが内心心配していたのが紀憂であったかのように、アキは新しい都会の生活にもすぐ慣れていったようであった。

やはり若さというものは適応がよく、また都会生活も若いうちに一度経験させておくのも勉強のうちとトクは喜んでいた。

生活に困って生活費を家族に仕送りするための奉公ではなかったし、工場も寄宿舎もきれいと聞いてトクには何も心配することはなかった。

勤め出して二年、アキはお盆やお正月休み以外にも暇がとれると必ずお土産物を持って帰って来て、芝居や活動写真の話、おいしい食べ物屋のことなどを楽しそうに話してきかせた。姉のハルは里帰りしている時、アキから都会の賑やかな様子を聞かされて、早く嫁に行きすぎたと笑いながらではあったが、しきりに羨ましがった。そんな二人のやりとりをトクは心豊かな気持で聞いていた。

そして、ついにこの間の三月の雛節句にもアキは連絡もせずにひょっこり帰って来て、家の者を喜ばせたばかりであった。

その時も麦刈りには加勢に帰ってきたいけど一寸仕事が忙しくなってきたので、お盆までは無理かもしれないと言って、元気に戻っていったばかりであった。

あのアキに上司の方が書いて来たような素振りも兆候も、どう考えても見えなかったとトクは何度も首をかしげる思いであった。

上司の手紙には、最近アキが仕事を休むことが多くなり、はじめのうちは体が悪いなど理由を言って来ていたが、近頃は無断欠勤が多くなってきた。本人に会って理由を聞いても、どうも要領を得ない。それに寮の門限にも遅れることが多い。何か家庭的に思い当る節があれば参考になるので教えて欲しいと書かれてあった。

トクは手紙の内容がどうしても信じられなかったが、胸騒ぎがして手紙を持つ指先が震えた。

まさかあのアキが……。誰か他の人との間違いではなかろうか。いやきっと上司の方が誰かと間違えたにちがいない。工場にはたくさんの女工が働いていると聞いたから…。

そう考えるとトクは少し気が楽になり、夫の弥一郎や祖父の弥助の耳に入れる前にとにかく一緒に働きに出ている隣りの家の娘に、ことの真偽の程を質すのが先と、速達便を出したのであった。

しかし、その返事を読んだ時、トクは膝の力が抜けて畳にへなへなと坐り込んでしまった。

アキちゃんのことをおばさんに知らせてよいものかと迷っていた。アキちゃんの挙動がおかしくなったのはこの半月ぐらいで、仕事をしている時は今までと少しも変らず真面目にしている。話をしても別におかしい所はない。ただ近頃どこに行くのか夜遅くなることが多く、人に隠れて煙草を吸ったり、酒を飲んだりしていることがある。注意をすると素直に聞いて呉れるのだが、どこか空空しい感じがする。虚ろな眼をしてぼぉーっとしていることが多くなった。近頃仕事が忙しかったので、一時的なものと思っていたが、昨夜無断外泊をしたようだから、是非とも早くこちらにお出になった方がよいと思いますと手紙に書いてあった。

トクは長い間腰が抜けたように居間に坐り続けていたが、頭の中は何も考えることが出来ない状態で、自分でも情けなく、弥助が離れから母屋の方へ渡り廊下をくる足音に気づくとやっと我に帰った。

弥助にこのことが知れたら余計な心配をかけるとトクは判断して、手紙を持ったままそっと裏口を出た。

とにかく夫の弥一郎に知らせなければ、自分の一存ではすまない問題と思った。トクは思慮深い性質で、これまでも夫や祖父にわざわざ相談する程のものでなければ、また相談すればかえって悩ませることになるようなことは、自分の判断でこなしてきたし、祖父や夫との間で問題のあったことはなかった。

畔道から往還に出て村役場に向う間でも、トクは何度も足を止めた。夫や祖父に余計な心配をかけずともアキに会ってみれば、思いのほか簡単に片付くものではないか、また実際にアキに会ってみて、それから夫や祖父に話してもよいではないかなどとトクは迷った。

しかし、迷いながらもトクの足は役場の方に近づいていた。

これはやはり夫に相談しなければならない問題なのだと、トクははっきり自分に言いきかせた。

弥一郎は何事かと驚いた風ではあったが、昼前で仕事も一段落ついた時間でもあったのか、村長にことわると、穏やかな表情で出て来て、村長室の隣りにある応接室にトクを招じ入れた。

キセルを吹かしながら弥一郎は黙ってトクの話を聞いてから、「あのアキに、とても信じられない話だ。でも工場の上司と隣の娘の二人がほぼ同じことを書いてきていれば、アキに何かおこっていると考えた方がよかろう。わしが出掛けてもよいが、明日村長と隣村へ大事な用で行くことになっている。こんなことには、いきなり男親より女親の方が良いかもしれん。お前大変だが、午後の汽車でとにかくアキを尋ねてみてくれ」

と言った。そしてまだ信じられないと言った風に何度も首をひねっていたが、

「問題が問題だけによその人に洩れないようにしないといかん。おじいさんにも内緒だ。留守の間のことは心配いらん。長びくようであればハルにでも来て貰っておこう。そうだ、アキは風邪をこじらせたことにしておこう」とあとの方は考え込んで慎重な口調になった。

取るものも取りあえずと言っても、女の旅立ちはすませておかねばならぬ用事が多多あって、トクは夕方の汽車にやっと間に合った。

祖父には夫に言われたようにアキの風邪具合が悪いのでと言ったが、トクは後味が悪かった。それは大事にせんと肺でも病んだら大変だ。木の芽時にはいろんな病気がおこると、祖父の心配そうな言葉にトクは胸をつかれた。

昔から木の芽時に気が狂《ふ》れると言い伝えられているのを、トクは思い出した。

そういえば、トクの育った村にも、木の芽時になると村中を歌って回ったり、半裸で走り回ったり、狂暴になる人などがいて、トクの母親が木の芽時は怖い、本当に可哀相ねと同情の涙を流していたこと等を思い出していた。

それは幼な心には恐怖というより、この世の中の不可思議な出来事のようにトクには思われた。

あの頃、恐怖と忌避と憐憫の情で見ていたものが、自分の身内、それもわが娘におころうなどとは、汽車の中でトクはずっと考え続けていた。

アキの働く大きな街についたのは、もう夜も遅くで、駅前に降りたったときには、トクの村の駅と変らぬくらいの淋しさを感じさせた。

駅前の人力車も使い慣れた客にとられてしまい、トクは途方に暮れた。アキから前に何度も詳しく聞かされていた道順を歩けば寄宿舎にたどり着けるとは思ったが、何故かトクの足を逡巡させた。

トクは駅前の小さな旅籠にはいっていった。

こんな時間に、それも常連でもないし、そうかといって行商人のようなみすぼらしい姿ではないトクに宿の主人は戸惑った。

簡単な丼物を取って貰って食べるとトクは早々と布団にはいった。

今からでも歩けば今夜のうちにアキに会えるのに、それを逡巡しているのは、夜遅く行ってアキがどこか外泊でもしていて会えない時の絶望感を、トクは秘かに心配していたのだと自分でわかった。

若い嫁入り前の女子が、夜遊びで規律厳しい寮に帰っていない現場に立たされた時の恐怖をトクは避けたのであった。

朝ならばいずれにしてもアキに会えるだろうとトクは念じて眠りについたが、夜中にいやな夢を見て何度も眠りを破られた。

翌朝、トクは朝早く起きると朝食もとらず、半里の道を工場をめざした。道を急ぐ女工達の列に押されるようにトクは歩いた。思わず後ずさりする程に工場は大きくて立派なものだった。

年老いた守衛がトクに寮を丁寧に教えてくれた。寮は工場の敷地のはずれにあり、門から葉桜になった桜並木をかなりの間歩かねばならなかった。

たいした大きさだとトクは思うと同時に田舎出の者には、大変な苦痛と孤独感を与えるのではないかと思いあたった。

寮はうそのように静かで、女工達は皆仕事に出払っているらしかった。壁にさがった名札板からアキの名前を見つけると、アキも仕事に出ていると思ったが、念のためにアキの部屋のある二階へあがっていった。

一階の奥の方の厨房で茶碗を洗う音がきこえた。

アキの部屋は階段を登った二階のすぐ突きあたりにあった。

胸の高鳴るのを覚えて、トクはそれを押えるようにゆっくりと戸を叩いて声を掛けた。返事がないのでトクは工場の方へ戻ろうと階段を降りかけた時、戸がかすかに開く音がした。トクがふり返ると戸が急いで閉められた。

ほんの一寸した瞬間から覗いた姿でも、それがアキであることをトクは敏感に察知した。

「アキだろう。お母さんだよ。開けておくれ」戸は強い力で中から押され開かなかった。

「アキ、お母さんだよ、どうしたの。仕事に行く時間ではないの」

トクは必死に叫び続けた。

戸の力が急に抜け、トクが戸を押すと部屋の隅に逃げて隠れそうな格好のアキがいた。

「お母ちゃん、お母ちゃんの方がどうしたの。何かおこったの。こんな時間にここを訪ねて来るなんて」

「それは後で話すとして、アキは今日お仕事はどうしたの」

アキの顔に狼狽の色が見え、呼気が酒臭いのをトクは感じた。

「ここのところ体調が悪くて休んでいるの」

「それではお医者さんに診せなければ」

「お医者さんに診せる程ではないの」

「それならよいけど、お母さんには本当のこと言って」

「本当のことって、ここのところ少し休んでいるだけなのよ」

トクは短兵急にアキを責めない方が良いと思っていたが、アキのあまりに誠実味のない返答に、「それではその酒の臭いは一体どうしたの」

「これはお酒を飲むと疲れが取れるので飲んだまで、飲まないと眠れないの」

「酒を飲まないと眠れないなどと、アキは！　お父さんが聞いたら、なんといって嘆くかしれませんよ」

とトクは情なさに泣きだした。アキはまだ酒気の残った赤い無表情な顔で、トクをまるで知らない人を見るような目付で見ていた。

「アキ、誰か悪い友達、それも男でも出来て、その人から騙されているのではないだろうね。お母さんにはそれとしか考えられないのだけどね。あんなに音無しく、真面目であったあなたがこんなことになるなんて。誰かいるのではないだろうね。正直に言って頂戴。なんとしても良い方向にもっていくからね」

アキは暫く素知らぬ顔で天井を見つめ続けていたが、

「そんな人は誰もいない。私は悪いことは何もしていない。きつかったので仕事を休み、疲れを取るためにお酒を飲んだだけ」

「その煙草の吸い殻はなんですか」

「煙草は皆んな吸っている。お母さんが知らないだけ。つらい仕事のあとの一服は本当においしい、悪いことではないと思うのだけど」

「まあ、アキったら、あなたはなんてことを言うの、女性が煙草を吸うなどと！」

トクはアキのあまりの言葉にあとの口が告げられなかった。

アキはそんな母を一寸心配そうに見つめていたが、酔いのためか睡気がおそってきてこたつにはいったまま寝入ってしまった。

幼い可愛いかった頃と少しも変らぬあどけなさの残ったアキの寝顔を見ながら、トクはなんでアキがこんなになったのかと、アキの髪をやさしくさすり続けながら泣き続けていた。

昼すぎ、アキがかすかに鼾をかいて熟睡しているのを確めると、トクは工場に、先日アキの異常さを手紙で知らせてくれた上司を訪ねた。

上司はトクを丁寧に迎えて、「アキさんがあんなに豹変するとはとても信じられない。なにか一時的なものと思われるので、自分も今後は特に気をつけて置くので、お母さんはひとまずお家にお帰りになってはいかがでしょうか」と、恐縮してトクに何度も頭をさげた。

地方の裕福な家の子女を人手不足のため無理にこんな仕事につけ、そのため起った変化かもしれないと心配し、責任を感じているようであった。

その夜トクはアキの部屋に泊った。アキは死んだように昏々と眠り続けた。

翌朝同僚の女工さん達が代わる代わるアキの病状はどうかと部屋に言葉を掛けに来てくれた。アキもその頃には酔いもすっかり醒めて、昨日とは別人のように正常に応待していた。

トクとアキは繁華街におしるこを食べに入った。昨日の恐しいようなやりとりをアキは憶えているようで、いないようで、本当のことをアキに聞くのがトクには怖くて、そのことには触れないようにした。アキも母のトクがなぜ自分を尋ねてわざわざ町まで出ているかを聞こうとしなかった。

故意にこのことをアキが避けるところに、トクはアキが今までのように正常に戻れる証が残っているように思われた。

アキと寮の前で別れたあと、今日のような正常なアキの状態が続くように、この町では有名な水天宮様に祈願をしてトクは帰途についた。

一ヶ月程平穏な日が続き、奇妙な病気にアキは取憑かれずにすんだのではないかとトクは密かに安堵したい気持になりつつあった。トクは自分の知る限りの身内の人々を想い浮かべて、自分の血筋に脳に異状のあった人がいないことを、自分なりに何度もたしかめていた。

弥一郎の血筋は勿論立派なものと聞いていたし、実際トクの知る限りではそのような人はいないようであった。万一アキの病気が本物であったら、弥一郎の血筋の名誉のためにも、トクはアキを連れて家を出なければならないことになるかもしれないとまで考え込んだ時期もあった。

麦刈りの季節にはアキから何の連絡もなかった。勿論気掛りではあったが、仕事に追われ、便りのないのは良い便りとトクは思い込むようにしていた。

六月の梅雨のはしりの雨が降りはじめた日、役場に町の工場から電話があり、急用だからトクに役場に来て待機していてほしい、すぐあとにまた電話するからと、役場の小使いが呼びに来た。

村に電話は役場と駅しかなかった。

弥一郎は大阪の方に出張して生憎居なかった。

あれから暫く普通の生活が続いていたのですが、と上司は気の毒そうにトクに話しはじめた。

トクはめまいを感じながらも辛うじて立っていた。次第にまたアキさんの生活が乱れて来て前のような状態に戻りつつありますので、私の力ではうまく指導できそうにありませんのであまりひどくならないうちに、お家の方へ帰しますので、そちらで暫く様子を見ていただきたいと言った。

あの実直そうな上司の姿が想い出されてトクは電話口でありながらも、申し訳なくて何度も頭を下げた。

翌日の夕方の汽車でアキは一人帰ってきた。トクの迎えた感じでは、何故送りもどされたかわからぬくらいアキに異常を感じなかった。

トクはアキに殊更なにも言わなかった。

出張から帰って来た弥一郎はアキが帰ってきているのを大変よろこび、また全く正常な状態であったので更に御機嫌になり、日頃になく晩酌の盃をかさねた。アキは弥一郎や弥助の質問にも何もなかったように答えていた。

そんなアキがトクにはむしろ不安に見えた。アキが床につくと、弥一郎はトクにアキにおかしな変化がおこったなど信じられないことと思っていたが、やはりそうだったと上司の人を非難した。

仕事を休み、酒、煙草をのみ悪態をついたアキを目の当りにしたトクではあったが、今日のようにアキが平静で、これからもこうあり続けるのであれば敢て弥一郎に抗弁することもないと、トクは黙っていた。

アキは朝も早くから起き出し家事を手伝い、昼間は畑仕事、夜は裁縫と静かに暮した。あの時のアキの姿は幻ではなかったかと思う程で、心配して時々里返りを装ってアキの様子を見にくるハルと、トクはお互いに喜び合った。

二、三ヶ月もたった頃、アキは再び前の工場で働きたいと言い出し、出て行けば、また再発するのではとトクは懸念したが、実態を知らない弥一郎は田舎でじっとしているのも若い娘には退屈だろうからと、アキの願いを許可した。

もともと人一倍の働き者であったから上司は喜んで迎えてくれた。実態を知っているトクだけが深い危惧の念を持っていた。

四ヶ月たった頃、今度は工場長から手紙が届いた。どうもアキが前にもどったらしく仕事を休む、酒、煙草をのむ。夜には帰ってこず、友達の家を泊り歩き、そこで遅くまで酒をのんで騒いだり、すこし注意すると怒って乱暴することもあるという。

友達の家を訪ねていって、友達がうけあわず戸を開けないと何時間もねばって戸を開けるまで大声でわめき散らすなどと、とても信じられないことが書き連ねてあった。

最近では寮を抜け出し、男とどこかで同棲をしているとの噂もある。こちらの監督の範囲をもう越えたので、出て来て注意するなり、連れて帰って貰えないだろうかと書かれてあった。

トクは全身が硬直して、血の気がひくのが自分ではっきりわかった。弥一郎や祖父の弥助に知らせるべきか迷いに迷ったが、前回家に連れ帰った時にアキが平生と変らぬ態度に戻っていたことを考えると、今回は夫や祖父に内緒にしておいた方がよいと判断すると、ハルだけには知らせて、出来ればハルにも同行して貰いたいと頼んだ。

久しくアキに会っていないのでトクとハルでアキの様子を見に行って来るというと、アキのことを心では気に掛けていた弥一郎は、嬉しそうに二人を見送った。

やはり、アキは寄宿舎にいなかった。

部屋の内は荒れ放題で、アキが狂っているとしか考えられない証拠を初めて見せつけられたハルは、思わず目を伏せた。

工場長が思いあたるアキの行き先を案内してくれたが、なかなか行方がつかめなかった。

日暮が近くなった時、工場帰りの女工が昨日汽車のガード下の安アパートにはいっていくアキを見かけたと教え、わざわざそこまで道案内をしてくれた。ドアを叩いても返事がないので、そっとあけるとアキが部屋の中に大の字になって寝ていて、まわりに酒のびんがごろごろしていた。あまりのアキの姿に、トクは工場長に姿を見せるのが恥ずかしくて礼を言うと先に引き取って貰った。

しばらくの間、アキはトクとハルを認識しきらなかった。酔っているせいばかりでなく、気が狂れている目付きを確かにアキがしているのを、トクもハルも感じ取った。

アキが何故トクとハルがこんな所に来ているのかと諄い程聞いていたが、そのうち段々気が高ぶってくると、二人に信じられないような罵詈雑言《ばりぞうごん》をあびせ、最後にはここから出ていけと何度か繰返しているうちに寝入ってしまった。

トクとハルは一睡もせず朝を迎えた。

酔いの去ったアキは昨夜のことを殆んど覚えていないようで、改めて二人を見て驚いたが、その目付には正常でない色合いがはっきり残っていた。

昨夜トクとハルは話し会って、とにかくアキを精神病院で診て貰うことに決めていたことをアキに話すと、アキは最初のうちは頑強に抵抗していたが、トクとハルが涙を流して頼むとやっとわかった。

自分でも確かに変だという意識がアキにあり、なんとかもとに戻らねばという気持は残っているようであった。

人目につかない街はずれの病院を訪ねた。

年老いた医師は、アキにあたりさわりのないことから、段々と診断のための核心にふれる話や質問をアキやトク、ハルにしながらも、アキの一挙一動、目付き等を鋭く観察した。

アキは時には医師に抵抗して大声を出したり、また急に涙ぐんだり、医師を全く無視する言動などをしてトクとハルをはらはらさせた。

診察が終ると老医師はアキを別室に移し、トクとハルに丁寧に説明した。

自分自身がなんだか変だという意識は持っているし、知能の程度も高い。近い親戚に精神病者もいないとのこと。なにが原因か、過労かもしれないし、何かはかりしれない精神的衝撃があったのかもしれないし、何の原因はなくともある日突然、こんな風に気が狂れる病気はある。

私の診断としては一時的なもの、また元に戻れることと確信している。精神病の中にはどんどん進行していって精神が荒廃して、人間的な情緒のなくなってしまう、いわば、そこいらに吹く風と対話するような感じになる恐いものがあるが、アキの場合はその病気とは違うと思う。

ただ何時なんどきに再発するかわからない不安だけが残る。出来るだけ刺激の少ない静謐な生涯を送ることを心懸けるしか方法はなかろうと話した。

一時的なもの、どんどん進行していくものではないと聞いてトクとハルは安堵と喜びの涙を流した。

仕事に無理して脚気気味なのでアキを連れ帰して来たと、トクとハルは弥一郎と弥助に報告したが、今度ばかりは嘘が通用しなくて、すぐにアキの異常が見抜かれた。

アキは朝も起きれず、昼頃気怠そうに起きてくると、挨拶もせず無表情に、肘を飯台について面倒臭さそうに御飯を食べた。

隠し持っていたのか煙草を吸うわ、台所で酒を引っかけているところを弥一郎に見つかるわで、弥一郎は事の重大さに驚いた。

説教を繰り返したが全く効果はなく、アキは父親や祖父に口答えすることもあった。

とにかく他人に知られるのが一番まずいと、アキを奥の間に閉じこめたような状態にしていた。

事がことだけに相談する相手もなく、あの老医師の言ってくれた、あくまでも一時的なことだという言葉だけが頼りで、ひたすら正常になる日を待つしかなかった。

トクとアキは霊験あらたかと聞く近郊の神社仏閣、祈祷師のところを回って祈願し、良いと言われたことは何でもしてみた。

アキが奥の部屋に閉じこめられて、三月もたったある日、トクとハルは有名な神社を尋ねての帰り、山道の荒屋の一軒家に加持祈祷のよれよれの赤い旗がさがっているのを見つけ藁をも摑む気持で立ち寄った。

炉辺に白髪の髪を肩あたりまでたらして殆んど眼も見えなそうな老婆が坐っていた。トクとハルは無気味さにそのまま引き返そうかと思ったが、何故か自分達の意志とは逆に家内に引き込まれていった。

老婆は一言も発せずトクとハルの、アキに関するこれまでの経過を聞くと、無言のままに壁に吊したなにかわけのわからぬ文字がびっしり書き込まれた古い汚い掛け軸に向って長いことブツブツと念仏を唱えつづけた。

まだ高かった夏の陽が西に傾いていくのが荒屋の壁の節穴から射し込む光線から

もわかる程であった。

老婆は嗄れ声でゆっくり、あなたのお家の近くのお寺と、宙に飛び散る水が見えてくる。そこにお願いしたら一生その人の病気は治る、とだけ言うと他はどんなに聞いても何も答えなかった。

二人は狐につままれたような気持で帰った。あまりにたあい無いことに思えて、トクは弥一郎にすぐに言い出せなかったが、アキの病状がいっこうに好転しないため、ある夜意を決っして言った。

これまでいろんな事をしてきたが効果がないため弥一郎も最初のうちはトクの言葉を苛立って聞いていたが、お寺と水の取合せに何かひかれることがあったのか、

「近くの寺といえば菩提寺の清水寺《せいすいじ》しかない。水と言えばあそこの境内にコンコンと清水の湧き出る池があったな。寺の名前もそこに由来していると聞いたが……。はてな、寺と水か」弥一郎は長いこと考え込んでいた。

翌日、弥一郎は清水寺に和尚を訪ね、和尚の人柄を信用して、アキの一部始終を恥を覚悟で話した。

和尚は、

「寺と水ですか……。とにかくそれはお困りでしょう。アキさんを家に閉じ込め

ておくのも、あの病気にはかえって毒でしょう。世間には家事作法見習いということで、アキさんをしばらくこの寺で預ってみましょう。何でもやってみることです」

と慈悲深い眼差しで、静かに言った。

清水寺には和尚夫婦だけしか居なかった。

どんなことをしでかすかもわからず、弥一郎もトクも不安であったが、一縷《いちる》の望みをつないでアキを送り出した。

和尚はアキを閉じ込めたりすることは一切せず、アキの自由に任せた。野に虎を放つ危険はあったのだが、和尚は自分がこうされたいようにアキにしてやったのであった。

アキの眼には、和尚が見ても正常でない狂気の色合いがありありと浮んでいた。が、アキは家にいる時よりもイキイキとしてきて、少しずつではあったが、朝も早く起きれるようになり、庭や庫裏の掃除も自分から加勢するようになった。

和尚夫婦はアキをわが子のように扱い、叱る時には叱った。

アキは時々、急に黙りっこくなったり、長い廊下を用もないのに急に走り回ったりした。そのような時にはアキはきっと、狂いの発作を自分で一生懸命に耐えているのだと和尚夫婦は思い、出来るだけ静かに見守ってやった。

アキが寺に来て二ヶ月が過ぎ、暑いさかりから大気が秋らしく白く澄み渡りはじめた頃、トクがはじめて寺にアキの様子を窺いに行った。トクは毎日でも行って見たかったのであったが、我慢していた。見舞うのに不安もあった。久しぶりの肉親、それも母親であったため、アキは甘えて家に帰りたがった。アキの病状はトクからみても驚く程によくなり、一寸目には正常のように見えた。

トクが和尚さんの許可が出るまでは帰って来ては駄目と諭していた時、アキの狂気が突然爆発した。大声をあげてトクに食ってかかり、トクに出された湯飲み茶碗や、茶托、菓子などを手当り次第にトクを目がけて投げつけた。

和尚夫婦があわててとんで来て、アキを止めにかかったが、今度は和尚夫婦に体当りをし、「こんな辛気くさい所によくも私を閉じ込めて!!」と考えられないような悪態を吐いて夫婦を睨みつけた。

トクは何度もアキの口を塞ごうとしたが、その度に跳ねとばされた。

和尚はそんなトクを制して、アキの気のすむまで何でもさせておきなさいと言った。

アキは狂気の発作のもだえに本堂のなかを腹痛でもおこったようにのた打ち回っ

た。

そして、どうしても寺を出ていくと言って聞かず、これには和尚ももう暫くでも寺に居た方がよいと口をはさむと、アキはさっさと自分の部屋に行って荷物をまとめると肩にかついで、本堂の大きな階段をトクの制止するのもきかず荒荒しく降りはじめた。

その時、和尚が背後から静かな口調で、これから何処に行きなさるのか、と尋ねた。アキは一瞬意表を付かれたように戸惑って立ちすくんだ。

こんな状態ではとても家に帰れないこと、この世の中に何処にも自分の帰る先がないことをアキは、はっきりと思い知ったようであった。

アキの顔に正常人に見る苦悶の翳が走った。

「今までの部屋をアキさんのために取って置く。行く所がなかったら何時でも、今夜でもよい。気兼なく帰ってきなさい。いいね……。」

和尚は困惑と狂気の半ばしたアキの後姿に、やさしく言った。奥さんもアキに同じように声を掛けた。

アキは唐草模様の大きな風呂敷包を肩に担いで、大分稲が黄ずんできた田んぼの畦道を走るように家の方へ向っていった。トクが必死にその後ろを追った。二人の姿を遠くから見ると、重大な出来事が起って現場に駆けつけているのか、泥棒とそれを追っている人に見えたかもしれない。

幸いなことにもう夕闇が迫っていて、二人の姿を注意して追う人はいなかった。

家まで二、三丁のところまで来るとアキは立ち止まり、子供のように泣きべそをかいていた。あの狂おしい表情はもう消えていた。息せききってやっと追いついたトクはアキに抱きついて、「アキ、このままお母さんと死のう。あんな立派な和尚さんにあんな失礼をして、申し訳が立たない。ねえ、お母さんと一緒に死のう。あなたもそうするほうがずっと楽になるよ。この先の汽車の線路に行こう。そこで汽車に飛び込もう」と何度も何度も哀訴した。

トクの言葉にアキは本当に衝撃を受けたようであった。トクはアキの肩を抱くと線路の方へ強引に連れていこうとした。

「お母さん、私これからもう一度和尚さんのところに戻る。そしてもう一度やり直してみる。今日のことは誰にも言わないで、お父さんにも、おじいちゃんにも、お姉さんにも。今なにか頭の中がこれまでになくすっきりしたような感じがする。もう大丈夫のような気がするのよ」

今度はアキの方がトクに必死に頼んだ。二人は長いことその場に抱き合ったまま立っていた。トクがアキを和尚さんのところに送り届けようとするのをアキは振り切って、もうすっかり昏れた夜道をお寺の方へ向って走っていった。

それからしばらくした彼岸の中日の前日、お寺から、明日お食事を一緒にしたいから揃っておい出になるようにとの使いが弥一郎のもとにきた。

ハルを呼び、一家四人で出掛けた。

アキは髪もきれいに結って、奥さんの着物でも借りたのかこざっぱりした姿をしていて、この前まで異常のあった者とはとても思われなかった。

殆んどアキが作ったという懐石料理を囲んで、いろんな楽しい話がはずんだ。

食事も終り、あとかたづけにはいり男達は縁側に場所を移してまだ酒を続けていた。

庭には彼岸にしては強く白い秋の陽射しが照りつけていた。いつの間にか庭に降りてきたアキが、和尚さんに庭に水を撒いてもよいかと尋ねていた。この数日日照り続きだったので夕方水を撒こうかと思っていたが、それは大助りだと和尚が笑った。

アキが嬉しそうに裏口に回り、手桶を持ってきた。頭にはタオルを被り、襷をし、裾は水に濡れないようにきちっとからげて、足は裸足であった。

「水撒きは陽が落ちてからがよいのでは」

とトクが言い出そうとしたのを和尚が制した。庭のほゞ真ん中にある池からアキは手桶で水を汲みあげると、庭の端の方の樹から一本一本丁寧に水を撒いていった。

池には清水がこんこんと湧き出ていた。アキがぱっと宙に水を放ると、その水影がいかにも涼しく、そして撒かれている水がこのうえなく冷い清水であることがわかるようで気持がよかった。

植木が終ると、飛び石、灯ろうと次々にアキは水を撒いていった。そして撒く必要のない地面にも撒き続け、それが終るとまた最初の樹木に戻っていった。そのあまりのしつこさに弥一郎は、もう止めてもよいのではと声を掛けようとした時、和尚が制した。

「好きなように、納得のいくまで水を撒かせましょう。今、アキさんは病気の傷跡を懸命に水で洗い流しているところです。この懸命に洗い流す姿できっと皆さん方に、もう大丈夫と言っているのです。人間の一生は難しい。百点満点を何回とっても、一度でも零点を取ると、取り返しがきかない。生きていく以上は緊張して、辛抱して零点だけはとらないようにしないといけない。生きて行くということは難儀なことです」

アキの撒き放つ円い水しぶきに初秋の限りなく透明でありながら、眼に痛い程に白く光る陽射があたり、それは鏡に反射する光線のように、ぱっぱっと一瞬一瞬眩しく宙に輝いた。和尚はもう陽が傾きかけはじめたのに、まだ懸命に水を撒き続けるアキの姿を愛情込めて追いながらその一瞬一瞬に肯き返していた。


そのあと一ヶ月程して、アキは和尚の紹介で隣り町の造り酒屋に奉公に出た。

その町は古い家並みの静かな小さな城下町であった。

そこでアキは見染められて同じ町の大きな農家に嫁入りする話がおこった。二人の子供のいる後妻であったが、アキは自分から快く承諾した。祖父は既に死亡していたが、弥一郎、トク、ハルは口にこそ出さなかったが、前の病気のことが心配で、一生独身でいてもかまわないのだとアキに言った。

その頃、ハルが家に戻って後を継いでいた。アキの一生はハルがみる覚悟も出来ていたので、ハルはアキを一人呼んでそう言ってみたが、アキは笑ってもう大丈夫と答えるだけであった。

アキが嫁いで幸せな家庭を持つようになると、弥一郎とトクが相ついで他界した。

二人とも死の間際にアキの手を握って、ただ目で頑張りなさいと言い、アキも目でそれに返すだけであった。

アキは一度だけ妊娠した。夫も先妻の二人の子供達も赤ん坊が生まれることを大変楽しみにしていたが、アキは夜道で足を踏みはずして流産をしてしまった。アキは出血がひどくしばらく町の産婦人科に入院していた。出血がどうしても止まらないためアキの体から子宮を剔出せざるを得なくなった。

付添っていたハルがアキに、本当に惜しいことをしたね、また生める体でいたらよかったのにと慰めると、アキは弱々しく首を振りながら、生まれてくる子供に私が味わった死ぬような苦しみはさせたくなかったから、これでいいのと言った。

もう忘れてしまったことかと思っていたことを、アキが今もしっかりと心に抱いているのを知ってハルは、アキにとってあの狂気の記憶がいかに過酷で痛恨事であったかを今更知らされて愕然とした。

それから歳月が流れ、先妻の子供ではあったが、アキは二人の子供を立派に育てあげ、長女は嫁がせ、長男には嫁をとり、次々に孫も出来て、本当に幸せな日々を送っていた。

主人は町の町会議員をつとめ人望も厚く、アキの内助の功は町中の人々の認めるところであった。

ハルは秋の彼岸近くの大気が白く透明に目に痛い程に輝く季節になると、毎年、アキがあの寺で懸命に水を撒いていた姿を思い浮かべ、涙ぐむことがあった。

そんなある年の彼岸近く、アキが危篤である報が届いた。

ハルは取るものも取りあえず駆けつけた。アキの意識は朦朧としていたが、ハルが呼びかけるとアキは眼をあけて頷いた。アキは家の前の川で野菜を洗っていて誤って川に落ち、水死寸前のところを村人達に助けられたのであった。

アキは幼い時から、川というか水というか、とにかく好きであったのをハルは思い出した。まだ冷たい春の川に手をつけてうっとりしていたアキを、ハルは子供のくせに変な趣味と笑ったこともあったし、婚家の前にきれいな大きな川が流れているのをアキがとても嬉しそうに話をしていたのを思い出した。

アキが川に落ち込むのを庭さきから丁度見ていたような破目になった嫁によれば、野菜を洗い終えたアキは立ちあがると、しばらく秋日にキラキラと輝く川面をじっと見つめていたが、あっというかなり大きな声をあげると、よろめくように頭の方から丁度飛び込むような恰好で川に落ちたという。おそらくめまいがしたか、脳貧血発作でもおこしてよろめき、たまたま川に落ちたのだろうと、嫁は申し訳なさそうに泣くばかりであった。

大量の水を飲んでいて肺炎もおこしており、もう時間の問題だろうと医師は気の毒そうに言った。

夜中はハルだけがアキについて看病した。明け方アキにふと意識がもどった。ハルは驚いて皆を呼ぼうとしたが、アキは止めてというように首を振った。そしてやっと聞きとれるような声でゆっくりと、

「苦しかった。これでやっと楽になれる。お姉ちゃんありがとう」

と言うと静かに目ぶたを閉じた。

水死しそうになったのが苦しかったのか、狂気の発作の再発の不安と恐怖にさいなまされて一生を送ったのが苦しかったのか、ハルは聞けずに終ったが、その方がよかったと思った。

羽衣

八月の末の、初秋の到来を感じさせるような大気の白々と澄んで来た日に、父の郷里の本家を継いでいる恭平さんからハガキが届いた。建設していた累代墓が完成したので、その披露もかねて、九月中旬の日曜日に先祖の法事をしたい旨が書いてあった。

それを追うようにして、叔母の春子（父の妹）からも、私の兄弟で法事に呼ばれているのは私だけのようだ、あなたは是非とも出席してくれるようにと念を押してきた。私の他の兄弟は皆、遠くに住んでいた。

父が逝って十年も経っているため、父の郷里にはだんだん縁遠くなってきていた。

十人もいた父の兄弟も、末の方の叔父（東吾）と叔母（春子）の二人が残っているだけであった。

法事は私にとっては、祖父にあたる要助、伯父（父の長兄）の孝助の三十三年忌、叔父の節夫（父の末弟）の五十年忌であった。

祖父の要助と伯父の孝助には、実際に私は会ったことがあり、微々たるものであるが、記憶という形をとって、二人は私の頭の中に残っている。二人が一緒に三十三年忌を迎えたことであるから、そう言われて見ると、たしかにお葬式が、ずっと昔のある時期に続いたようにも思い出される。

なにしろ、私がまだ小学生の頃であったから、二人の葬式の模様などは全然覚えていないが、私が学校かなにかの都合で、家族の中で一人だけ遅れて、どちらかの葬式にバスで駆けつけているとき（その頃、私の一家は戦災でF市から、祖父のすぐ隣り町に疎開していた）、そのバスの中で、同乗していた村人が、〈大《やまだい》（父の実家の屋号）も、これからは大変だろうと噂していたのを、今でも不思議に覚えている。

何が大変なのかは私にはわからなかったが、私なりに胸の痛む思いをした。

私は父の実家を訪ねたことは殆どなかったので、私の記憶の祖父と伯父の二人は、二人の方が父を訪ねて来た時のことのようであった。二人が一緒に来た記憶はない。祖父・要助の方は信玄袋にいれてきた米を母に渡している姿であった。母がえらく恐縮していたので、祖父は家人に内緒で米を持ち出して来たのではないかと、私はその時感じた。祖父は怒った顔を見せたことのない、本当に温厚な老人であった。

伯父の孝助は丸坊主に近いいが栗頭をしていて、何時も酒に酔っていたようで、声の大きいこともあって、伯父が来ると私は怖い思いをした。

が、私の町の秋祭りの時に、あの頃は秋祭りには必ず宮相撲があって、子供達の相撲にも知り合いや親戚から、勝つとお花が贈られることがあったが、ある年、私が三人抜きをすると、いつから来て見ていたのか突然伯父が酔った頓狂な大声で私の名を何度も呼んで、お花のお金を紙に包んだものを、土俵の上に投げて呉れた。私は嬉しさと恥かしさを半々に感じた。両親以外からお金をはじめて貰った記憶であるので、今でも鮮明に思い出せる。

五十年忌を迎えた叔父の節夫には面識はない。私が生まれる二、三年前に叔父は二十才の若さで他界している。私と叔父は入れ替ったことになる。

生存していれば、叔父の節夫は今年丁度七十才になる。今も元気にしている叔母の春子の三才年下で、叔母が嫁いだ翌年に死亡したらしく、叔母にとっては、たった一人の弟で年差もあまりなかったので、いろんな思い出があった。この世の中で、節夫叔父をよく知っている人は、この叔母と、残っているもう一人の叔父、東吾ぐらいしかいないことになる。

私の父母の口の端からも、ほんの何回か、節夫叔父の名前を聞いたことはあるが、その風姿やエピソードまでは聞いたことはない。

二十才まで生きていて、父母が手広く薬屋をしていたF市の家には、よく出て来ていたようで、写真はかなり残っていた。節夫叔父は丸坊主に丸いメガネをかけて、ほっそりした体つきで行儀よく、いつも脇の方にひっそり立っていた。子供の頃、昔の写真、特に老人や、もう亡くなった人の写真を見るのは怖かった記憶は誰にでもあると思う。それが変色したり、褐色したりしていたら、なおさらの事であった。

私から節夫叔父のことを両親に聞くこともなく、また両親が私に節夫叔父のことを聞かせるには、あまりにも叔父は、夭折であった。

ただ私の長兄には節夫叔父の記憶があり、それによると節夫叔父はいつも薬剤師の着る白衣を着て、オルガンで「天然の美」を弾いていたという。

三年前の丁度今の季節に、やはり恭平さんから先祖代々の墓地が、県道の拡張工事にひっかかるので、この際累代の寄せ墓にしたいので、新しい墓を建設することにしたが、その前準備として、既存の墓を掘り起こし、土葬にしてある先祖の骨を集めて、改めて火葬にして、それぞれの骨壺に収納をする作業をしたいので、もし時間が許せば、あなたにとっても先祖にあたるので、加勢に来てほしいと頼まれた。

その墓地に、私は前に一度だけ何かの機会に墓参したことがあった。県道から一寸坂道を登った杉山の中にあった。

ずっと昔は恐らく本家の裏山にあたる場所に墓地はあったのであろうが、交通が発達するにつれて墓地と母屋の間に県道が出来て、車の往来が激しくなるにつれて、その県道はだんだん道幅が広くされ、今では観光シーズンなどは阿蘇へ行く車の洪水であった。

まわりは杉山だから今後も墓を建てる余地はいくらでもあったが、もう土葬の時代でもなくなっていたから、この際寄せ墓にすることは合理的で、賢明と私も思った。

先祖伝来の墓を動かすということは、それを丁度やらねばならぬ破目になった当事者には、やはりかなりの勇気と決断のいることであった。

まして恭平さんは婿養子として、はいって来た人だけに、迷いと気苦労もあったものと思われる。

本家から直接出た叔父、叔母は無論のこと、その流れにある私や、縁者で近在の人には声を掛けたようであった。

叔父、叔母は計画の当初から相談を受けていたようで、後日談であるが、叔母は墓の移転を先祖がどう思っているか、叔母自身が熱心に信仰している教団の教祖にお伺いを立てていただいたという。

教祖は長いことお祈りをしたあと、甚兵衛にすててこ、かんかん帽をかぶった温厚な痩せ形の老人が、扇子を使いながら嬉しそうにこちらを向いて笑っていると叔母に告げた。

叔母は、その老人が父親（叔母にとって）の要助であることがすぐわかり、父は墓移しを喜んでいることを恭助さんに知らせたという。

他愛ないことをと言えばそれまでであるが、当事者にとっては暖かい励ましになった。

そして教祖は、墓掘り現場から形のくずれていない立派な頭蓋骨がひとつだけ出るであろうと告げたが、叔母はこれは誰にも言わずに心の中にしまいこんでいた。

実際に掘ってみると、その通りの頭蓋骨が出て来たので、前もって教祖の予言を言っておればと、叔母は少し残念にも思ったが、こんなことは言わない方が、やはり花とも思ったという。

恭平さんから墓掘りに誘われた時、正直私は、もの珍しさとうす気味悪さの両方を感じた。

その日私は先約の結婚式があり、そこでメインスピーチをせねばならぬことになっていたので、墓掘りにはどうしても参加出来ず、生涯二度とは経験出来ないであろう機会を失くしたことを、残念にも思ったことは確かであった。

墓掘りから一ケ月ぐらいして叔母が訪ねて来て、あの日には私に是非参加するように勧めようと思っていたと言った。

医者をしている私がついていれば、解剖なんかしているだろうから、骨が出てきても怖くなくて安心できると、叔母は私を頼りにしていた。

誰にとっても、たとえ自身が医者をしているとはいえ、墓掘りが気持悪いことには変わりなかろうから私に無理強いは出来ないとも考えていたという。叔母にとっては命を与えてくれた両親、血を分けた兄弟であれば仕方はないが、といった心境であったという。

叔母の気持を聞きながら、私も父の代理として何としても墓掘りに出なければならなかったと後悔した。

以下は当日叔母の経験した話である。

朝から残暑の厳しい日であった。

叔母が御主人の弘さんと郷里の本家に着いた時は、皆作業服に着替えて待っていた。

二人が着替え終わるころ、迎えに行っていたお坊さんも着いて皆で墓に登った。

杉山にはいると朝から蝉がかしましかったが、日影は思ったより涼しく、むしろひんやりとさえ叔母は感じた。

先祖の墓は杉山の中の比較的平坦なところにあった。

今日に備えて墓場は草取りがしてあって、墓のまわりは草をとったあとの掘り起こされた新鮮な黒い土が全面に見えた。

上の方から古い墓があり、小さい道のすぐ脇に、三十年忌を迎えた祖父、伯父の角柱の墓があった。それも、よく見ると墓の表面は変色して白いこけがついていた。

他の墓は、丸い石を建てたような粗末なものであった。墓場には、墓石を持ち上げるジャッキと支柱の杉丸太が持ちこまれていた。

皆墓場の前に自然に整列した。

お坊さんの読経が終ると、恭平さんから作業順序の説明があった。古い墓の順に石碑を動かし、掘り起こして出てきた骨は一墓ごとに他と混ざらないように焼いて、骨壺に収納していくことになった。男性が墓石を動かし、墓を掘り、女性が骨を火葬するとの大まかな分担が決められた。

墓場の端の少し広くなった、日頃はなば木などが積んである所に、既に三十センチぐらいの長さに切られた松の薪の束が置いてあった。

強い火力で焼かないと、よく焼けないので、まだこれだけでは足りないらしく叔母たちは下の母屋へ薪を取りに降りた。

途中恭平さんの息子さんや、近所の加勢に来てくれている若い人たちが、昔セメントを捏ねる時に使っていた厚い鉄板を担いで登ってきていた。骨を焼くには屋根に使うトタンみたいな薄いものでは駄目らしかった。

コンクリート・ミキサー車の時代になっているのに、よく鉄板などが残っていたものと感心したし、焼肉も厚い鉄板ほど全体的によく焼けると言われている事などを叔母は思い出していた。

墓地に戻るとひとつめの石碑が既に取り除かれ、墓地が掘り起こされていた。古い順となっていたが、叔母から見ると四代前までが名前も読みとれ、それより前の墓石も他にかなりあるようであるが、墓であるのか単なる石なのかもはっきりしないので、はっきりしているものから先にやっていって不明のものは最後に一緒に掘って、一緒に焼かねば仕方ないだろうということになっていた。

墓の土は固くなく、むしろさらさらしていて、適度に湿りを持って掘り易すそうで、スコップだけでもよさそうであった。丁寧に掘って土葬してあるらしく、大きな石ころなどは混ざっていなかった。

関係のない他人の墓掘りなら、今すぐにでも逃げ出したいぐらいの気持だった叔母は、段々墓地のもつ不思議な静寂さと、なんとも言えぬ落着いた雰囲気に、これまで感じたことのないような安らかな気持になってきている自分に気付いた。

最初の墓からは、かなり掘り起こしが進んでも、骨はなかなか出てこなかった。二十年ぐらい前までは、この辺りの山村は皆土葬であったし、棺もたて長い箱で、死者は子宮の中の胎児のように背を丸め、下肢を折りたたみ、両手でそれを抱くように納棺されていたのを叔母は記憶していた。

仰向けにして横に寝せずに、縦の納棺にしたのは、土葬で面積をとらないようにとの、先人の生活の知恵であったのだろう。

掘っている男の人が立ちあがると、やっと顔がみえるぐらいまで来たとき、恭平さんが、「あったぞ!」と声をあげた。

棺の木の箱も、遺体の筋肉も皮膚も髪の毛も、全て大地に吸収され、暗褐色の土の中には黒ずんだ灰色の骨片だけが残っていた。墓石の立っていた真下よりも、骨片はかなり移動していたので、なかなか見つからなかったのだった。

中空の木箱に入れられた遺体は、木箱が次第に腐蝕して型が壊れると、まわりから土や水が少しずつしみ込み、中の遺体も骨を残して全てが水になって大地に吸収され、その間にも骨はほんの少しずつ移動し、長い月日のうちには大地そのものもわずかでも動くこともあれば、骨の移動もありえた。やはり大地は生きていると叔母は思った。

男達が交代に穴にはいって軍手をはめて、手探りするように骨を拾っては真新しいバケツに入れた。

一人分が終ると、バケツは女達の手に渡され、女達は墓場のすぐ横をチョロチョロ流れる岩清水で骨についたほんの一寸の砂を丁寧に洗い流した。骨についた砂はさらさらとしてすぐに落ちた。

臭いもなく、きれいなものであった。

二つめの墓を掘り終ったところで昼食にすることにした。午後から骨を焼くので、その前に早めに食事をすることにした。

掘りはじめて現場を離れるのは仏さん達が淋しかろうと、杉山の中に皆で輪のように座って弁当を食べた。土が固くないので、思っていたより発掘作業が楽に進みそうで皆ほっとしたようであったが、もう男の人は皆汗びっしょりで、若い者は裸になって冷水で汗をふいていた。

やっていることが、ことだけに皆冗談も言わずに黙々と食べた。

食事が喉を通らないのではと心配していた叔母は、杞憂であることがわかった。不浄の仕事でも、不気味なものでもなかった。清浄な仕事でさえあると思えた。それは叔母が自身の身内の墓を掘るからそう思えるのかと思ってみたが、まわりで加勢してくれる血のつながっていない人々の表情を見ていても、それがわかった。

人間死すれば大地に還るということが、いかに神聖で浄化された事実であるかがわかって来たことでもあったようだ。

午後から最初に掘った、叔母には祖父にあたる多市さんの墓に、教祖のお告げの通り頭蓋骨が壊れていず、そのままの型で出て来て、皆を驚かした。

叔母は、この祖父には記憶があった。体の大きな立派な体格の人で、村人からも人望があり、財をなし家を興した人であった。

古い人程骨も融解が進んでいて、拾う骨の量が少なかった。

祖父はなくなって六十年以上も経過しているのに、あんなに頭蓋骨がしっかり残っているのは、融解するにも個人差があるのかと叔母は思ったりしていた。

叔母の父要助の墓を掘り起こしていて、最初の骨片を見いだすと恭平さんが東吾叔父を呼んで、この骨は叔父さんが拾ってあげるのがよかろうと言った。

もう年をとっているので、女の人と骨を焼く準備を手伝っていた東吾叔父は、人に支えられて穴にはいると、小さくなった体を沈めて、子供が貝掘りをするように黙々と父親の骨を拾った。

叔母は兄の東吾の姿を上から見ながら、よく父から叱られていた幼い頃の兄の姿を思い出して、突然涙が溢れてきた。

父要助の骨拾いが終ると、松の薪物に火がつけられ、両側に三段に積まれたコンクリートブロック片の上に鉄板がかけ渡された。

よく乾燥していたので、松はまたたく間に強い火力で気持良い音をはじかせて燃えだした。

拾った骨を焼くのは、骨壺に入れて保存するのに腐敗がこないようにするためと、骨の量を減らすためでもあった。

熱く焼けた鉄板に乗せると、骨はほんのかすかな煙をあげて、またほんのかすかなはじくような音をたてて数分もすると、上質の木炭のようにカラカラに焼け、小骨片はこまやかな膜のような灰となって空中に舞いあがり吸い込まれていくようだった。

心配していたような臭いもなかった。

すこし熱をさました骨は、それぞれ用意された素焼きの壺に、木と竹のはしで丁寧に納められた。

叔母の母のシゲの番になると、叔母が呼ばれて穴の中にはいった。

日頃から、自分で臆病者と思い込んでいた叔母だが、不思議に怖いこともなんともなく、昔から知っているような懐かしいものを感じた。

穴は深く頭まですっぽりはいった。

杉山の小漏れ陽がわずかに穴を射していたが、穴の底は暗くひんやりとして、穴にはいった瞬間、急に外界と遮断されたような静寂さを叔母はおぼえた。

怖くもなんともなかった。

むしろしみじみとした、柔らかい、暖かみのある親しい空気が叔母を包んだ。吸いつけられるように叔母は穴の底に座り、手で隅々まで骨を探した。時々骨らしい硬さのものが手にさわり、ひとつずつ丁寧に拾い砂を出来るだけ落とし、バケツに集めた。

叔母は母が本当に春子よく来て呉れたね、と話し掛けて来る声がきこえるようであった。嬉しくて涙が出て来た。叔母はもうなくなった兄や弟のことを思い出し、母に一人一人のことを報告し、そして兄弟皆の分まで私が母の骨を拾い集めねばと思った。

骨でない硬いものがふれ、煙草好きであった母の棺に、母の愛用のキセルを入れてやったことを思い出した叔母は、瞬間頭の中が空白になり眩暈を覚えた。

上から、もう拾い終ったようだからあがってきたらという声に叔母はやっと我に帰り、上を向くと皆んなの心配そうな顔がのぞいていたという。

兄孝助の番になると、恭平さんが義父の骨はわたしが拾おうと、穴の中にはいっていった。

婿養子に来てから、兄の酒ぐせが悪かったことで、どんなにか苦労したかと思うと、骨を拾ってくれる恭平さんの気持が叔母には忖度されてならなかった。
いよいよ最後の、弟節夫の番になった時、叔母は弟の骨は私に拾わせてと、自ら穴にはいっていったという。

いよいよ弟の穴が深く掘られて骨が見つかり始めた時、叔母は誰からというより、確かに弟節夫が自分を呼んでいる声を聞いたという。

叔母は自ら穴にはいらしてと声を出したことを今でも覚えてないという。ただ自然に穴に吸い込まれたとしか言いようがなかったし、もうその頃から、この世の人との記憶は遮断されていた。

杉山には風もなかったのに、穴にはいると最初のうちは蕭々たる風が叔母の体を渦巻くように包み、叔母を墓の底に跪かせた。

やがて風が静かになると、今度は得も言われぬ心地よいそよ風が吹きはじめ、まわりは黄金色の大気に変わっていった。

すると、節夫さんが五十年前の若々しい姿で遠くから歩いてきて、叔母をまねき、二人は抱き合わないばかりに再会を喜んだ。

節夫さんは男の兄弟だけでも六人もいて、他の兄達が皆顴骨の高い、武骨でいかつい、よくいえば男らしい顔をしていたのに、節夫さんだけは細面の卵形をした、色白で体もほっそりした女の子のようであった。体つきと同じで心根も本当にやさしかった。

近所の人が女節夫と噂していたことを叔母は知っていた。

そんな体つきでも、幼い頃から病気ひとつしたことがなかったのに、十八才の時に脚気を患ってからは寝込んでしまって、ついに嫁もとれず二十才の若さで死んでいった。

叔母が嫁にいった翌年のことであった。

叔母は節夫の病気が治るまで嫁には行かないと言い続けたが、それがまた節夫を苦しめると両親にさとされて、後髪をひかれる思いで嫁いでいった。

日本も軍国主義の時代にはいりはじめていた頃で、節夫さんは御国のために役に立てないことを何よりも無念がり恥じていたし、あの頃の農村は疲弊して生活が大変なのに、何の稼ぎも出来ないことを申し訳なく思っていたらしかった。

それに家では長兄が酒ぐせが悪く、酒で財産を湯水のように浪費していくことを、二十才近くも年差のある末弟として止めようがなかった無力を、心の中で苦しんでいたことを叔母は知ってもいた。

節夫さんの体の状態がいよいよ悪くなり、叔母が臨終に駆けつけると、節夫さんは叔母や、父母や、兄弟の手を握って皆んな仲良くして行って下さいと言い残したという。

自分が無力であっただけに節夫さんは家思い、兄弟思いがひときわ強かった。叔母は節夫さんに今日は、こうして皆んな仲良く寄せ墓を造るため、集まってきていることを説明すると、節夫さんは本当によかったねと嬉しそうに叔母の手を握って微笑んだ。

二人の間には再会の喜びの涙はあっても、泣き続けるよりもっと楽しい会話があった。

日田の町でサーカスを見たこと、大原神社の放生会で焼きイカを食べたこと、風邪で寝込んだ節夫さんを叔母が学校からおんぶして帰ったこと、よく裏山に二人で杉の枝を拾いにいったことなど……。

穴の上で大きな声がして手がのべられ、叔母は地上に引き上げられた。地上は明るすぎて眼が痛かった。叔母のあがったあと男性が二、三人穴にはいりもう一度隅々まで点検して骨拾いは終った。

東吾兄が叔母に寄ってきて、「お前節夫に会えて余程嬉しかったのか最初から最後まで、大きな声で泣きっぱなしで、俺は恥ずかしいし、皆は心配するわで大変だったぞ。そのトレパンの上着を見てみろ、涙でぐしょ、ぐしょだよ」と言った。

叔母はその時、はっと我に返ったようであった。しかし、自分が大声を出して泣き続けた記憶は全くなかった。穴の中である瞬間、自分の涙で節夫の骨を洗っているのを感じたことはあったという。

叔母は皆が言うように、穴の中では節夫さんと楽しく会話していたのでなく、泣き続けていたことにしなげればいけないと自分に念を押した。


九月中旬の法事の日は本当に素晴らしい秋晴れの天気になった。

妻が私と叔母と叔父（叔母の夫）を車に乗せていくことにした。どうしても飲むことになるので妻が運転をしてくれた。

三年前の墓掘りの日が、今日と全く同じような天気であったらしく、墓掘りが終わったあと、男性は童心に返ったように本家の下の川で子供の頃したように泳いで、皆で汗を流し、はしゃぎまわり、夜遅くまでカラオケまで借りて来て、賑わったと叔母が楽しそうに思いだした。

墓掘りの後のよい汗を流したら、どんなにか気持よい酒席であったろうかと、私はうらやましくさえあった。

今日もまけずに天気はよかった。三十三年忌、五十年忌の法事となると、故人への懐かしさや悲しみはあっても、それはもう昇華されていて、皆んな晴れやかな顔をしていた。

十一時に読経がはじまった。

お坊さんが着てきている純白の法衣は、今日の法事に着ていただくために、叔母の春子が羽二重で仕立ててお坊さんに贈ったものであった。

説教の中で、今日の法事の三故人ともよく知っているお坊さんは、三人の人柄をエピソードをまじえて讃えた。

その後皆でそろって、新しく出来たばかりの累代墓におまいりに行った。

身の丈以上もある御影石の立派なもので、墓のまわりを三年前に取り除いた古い墓石で取囲んでいたので、何か今日出来たという感じでなく、もう昔からあったような親しみと懐かしみを感じた。

皆で順に線香をあげ黙禱した。

昔の墓場は整地されて、幼い杉苗が植えられて、もうそこには墓場であったしるしはなにもなかった。

宴会にはいる前に恭平さんが、五十年忌であり、新しい墓も完成しましたので今日は大いに賑わって下さい。カラオケ、三味線、太鼓も用意してありますと、本当に手短な挨拶をした。

座は最初から明るく晴れやかであった。

話も大いにはずんで、そろそろカラオケでも出ようかという時、叔母が歌が出はじめる前に、ほんのわずかだけ時間をお借りして、私から恭平さんはじめ本日御出席の皆様方に御礼の言葉を述べさせていただきますと真顔で言った。

座が静まりかえった。叔母は懐から便箋をとり出して静かに読みはじめた。

今日は、御法要の御案内を受けまして、親戚の皆様方が集まり立派な御法要が行われました。恭平さんの御案内の通り父と兄の三十三年忌、弟節夫の五十年忌でございます。思い返して見ますと五十年前、私が結婚した翌年に節夫は脚気がもとで亡くなりました。まだ二十才の若さでした。さぞ本人は思い残すことが多かったことと思います。兄弟思いで、又大変な家思いの弟でした。この五十年間、弟が生きていたらと私は何時も思い続けて来ました。この世との別れの際に弟が残した言葉は、皆仲良くして行って下さいと言うことでした。円満な家庭の状態でなければ、このような御法要も思い出して貰えません。若くして亡くなっていった方は、お嫁さんも子供もいないので、後々までも法要を営んで貰えない人が多いものです。今日五十年忌の法要をしていただいている節夫さんは本当に幸せです。又御先祖の一人として、この家にあなたの写真も飾って貰いました。あなたに代って私が心からの御礼を申します。

たった一人の弟のあなたに、私は何もしてやれませんでした。五十年忌が過ぎると故人の魂も自由になると言われています。お嫁さんも貰えずに亡くなっていった節夫さんのために、今日のこの集まりをあなたが新妻をもらう結婚式の日と思い、お祝いの謡曲「羽衣」をうたわせていただきます。

お嫁さんと二人で手をつないで天高く舞って下さいね。

羽衣

迦陵頻伽の馴れ馴れし。迦陵頻伽の馴れ馴れし。声今更に僅かなる。雁がねの帰り行く。天路を聞けば懐かしや。千鳥鷗乃沖つ波。行くか帰るか春風の空に吹くまで懐かしや空に吹くまで懐かしや。

叔母の朗々たる歌唱を聞きながら、今日は私に是非とも法要に出てくるように念を押した叔母の気持がわかって、私は懸命に涙をこらえていた。初秋の、目にいたいような乾いた白い日射しが裏庭を満たし、どこか近くで小鳥たちがしきりに鳴いていた。

山里

一

裏木戸越しに見る山里は、お父さまのお葬式の日のように粉雪が舞っています。時に山おろしの風でも吹こうものなら、樹樹や屋根、電線に降り積った雪が、まるで狂った生き物のように吹きあがり、白い噴煙となって、山里をヴェールで閉ざします。

三月もなかばを過ぎようと言うのに、忘れ雪ならば、お父さまが言っていたように、誰知れず、密やかに、はかなく降るのを風情としたのに。

裏庭の梅はとうに散り、お父さまが、鶏卵のような蕾をつくり、散る時は白鳥の羽根をひき千切ったようだと譬《たと》え、そのいさぎよい散り際を愛した前庭の白木蓮も終わってしまい、もう本格的な春が来てよいのに、思い出したように時折寒い日が戻ってまいります。

十日程前には四月の中旬のような、それは暖かい晴天が続き、その後にはやわらかい春の雨が降り続きました。

その雨もこの季節に吹く春嵐といった激しい無情のものではなく、木の芽さえ傷つけないやさしい気持の良いもので、その余風とでも呼びますのでしょうか、開け放った縁側から、羽毛でなでるようなそよ風が吹き込んで来たものでした。

好天続きのあとの暖い雨で、裏山の椎茸が一斉に成育し、この二、三日は椎茸の取り入れで、それは大変な忙しさでした。

お父さまも知ってのとおり、椎茸はひと雨で倍にも生長し、取り入れの時期を逸すれば、大変な損失になります。

去秋には娘を嫁がせ、人手といえば主人と私の二人だけになり、終日椎茸の取り入れに追われました。

やっと乾燥室に椎茸を運び込んで、主人と二人だけの夕食の準備をしていますと、下の谷川に手を洗いに降りていった主人が、三葉芹を摘んでまいりました。

お父さまがその香気の故に、大の好物であった三葉芹を主人は忘れずにいて、仏様にお供えしてあげたらと取って来て呉れました。

お父さまがあれほど好物にしていて、季節になれば、毎夜欠かしたことのなかったのに、私は、それを迂闊にも忘れてしまっていたのです。

忘れるべきではないものを忘れてしまっていましたのは、お父さまの死で、私はまだ我を忘れてしまっていたのでしょうか。

御浸《おひた》しと御吸物にして、お父さまの御仏前にお供えした三葉芹があの高貴な芳香を漂わしていたのは昨夜の事でしたのに、一夜明けると山里は一面の銀世界に変っていました。

夜半に山奥の野犬の遠吠えにかすかに目覚めた時、いつもの山里の静寂が何か一層底深いものに思え、家も山里もとてつもなく柔らかく、優しい、ある物に埋没されていく様に感じ、それは安らかで、この上なく心地よい気持ちでしたが、それは深夜に密やかに降り続いた雪のせいだったのです。

四月になっても時々雪を見ることは珍しくない山里ですが、今年は正月から沢山の雪が降り、その後は例年になく暖い日が続きましたために、このまま春になり切って終わるものとばかり思っていました。

昨夜は遅い夕食の後、主人と二人で取り入れた椎茸を、椎茸小屋の乾燥床に広げおえ、火を入れたのは深夜を過ぎていました。

その時にはまだ雪の気配もなく、安心して床につきましたのに、今朝は一変して雪の銀世界です。

私は一変した景色の中で、別世界にでもいる様に夢みまどろんでいますと、主人が襖越しの台所から、今日はゆっくり休んでいなさいと、声を掛けて呉れました。去秋お父さまが病の床についてから、正月過ぎのお葬式、先月の四十九日がすむまで、心身共に休む事のなかった私の体を、主人は気遣って呉れたのです。

主人の言葉に甘えてはいけないと、立ち上がろうとしますが、何故か全身の力が抜けて思うにまかせません。

私の気配を感じて、主人がわざわざ土間から上って来て、襖を開け、御飯も味噌汁も出来ているので、気の向いた時に食べるとよいと言って、自分は町の椎茸組合まで用をたしに出掛けて来ると言って呉れます。

自分が居ては気兼ねなく休めまいと私の気持ちを察して、主人は中庭で単車のタイヤにチェーンを巻き、ヘルメットをかぶると、小さな雪煙をあげながら山を下って行きました。

主人を見送った広縁から見る山里は、すっぽりと雪に被われしんしんと静まりかえり、何もかもが死んだ様に不気味に見えました。

日頃、山里の山峡からかすかに、緑のない淋しい空隙として遠望する薄紫色の遠山の峰々や枯野が、今日は雪をいただいてことさら白く光って望遠鏡ででも見るように、雪をはねつける新緑の杉山と対照的に眼前に迫まり、恐ろしい様な凄まじい迫力で私を圧倒します。

私は眩暈を覚え、気怠い体を再び床に戻しました。

そしてお父さまの事をしきりに思い出そうとしますが、不思議にどんなに考えてもお父さまの姿が思い浮かんで来ないのです。

不思議と言えば、お父さまが逝って二ヶ月も経ようというのに、まだお父さまが夢枕に立っていないのに気付きました。

重い辛い荷物を降ろし、それに解放された安堵の直後は、肩に耐えてきた痛みは残っていても、その重さはすぐに忘れてしまうのに似ているのでしょうか。

私は浅い眠りの中を何度か往復していました。

夢枕に立つまでは逝った人はまだ往生していないと、世間では言われています。お父さまはまだ極楽浄土につけず迷っているのでしょうか。それとも私の事を気遣って、その近くのどこかに残って居てくれているのでしょうか。

どのくらいの時間がたったのでしょう、どこか遠い、私の知らないところから私を呼ぶ様な声が聞えてまいります。

この頃夢も見たことのない私なのにと、まさか夢ではなかろうと思いながらも、夢の中の様な呼声を楽しんでいました。

私を呼ぶ声は段々近ずき、遠のき、又近づいてまいります。

私はかすかに眼を開けてみました。

部屋の中が何時になく眩しい程に明るいのが雪のせいであるのに気付くのに、少し時間がかかりました。

私はかなりの時間、深い眠りに陥っていたようです。

呼ぶ声は確かに現実のものの様で、声は裏木戸の方へ回り、そこで二、三回発せられると諦めたのか、雪を踏みしめる微かな足音は裏木戸から中庭を抜け、椎茸小屋の方へ向かっている様で、私は起きあがろうかと迷っていました。

その時、井戸端の踏板にでも躓《つまず》いたのでしょうか、人の転んだ様な鈍い大きな音に私はとび起きて広縁から中庭の方を見てみますとそこには人影はなく、急いで玄関の方へ出て戸を開けて見ますと、前庭から本道へ続く坂道を雪を払いながら登って行く黒いコートの人影が、驚いた様に私の方を振り返り見ました。

人影は少し恥ずかしそうに微笑すると、コートの雪を払いながら坂道を戻ってまいりました。髪や眼鏡にまで雪が被っていたうえ、いつも白衣姿ばかり御目《お》に掛かっていましたので、一瞬誰かと思う程判別出来ませんでしたが、お父さまの最期を看取って戴いたお医者様でした。

お留守かと思い、諦めて帰るところでしたと、先生は仰しゃり、そこまで往診に来ましたので、大雪の日なら在宅と思い、日頃から気に懸っていましたので、お父さまに是非御線香をあげさせて下さいと、先生は仰しゃるのです。

私は恐縮して先生を仏間に御案内し、仏壇に明りを燈しました。

仏壇の端に借りて来た猫の様に、心細げに置かれたお父さまの遺影と位牌に、先生は線香をあげ長いこと合掌していて下さいました。

御茶でも差し上げようと掘炬燵のある居間に先生をお通しいたしました。

先生は立ったままの姿勢で暫らくの間、居間から裏庭の雪景色を眺めておいででした。

お父さまが臥《ふせ》っていた部屋と居間とは、襖越しであったため、往診の折々に先生も始終庭を御覧になっていたのでしょうが、雪の降った庭は又別の趣がある様でした。

雪は朝より一層深くなり、松や南天の枝も重く垂れ下がり、池の表面の薄氷にも雪が積もって、池が陸続きの様になっていました。

四十九日の過ぎるのを待ち、先日お願いしましたお話をお伺いにまいりましたと、先生はおっしゃいました。

先生のお言葉に、私は初七日過ぎのあの日の事を思い出しました。

お父さまの葬式の日は粉雪の舞う寒い日でしたが、ほんの数少ない身寄りの者とお世話になった隣近所の人々にお食事を差し上げた初七日あけの日は、一月には珍らしい晴天で、風も春の様に暖い日でした。

お父さまが病臥してからの数ヶ月、毎日のように、時には深夜にも往診して下さった先生への御礼の事が何よりも気に懸っていましたが、その日があまりに好天のせいもあって私は急に思いたち主人に相談してみますと、主人もそれは早い方がよいと言って呉れました。

車で送ってあげようかと主人が言いましたが、他に済ませたい用事もあって、バスで下る事にしました。

バス停で待つ間、春の様な煌めく陽光と光るそよかぜが、私を徒歩で山を下ってみようと変心させせました。

バスをやりすごすため、道路から谷川に降りて身を隠しました。

私は少女に還った様な、軽やかな気持になり、再び山道を一人で下りました。私の服装と言えば、赤い毛糸の帽子に同色の毛糸の首巻をして、青いスラックス姿でした。

七日前にお父さまを喪ったばかりというのに、不思議と頭の中には何を考えることも、思い浮かぶこともなく、春の陽射しや小鳥のさえずりを楽しんで、時々行き交う人も車も、何も気になりませんでした。

その日、先生は往診の往路で山を降りて来る私に出会ったそうですが、私があまりに軽やかに楽しげに、宙を跳ねてる様に見えたため、声を掛けるのも気が引けた様だったと、その時の印象を後で語っていました。

私はお父さまの死によって、お父様から解放された喜びなどと言う気持は毛頭なかったのですが、何故か、私の身も心も軽やかに跳ね、言い知れぬ深い静謐と安堵に浸り、頭の中は気持良い程の空虚感に満たされていた事は嘘ではありませんでした。

二里近い山道を私は何の疲労も憶えず下りました。

麓の村の小学校の横で、往診の帰路の先生の車が私に追いつき、先生は車からわざわざ降りて来て、丁寧におくやみの言葉を述べて下さいました。

そして、私が先生への御礼にあがる途中だと知ると、路傍の立ち話ではと先生は私を車に乗せて下さいました。

診療所の院長室で、昼夜いとわず往診下さった先生に御礼を述べますと、先生は逆に私の看病の労を犒《ねぎら》って下さり、この数ヶ月先生が目にした父と私の心暖まる親娘の交情に痛く感激した旨をお話し下さいました。

先生の御言葉には汗顔の思いでしたが、兄の不慮の死から、私の元に父を引き取って以来十年にわたるお父さまとの様ざまな思い出が蘇がえり、私は少し涙ぐみました。

お父さまが息を引き取った、あの粉雪の舞う痺れる様な寒い払暁にも、先生は駆けつけて、お父さまの脈をとり死を確認して下さいました。その時にわざわざ先生は私の手を取り、立派な看病が出来て奥さん、親孝行が出来ましたね、と優しく言って下さいました。

私もこれまで幾度か肉親の臨終を経験しましたが、あの様な情のこもった御言葉を掛けて下さったお医者さまには出会った事がなく、私は先生の御人柄に強く惹かれていました。

それから暫らくの間、先生と私はお父さまの最後の日々の言動についてや、先生自身の経験なさった病人の事を語り合い、私がおいとまをしようとした時、先生は後日お父さまの事について少しお話を伺いたいのですが、と仰しゃいました。

先生には何か目的がおありと思いましたが、私から見ますと先生が父に取りたてて興味を覚える様なことも思い浮かびませんでしたが、父は体が衰弱して足腰がたたなくなって、先生に往診を願う様になっても、頭脳だけは明晰で、往診して下さる先生を捉えては、戦前大陸で行った種々の大土木工事について、大言壮語の癖もあって、自慢したり、長男が大学教授であったこともあってか、聞きかじりの英語を使ったり、若い頃から嗜んでいた俳句などを披露したりして、側で聞く私の方が先生には御迷惑かと辟易する程でしたが、先生は少しも嫌がらず父の話を親身になって聞いて下さっていましたために、そちらの方の事に先生は興味を抱いていらっしゃるのではないかと考え、又先生の御厚誼に報いるためにも、私は軽い気持で先生の申し出をお引き受けしてしまいました。

あの日から四十九日が過ぎるまで、この山里に往診においでになった先生と、二度程お会いする機会がございました。

一度は私が谷川に降りて大根を洗っている時に、橋の上から声を掛けて下さいましたし、もう一度は、お宮の上の畑から里芋を背負いカゴで運んでいた時、対岸の道からクラクションを鳴らして挨拶をして下さいましたが、特にお話をすることもなく通り過ぎましたので、お約束したことも先生はお忘れになってしまったことと思い、私はむしろ失望さえ感じていましたが、ある面、責任から解放された様にも思い、先生の申し出も今日まで忘れてしまっていた事でございました。

御茶を召し上がりながら、先生は山里の雪景色の美しさや、なかなか本格的な春が到来しない事を訝しがったりしましたが、本題を切り出すのに何か骨を折っている様でございました。

話しの糸口を引き出すため、私の方が先生の御家族のことなどをお聞きしました。

先生の御両親は、先生がこの山麓の川辺りで開業なさるちょっと前に続く様に、他界されたとの事で、先生はその頃大学の研究の都合で御両親とは離れてお暮しになっていたため、御両親の最期にも満足な看病が出来なくて、それが今も心残りである事を切々と語られました。

それに比べて、奥様はあんなにまでお父様を手厚く看病できて、本当に幸せでしたねと仰って下さいました。

先生は御出身の大学の校友会誌の夏季号に、指名された人が次々に書いていくリレー随筆を依頼されていて、それに私と父の事を書きたいと申されるのです。

私はそれをお聞きして恥かしさに顔が赤らむ思いがしました。

私達親娘の事が随筆の題材になるでしょうかと、私は先生に問い直しました。

先生はいざ随筆を書くとなると、なかなかまとまりのある良い題材がなく困り果てていた時に、父の往診が丁度始まり、父の臨終までの数ヶ月を観察している間に、親娘の限りない情愛の深さと美しさに感じいり、是非これを書きたいと、先生は思い始めたとのことでした。

どう思い巡らしてみても、ごくありふれた親娘の事が、とても随筆の題材には不向きと思えましたし、私的な事が文章という形で表わされる事が恥かしく、又恐ろしくもあり、私は辞退させていただきたい旨を申し上げました。

先生は困惑なされて、果してどんなものが出来あがるかもわかりませんし、雑誌自体が一般の人の目に触れるものでもありませんのでと、重ねて申されました。

往診の始めの頃、先生は老病人を主人の父、つまり私にとって義父とばかり思い込んでいたそうで、そのうち老人が私の方の実父とわかった時は、大変驚いたとの事でした。

嫁ぎ先の父、義理の父親の最後の御世話を嫁がすることは世間では数多いことであっても、一旦嫁にいった娘が実父を引きとることは珍らしいことで、先生はそこに興味を抱いたそうです。

先生はお父様を、只病人としてだけでなく、私の最も気にしていた事まで見抜いていた事に私は頭がさがる思いでした。

それにお父さまの訛りや、虚言としか受け取られない様なスケールの大きな話から、お父さまは、この近在の人でなく、やむにやまれぬ事情からこの山里に引きとられて来た事をお察ししていたようです。

先生は御自身の日頃の診療経験からも、日本古来の家族制度が次第に崩壊していく様を見聞きするうちに、私とお父さまの交情に接して心洗われる様であったと申されます。

私は父との最後の十年の様々な出来事が思い出されて、思わず涙が出てまいりました。

それでも父の事をお話するのは私にとって、それは苦痛の伴う勇気の要ることでした。

一方では先生の御心情も又嬉しく、間もなく主人が帰って来ますので、主人の許可があれば、お話ししてもよいと、先生にお待ちして戴きました。

二

歳月のたつのは本当に怖い程早いもので、あれは丁度十年前の晩秋のころになります。

その年の夏の始め頃から、お兄さまの体調があまりよくない様だと、兄嫁から知らされてはいましたが、重症の肺結核で幾度か死線を越え、最後には生死をかけた大手術をしても不死鳥の様に蘇ったお兄さまの事だから、あまり気にも留めずにいました。

それに、その秋の法学学会のシンポジストを引き受けていたため、お兄さまは体の変調の本当の所を、兄嫁にも研究室の人達にも隠して頑張っていたのでした。

学会の間際に実母の三十五年の法事をN市の菩提寺でした時に、私は久し振りにお兄さまに会いましたが、その時のお兄さまの憔悴した姿に驚きました。それでもお兄さまは意気軒昂で法事の後の会食の最中に学会の準備のためと、中座するくらい気力旺盛な所を見せました。

学会の仕事のために、法事の席をないがしろにするのが、いかにも学者肌の兄らしく思えましたが、私は心配になり、中座したお兄さまの後を追い体の事を尋ねました。

兄は幼い頃から、私を見る時いつもした様に、眩しそうに一寸目を細め、私だけに向けるやさしい笑顔で、学会が終ったらゆっくりお医者に診て貰う事にしてあるので心配しなくていい、体があいたら雅子ちゃんの家へまたドライブすると、まるで子供の時と同じ口調で言うのでした。

お兄さまの趣味と言えば、ドライブだけでしたが、その言葉が何故か私の胸を熱くしました。

この会話が、まともな意識のもとでの兄との最後のものになろうとは、その時知る由もありませんでした。

十一月の中旬の深夜に、兄嫁から兄の容態が急変して緊急入院したこと、それも黄疸が激しく意識が朦朧《もうろう》としていて、しきりに雅子ちゃんの名を呼び、心細いので至急にN市まで来てほしいと言って来ました。

そんなに悪くなるまでと、私は驚愕しましたが、学会の後の整理がつくまではと、兄は診察を延ばし延ばししていたらしく、又昔輸血をした後の肝炎の再発ぐらいしか兄は考えていなかった様で、診察をした医師は兄のお腹をちょっと触れただけで肝臓癌の診察を下した程に、兄は既に病魔に浸されていたのでした。

大学病院の病室で兄を見た時には、自分の目を疑う程に兄は痩せ細り、体は黄色というより黒ずんでいて、お腹だけが妊婦のように腫れあがり、そこだけが異様に光沢をもっていて、臍は飛び出した様になっていました。

兄は既に昏睡に陥っていて、私がどんなに呼び掛けても無駄なことでした。大学内でも、兄は名のうれた教授でもあり、医師団は総力をあげて治療をして下さっていましたが、なすすべもないと言ったのが実情でした。

面会謝絶にしてありましたが、廊下には大学の関係者や友人、ゼミの学生などが押しかけて足の踏み場もない程でした。

兄は大学ではダンディな教授として名が知られ、女子学生の憧れのまとであると聞いていましたが、兄はあまりにも変った自分の姿を人に見せるのが厭だったのでしょう、意識のなくなる前に、友人はもとより子供や父、継母（父は私の幼い頃に母をなくし再婚していた）にも面会を許さず、最期の看病は兄嫁と私にだけするようにと言い遺したそうです。

兄の言う事も理解できないではなかったのですが、いよいよ臨終の迫った時、私は兄嫁に、せめてお父さまだけにでも呼吸のあるうちに会わして下さいと頼みました。

しかし、兄嫁は頑として受け入れて呉れず、それでも、私は何度も頼み、最後は哀願しました。

それでも兄嫁は唆巡していた様ですが、意を決した様に、主人はお父さまを嫌悪していましたし、同じ家に住んでいても顔を見たくないと言っていたくらいですから、これだけは譲るわけにはいかないと言うのです。

兄嫁の言葉に私は脳天を割られた様な衝撃を受けました。

私の知らぬ間に、父と兄の間にどんな事があったか知る由もありませんでしたが、あの兄がそのような事を言ったとは、とても信じられない事でしたが、兄嫁がもらした時の真顔が恐ろしい程に引きつっていて、私にはそれ以上の詮索も抵抗も出来ませんでした。

私はずっと病院に泊り込みで看病していたために、まだ父に会っていませんでした。

家で兄の病状を気遣って、どんな気持で父が居るかと想像しただけでも、胸の張り裂ける様な思いでした。

兄は十一月の下旬の木枯しの吹く深夜に、兄嫁と私だけに看とられて静かに息をひきとりました。

病臥して長くなったため、廊下には人影もありませんでした。

葬儀はN大の法学部葬で執り行なわれ、遠い大学からの参列や、ゼミ出身の教え子が大勢駆け付け、少壮の法学者として属望されていただけに、同情も集まり、それは大層な葬儀になりました。

息子に先立たれた父の落胆は眼を覆うばかりで、兄の最期も見取れなかった事情を私は知っていただけに、私の心には複雑な悲しみが渦巻きました。

ひと七日は遠方から集まって下さった方々の都合も考え葬儀の翌日に、四十九日も三月《みつき》に跨《ま》たがらせぬために、そして年末年始のことも配慮してか、十二月の初旬に略式で行う事に決まりました。

兄の死後、何事も簡素に、しかも面倒なことは早く終らせようと急ぐ様子に、私は訝かしく思っていました。父と継母もそんなに急ぐことはないと反対しましたが、年も八十才に近くなり、経済的にも力のない老人が表立って反対出来る事ではなく、兄嫁の言うなりに事が運びました。

私は家庭の事が心配でしたが、ひと七日のあと用事を済ませるために主人は一旦家に帰りましたが、私は四十九日まで残りました。

人間死んでしまえば、全てが終りで、哀れなものです。四十九日も兄の懇意にしていた二、三の教授と本当に身内だけの淋しいもので、会が終ると、私は兄嫁の兄にあたる方に別室に呼ばれました。

その方の深刻で必死な形相から、なんとしてもこれだけは、私を説得せねばとする強い圧迫感を覚え、何か悪い予感が私の体を走りました。

兄が死んでしまった今、父と継母の面倒を私にみてほしいと、いきなりその方は切り出しました。妹（兄嫁）はこれから女手ひとつで、まだ幼い三人の子供を育てねばならず、とても老人の面倒をみる余裕もなく、亡き兄も、自分に万一の事があったら、両親は雅子さんに頼んでくれと、遺言をしていたと言うのです。

この申し出に、私は青天の霹靂に会ったように驚き、只只茫然とするばかりでした。

これまで二十数年間妹は苦労に苦労をかさねて面倒を見て来たからとか、血のつながりのない老人の世話は親身になれないとか、妹とは教養や生活態度が全く違うとか、都会の狭い住居事情ではお互いが気まずい思いをするだけ等々と、その方は様ざまな理由を羅列して、必死に私を説得にかかりましたが、私はどこか遠い所から、さかんに連発される銃声を聞いている様な、夢うつつの状態でした。

確かに兄嫁は家柄、学歴も良く、今も有名な女子大で国文学の教鞭をとっており、貧農の三男から養子に出され、土木業で裸一貫から成りあげた父とは、その点では雲泥の差がある事は明らかなことでした。

私にとって、辛く耐え難かったのは、生活上の事は納得できても、今更どう仕様もない人間の教養や家柄まで立ち入られた事でした。

兄の臨終の時に、想像さえ出来なかった兄と父の葛藤と断絶を知らされてから、この様なことにまで進展するとは予想は出来なくとも、何か含みあることは感じていましたし、どんなに抗弁をしても最終的には人間の好悪の感情の問題であれば、どうしようもないことと私は覚悟をし始めていました。

意識の消えうせる前に、兄が兄嫁に、父に関して発した言葉の真偽は定かではありませんでしたが、少くとも父と継母の老後を兄嫁に託すよりも、妹の私に依頼したことは、兄の父に対する最後の掛け替えのない愛情の証であったと私は思い始めていました。

これだけの屈辱をうければ、私も決心せねばと開き直る心境になりましたが、問題は主人が、義理の関係にある二人の老人を引きとって面倒を見る事に承諾して呉れるかでした。

人間窮地に追いこまれると、決心と、それに相対する不安が生まれるもので、もし主人の承諾が得られなかったら、老人の二人を養老院に入れるか、山奥の空家を探し毎日私が通うとか、最後の手段は三人して道ずれ心中をしようとまで想像は果しなく広がりました。もしそんな事にでもなれば、山里では孫の代まで、いや何百年も悲話として、姥捨山伝説の様に語り継がれるであろうと、私の思いは悪い方へ悪い方へと飛躍するのでした。

四十九日の法要に、再び出て来て呉れた主人は、私のただならぬ顔色を心配して、理由を尋ねて呉れました。

主人も、葬儀に参列してからこのかた、何かちぐはぐな空気は察していたらしいのですが、主人にとって義理にあたる父母を引き取らねばならぬ破目に陥っていたと言う事までは、想像出来なかったらしく、暫く大変困惑していましたが、心根の優しい人ですから激昂することもなく、心の中で思案の末、それが既に動かし難いものと判断してか、義父母を引き取ることにおいて一番苦労をするのは、結局お前（私）と思うから、お前が耐えて行ければ、自分としては世話をすることに異存はないと言って呉れました。

只お義父さんは、これまでも随分贅沢な生活をして来た様だし、生来派手な性格でもあり、淋しい山里の生活に適応して呉れるかどうかが気掛りだと言い、子供達も上の一人は既に独立し残っている二人も中学生だから手はかからないし、新しく二人の子供が出来たと思えばいいではないかと暖かく言って呉れて、私の肩を抱いて呉れました。とにかく田舎の長兄の了承を得て置かねばと、私を気遣って主人は電話を掛けるために外へ出て行きました。

主人は子供を育てると思えばと、私を激励して呉れましたが、昔から年寄り子供と言い伝えられています。聞き分けのないのは子供と年寄りと言う事です。やろうと思えば世話の出来ないことではないと、主人は私に言って呉れたのでしょうが、私は考えました。世話をするのが主人の両親であれば、たとえ肉体的、精神的にいかに苦労しても、本当の血の繋がりのないという、最後の抜け道と言うか、気安さがあります。

幼稚園の中で園児がいかに騒ぎ泣き叫けぼうと、我が子の泣き声を、大勢の中から母親は敏感に聞き分けられる様に、肉親とは強く、あるいは切ない程に悲しいものであります。

私の住む所は、山里という呼称が、そのまま当てはまる標高数百メートルの、山峡にある二十数戸の小さな集落です。主人の長兄が家督を継ぎ、五男に当る主人は、分家をして貰っています。

次男から四男までは悉く戦死して、主人はある面では運の良い人です。

本家は山里一番の高台にあり、山里全体を俯瞰するかの様に、堂々と建っていました。

里人は何らかの形で、本家につながりを持ち、昔は周囲の里を合せた村長を長く勤めた、村一番の家柄でした。

まだまだ旧弊の残る閉鎖社会の山里に、年老いた義理の父母を迎えねばならぬ苦しい立場に陥った主人が、長兄の承諾を得なければならないのは当然の事でした。

長兄が、他所者《よそもの》同然の老夫婦を山里に迎える事に、難色を示したとしても、私が異存を唱える事が出来ましょうか。

私は祈る気持で、電話を掛けに出た主人の帰りを待ちました。

最悪の場合、主人を捨てても、年老いた二人は捨てられないと考えました。

私が家を出て、山奥の荒屋で、父母と三人でひっそりと暮らしている姿が、浮かびあがって来ました。

それは昔子供の頃、どこかで見た絵巻物の様で、荒屋の回りには薄《すすき》が風に波うち、庭には数羽の鶏が遊び、近くに谷川が流れていて、私達三人は、冬仕度のため山から薪を背負って、晩秋の夕暮の高原の道を、家路についている姿でした。

貧しくとも、それは心安らかな光景でした。

いざという時には、そんなになっても良いと、後から考えますと常識的には考えられない事でしたが、そこまで、私は思い詰めていました。

襖が静かにあいて、主人がやさしく微笑みながらは入って来て、兄さんが承諾して呉れたよ。老先短い人達なんだから、せいぜい大切に面倒を見てあげなさいと言って呉れた事を主人は私の手を取って言いました。

うれしさのあまり、私は主人の膝に泣き崩れました。

覆水盆にかえらずの譬がありますが、兄嫁と父の間がどうしようも無くなっている以上私は敢えて、兄嫁を非難する事も、繰り言もしませんでした。

兄嫁はさすがに青ざめた表情で、子供さえ小さくなかったらと、繰り返すばかりでした。

父と継母には本当の事情は話さず、只兄の死後の整理がつくまで、それはかなり長くかかりそうなので、取り敢えず、私の家に移る事を勧めました。

軽い気持で、それも致し方ないと言っていた父も、次第に事情が解ってくると、激怒して、その数ヶ月の兄嫁の仕打ちが全てこの結論に符号すると言い出し、住み慣れたこの地をこの年齢で追い出され、友達も多いのに、今後の楽しみを奪われどう生きれば良いのか、数年前に兄が家を新築した時、有り金残らず提供させられたが、うまく騙された様なものだと、憤懣やるかたなく罵りました。

それでも、憤怒も興奮も長くは続きませんでした。

怒りを抗議に変えても、それが良い結果を生まない事を、悲しいながらも老いた二人が一番良く知っていましたし、こうなれば少しでも波風を立てず、自己保身のためになる隙間を取って置いた方が良い事を、老父は敏感に悟っていました。

兄嫁は、二人の引っ越しを年内に希望していました。

それはあまりにも非情に思えましたが、私にとっても、どうせ引っ越して来るものなら年が明けてより年内の方が何かと都合が良く、二人も私の事情を納得して呉れました。

二人にとっては年の瀬も迫った、慌ただしくも、侘しい旅立ちとなります。

三十数年前の大戦中、伯父の世話で、父には想像もつかない様な山里に私の嫁入りが決りそうになった時に、父は任地の北朝鮮から飛んで帰り、まだ自分で見ていない所の悪口を言うのも変だが、よりに選って熊や猪の出て来ると言う山里に嫁がなくても、雅子ちゃんならいくらでも良い所を、お父さんが見つけてあげるのにと、私の再考を促しました。

間に立って呉れた伯父も、父の激しい勢いにたじろぎましたが、とに角、その山里を訪ねて見てはと、父に勧めました。私の心は既に決っていましたので、私のたっての希望を容れて、日程のつまった父は渋りながらも、ともかく山里行を承諾しました。

それは秋の中旬の、晴れ渡った日でした。

幾度か汽車を乗りかえ、九州中央部の水郷の町についた時は、既に昼を過ぎていました。

駅前で、父と私はそれぞれの人力車に乗り込み、旧い町並みを走り、人力車ごと渡し舟で広い川を渡りました。

父の顔には、こんな不便な所に私をやる事は出来ないと言った、不快な気持がありありと出ていました。

でも本当の難路は、川を渡ってから始まったのでした。

山裾にわずかに存在する田園は既に刈田に変わり、杉山の麓には紅葉が散見され、そこに柔らかな秋陽が当っていました。

人力車は山襞の杉木立の濃い緑の中に潜り込んで行き、道は杉や桧に被われ昼でも暗く、遠くで滝の音も聞こえ、何時熊や猪が飛び出して来てもおかしくない程の不気味な寂寥さでした。

前に一度伯父と一緒に来ていた私でさえ、前の印象と違い、これではとても父は許してくれまいと私は胸を痛めました。

人力車は坂道を登り峠に出ると、車夫はこれからは道が狭くて登れないので、あと半里ぐらいの道程だから、歩いて下さいと言うのでした。

父は、意外に気持よく納得して人力車から降りました。

峠からは盆地が一望出来、既に西に傾き始めた秋陽が、水郷を形作る盆地とそれを取り巻く山々を赤く染め始めていました。

空には所々に雲が浮び、それがゆっくりと移動し、その影が山々の所々に影を落していましたが、その影の下に小さな集落が点在し、そこにも人間の営みがあることを思うと、私はこれまで経験した事のない妙に淋しいものを感じたものでした。

父と私は、峠に立って、暫らくの間盆地を眺めました。

「やはり、祖国の秋が一番だね」

と父は私を振り返り、私の心を見透かしたかの様に、元気づける様に言いました。

大きな土建会社を経営し、朝鮮や満州を飛行機で人夫を掻き集めて仕事をしている父にとって、祖国の秋の静かな光景が、父にどんな心象を与えたかは知る術もありませんでしたが、こんな鄙びた山里に嫁ぐ決心をしている娘の気持を配慮しての優しい言葉と私は受けとったのでした。

あの頃の父には、長い海外生活の疲労が、私の想像を越えて心身共に蓄積し始めていたのかもしれません。

それから父は、私が幼い頃遠足に連れて行ってくれた時の様に、私の手をとり白頭山節や満州の歌を唄いながら山道を登りました。

「お父さんは、こんな山の中にはとても住めないけど、雅子ちゃんには、静かな山里の方が合っているかもしれないね」

と私の心根をいとおしく思ったのか、しんみりとした口調で父は言いました。それは、私の結婚を事実上認めた言葉でした。

淋しがりやで、賑やかなことの好きな父は、自分の性格と私を対比し、幼時から殆んど家庭を顧みたことのなかった自分の半生に思いをはせ、私に対する労わりであったのかも知れませんでした。

「お父さまには、こんな山里は一寸と無理ね、三日ぐらいなら暮らせるかもしれないけど、それも芸者さん付きでね…」

と私も、父の言葉を茶化して、明るく返しました。

父は佐賀平野の農家の三男に生まれ、遠縁にあたるN市近在のかなりの農家に、婿養子に入りながら、どうしても農家が性に合わず、生来の酒好きが禍して、酒で身上を潰し、背水の陣で大陸に再起を掛けて渡ったのでした。

大陸に渡る前、私が高女の時に実母を胸の病で失くし、父は再婚したのですが、その様な境遇からも、私はどちらかと言えば実母似の淋しい性格で、父もそれを心配していたのです。

継母は明朗闊達な性格で、父が再婚後も私は悲しい思いをした事はありませんでした。

「雅子ちゃん、山里から逃げ出したくなったら何時でも、戻っておいで。お父さんは何時でも雅子ちゃんの味方なのだから」

と、父は今度は真剣な口調で言うのです。

丁度杉木立の暗い道には入った時でしたから、父の強い愛情を感じ、父がどんなに顔で言っているのかが怖く、私は父の顔を見返す事が出来ませんでした。

やがて杉木立が切れると、急に辺りが開けて、そこは目の覚める様な銀杏の黄葉した黄金色の里に変りました。

山峡に小さく開けた山里でしたが、谷川沿いに一本の白い道が山里の真中をなだらかな勾配で登り、その両側の山には、数えきれない程の銀杏が、まさに黄葉し尽して山里全体を黄金色に染めあげ、その中に点在する黒瓦白壁の家や、藁葺の農家をも溶かし込んで見えました。

「お父さま、ここです。尋ねて来た山里は！」

と私は興奮して父の胸に飛び付きました。

突然眼前に現れた光景に、父も呆然として、只「おー、おー」と口走るだけでした。

それはこの世ならぬ、本当に山里らしい輝くばかりの美しい光景でした。

父と私は山里の入口で、魅せられ根が生えた様に立ちすくみ続けました。

「これはいい。これはいい。雅子ちゃん、本当に美しい。山里全体が、まるで金色堂の様だ。ここはまさに旅に疲れた旅人が、旅衣を解く所だね」

と何度も溜息をついて、父は同じ言葉を繰り返しました。

三

旅に疲れた旅人が、旅衣を解く所と三十数年前、まだ元気旺盛で、男ざかりであった父が述懐した、この山里に、自らの老の身を寄せざるを得なくなる破目になろうとは、運命の皮肉としか言いようがありませんでした。

人生を旅に喩《たと》えれば、八十路に間のない父と継母にとっては、人生の黄昏時《たそがれ》の、これから先もう何処に行く事も出来ない行き止りの終着駅を、この山里に求めざるを得ない事になっていました。

この時、父七十八歳、継母六十七才、私は四十八歳になっていました。

身辺の雑多な物は整理したと言っても、二人が山里に運びこんだ荷物は悲しい程に僅かな量でした。

それらは、蜜柑箱の様な小さな仏壇、先祖の位牌、黒檀の脇棚、文机、梅に鴬の絵柄の丈の低い金屏風、有田焼の火鉢、南部の鉄瓶、父の自慢の洮河緑石の硯、母の趣味の茶道具一式と三味線ぐらいの物で、何れも傷んで憐れを誘う品々ばかりでした。

昔、父と二人で人力車と渡し舟で渡った道筋も、今は橋が架かり、山里まで車で登れる立派な舗装道路に変っていました。

私が一番心配していましたのは、日本はおろか、満州、中国、朝鮮と大陸を股に掛けて大土木工事に参画し、派手で賑やかな事が好きで、老いてからも自分の気の向くままの生活で、ある意味では放縦と言ってよい態度が身についてしまった父と継母が、果して山里の地道な生活に適合出来るかと言うことでした。

山里に着くまでの道中の間に、まだまだ閉鎖的な因襲が残っている山里での生活、又娘の嫁ぎ先に転がり込む事への自覚と自制を呉々も希みたいと何度も口から出かかりましたが、新しい生活への不安から、むしろ明るく振るまおうとする二人のしおらしい姿を見ていると、どうしても言い出す事が出来ませんでした。

山里への旅が、行き止まりの地への、またそこで骨を埋めることになるかもしれないような淋しいものでなく、物見遊山や、一寸孫の顔を見にでも来たものであったら、どんなにか楽しいものであろうかと私は考えていました。

でも救いは、父も継母も根っからの明るい楽天家であったことでした。

山里へ到着したのは夜も遅くで、山里全体が寒く冷たく夜の底に静まりかえっていた時間でしたが、私の家の玄関には皎皎と灯がつき、いかにも暖かく私達を迎えて呉れていました。

玄関を開けると子供達が飛び出して来て、上り口には「歓迎、お爺ちゃん、お婆ちゃん」の横紙まで張ってありました。

私は主人や子供達の暖かい心遣いに、思わず涙が出て来ました。

その夜は、主人も子供達も遅くまで二人に付き合い、最後には二人は酔って調子があがり、歌まで出して子供達を喜ばせました。

山里の生活は地味で、静謐で変り映えのしないものですが、そうした中にも一年を通して、また一日を通しても、規律正しい営みがあるものです。

一夜明けると、まだ薄暗いうちに、子供達は数里はある中学校に自転車で山を下り、主人は取り入れた米の脱穀のために、三輪車に米俵をつんで町の精米所に出かけました。

主人や子供達を送り出してから、食事をするのが私の習慣でした。

初冬ともなりますと、山里は深い霧に包まれ、なかなか夜が明けきれませんが、霧が動き始めると、またたく間に昼になります。

霧の明けるのを、ぼんやりと待ってでもいたら、突然幕の上った舞台の様な気恥かしさを感じます。

まだ霧のあるうちに食事を終り、部屋や家のまわりの掃除ぐらい済まして置くのが山里の生活ですが、二人はなかなか起きて来る気配もなく、長旅の疲れを考慮に入れても、初日からこんなでは、この先の二人の生活が思いやられて、私は一人はらはらして気遣って居ました。

霧のため白ずんだ大気が、やがて初冬の澄んだ青空に変った頃、二人は屈託のない笑顔で、それは旅館に泊った客人が朝を迎えた様な気安さでふるまう姿は、私の方が思わず微苦笑をもらした程で、長い間の習慣が一朝一夕には拭い切れるものではないことを感じるのでした。

二人が冬の朝陽を受けながら、庭先で井戸水を汲みあげ、楽しげに洗面をしている様は幼な子が水遊びでもしているかのように見え、突然山里に現れた奇異な老人二人が里人にどんな目で見られているかと思うと、私は内心穏やかではありませんでした。

物は考えようで、屈託のない方がくよくよされるよりも良いのかも知れませんが、二人が私の関係の父母でなく、主人の父母であれば、私はどんなにか気苦労をしないで良いものかと思うと、女に生まれた事を、つくづく情なく思った事でした。

この世の中に、もう私しか頼る者のいなくなった二人の姿を見ていると、二人に対するいじらしさと、いとおしさがむらむらと心に湧き出て来て、兄嫁の元に二人を置かずに来た事が、本当に良かったと感じられたのも事実でした。

子供達が昼過ぎに帰って来ると、昨夜主人と話し合って決めていた、二人の住家を離れ屋にする作業を始めました。

そこは母屋から飛び石伝いに渡れ、床の間つきの八畳に四畳半の次の間が続き、御不浄まであり、私が嫁入りした頃は、そこで養蚕をやっていましたが、養蚕が衰微した後は、一時、長男の勉強部屋になり、その後は下の子供達が利用していましたが、離れているのを淋しがり、後は四季折々に風を通すばかりで、荒れるに任せていました。

雨戸を開けると、前に小さな庭があり、庭の下には谷川が流れ、対岸には銀杏の巨木が数本谷川を越えて庭まで枝を伸ばし、谷川を少し上ると、対岸の峰から小さな滝が落ちこんでいて、それが離れ屋から庭の借景のように見えていました。

二人は足腰も気性も、まだしっかりしているとの判断がなければ、老いた二人を離れ屋に住ませるわけにはいきません。

離れ屋の事を二人に話すと、二人は歓声をあげんばかりに喜び、子供達に加勢させて、まるで新婚かの様に部屋づくりに精を出していました。

有田焼の火鉢に炭が燃え、南部の鉄瓶がかすかな鈴の音をたて、持参の小さな仏壇に明りが燈り、脇棚、文机、屛風と置かれると、荒屋は立派な住居に、それも、もう何十年も人が住み続けている様な、落着と風格さえ感じさせました。

部屋の整理が済むと、二人は嬉しくてたまらずに、じっとして居られないのか、さして用もないのに、何度も離れから母屋に出入りしたり、庭をあちこちと歩き回るのでした。

庭にまで出なくとも、一枚の雨戸を開ければ、山里全体がどの家からも、互いに視野には入る山里では、老いた闖入者がいずれ噂にのぼることは覚悟していたのですが、私としては、二人が、娘の嫁ぎ先に遊びに来て、つい滞在が長くなるうちに、この山里が殊の外気に入りついつい長逗留になったといった、自然な形で里人に容認して貰うのが一番だと、考えていました。

そのためには、二人にあまり派手に里人の目についてほしくなかったですが、二人の喜々としている様子を見ていると、その様に因果を含めることは、私の口からは言い出せませんでした。

全く赤の他人が転がり込み、厚かましくも居ついて辟易していると言った方が、私の気持としては、どれだけ気楽であったかしれません。

血は水より濃いと言いますが、濃いが故に私の苦悩も、迷いも深かったのです。

二人が山里に来て四、五日目の夕方、裏山の畠から大根を引いて降りて来ますと、中学に行っている次女と二人が、谷川に架かる石橋の上に立っているのが、ふと目にはいりました。

私は咄嗟に、葛《つづら》折りの坂道の石垣の影に、身を隠しました。

山里は丁度夕餉の仕度時で、一日うちでも一番活気に充ちた時で、勤め帰りや、野良仕事帰りの人の往来がさかんでした。

石橋は山里の中心といいますか、体で言えば臍にもあたる所にありました。

父は八十も近いのにしっかりした体つきでしたし、声は壮年の様に深く張りがあり、四囲の山々を見回し、時には、杖で差したりしながら、あの山は若い時に旅した中国や朝鮮の山に似ているとか、谷川の岸に偉容を誇るようにそそり立つ幾本かの銀杏の大木の見事さを、漢詩に出てくる美辞麗句で褒めあげ、傍らの義母もそれにさかんに相槌をうっていました。

その声は四囲の山に木魂する様で、家路を急ぐ人々に奇異な興味を与え、なかには立ち止って見る人もいました。

父の声はたしかに大きかったのですが、私の鼓膜には特に強く感じたのかもしれません。

三人の立ち去るのを岩陰で息をつめて待ちながら、私の体は灯が点いた様に上気し、体は恥かしさのためこきざみに震えていました。

里人達の気持をあまり忖度《そんたく》し過ぎる、私の小胆が情けなくなり、この山里に父母と私だけで、他に誰も居ないなら、どんなにか私は気兼なく、自由に手を挙げ、声を張り上げながら、二人のもとに走り寄り、共にこの山里の美しい風景を称え合うことが出来るだろうと想像するのでした。

年の暮が迫り越年準備に忙しいある日、継母が、「町に買物に行きたいから一緒に来てほしい」と私に言うのです。

市の中心の繁華な所を、この山里では、今でも「町」と呼ぶ人が多いのですが、継母はもう何十年もこの山里に住んだ人が使う独特のアクセントで「町」と発音するのに、私は驚きました。

恐らく継母は、子供達が使う抑揚を早くも自分のものにしていたのでしょうが、その柔軟さには驚くばかりでした。

戦後、この山里が属した村が市に編入されるまでは、この山里は小さな村の一つの里にしかすぎませんでした。

今では道も整備され、車でなら市の中心まで十数分で行けますが、ほんの数年前までは「町」に出るのは一日仕事で芝居や映画見物、買物でも夜明け前に里を出発せねばならず、その頃までは里人にとって、「町」は憧れであり、ある面では恐れであり、「町」に出ることの億劫さと喜びの名残りが今でも「町に行く」と云う言葉で伝えられているのでした。

正月を迎えるための買物でもと思っていましたら、二人がこの里に越して来て一週間も過ぎようというのに、このままだと年を越してしまうし、今年のうちに里人に挨拶回りをしていた方が何かと都合がよいので、それには手ぶらで回るわけにもいかず、その引き物を買いに行きたいと言うのです。

里人達には、何時の間にか自然になんの抵抗もなく二人が住みついたという形を、なんとか模索していた私には、継母の申し出にあわてましたが、確かに一理あることでした。

その場はなんとか都合をつけて逃れ、その夜主人に相談しました。

主人は二人の気持を尊重してくれて、この先、永住することの決っている二人を、何時までも里人に知らせぬことも出来まいし、又本家の面子もあるので、本家の兄に相談してみようと云う事になりました。

いかに分家して歳月が経っていようと、本家との繋がりは田舎で絶対のもので、大切にしなければならない事でした。

本家の兄は快よく話を聞いて下さり、私に両親の晩年を降って湧いた様に世話することになったのも、天の巡り合せと喜こび、激励して下さり、暮も迫っている事だし、新年の講の席で二人を披露してはどうかと言って呉れました。

この山里では月に一回、輪番で頼母子講を開き、それは金銭を融通し合うのが目的でなく、飲み代の他は貯えて置いて、年に一回お伊勢さまに参宮したり、温泉旅行をしたりして、おたがいの親睦をはかっていました。二人にこの事を伝えると、涙を流さんばかりに喜びました。

子供達が、お爺ちゃん達は大都会から越して来たのだから、里人を驚かす様な引き物や、宴会の演出を考えねばと煽《おだ》てるものですから、二人もすっかりその気になって、引き物の買物は私にも知らせまいとして、子供達と出掛ける始末でした。

その引き物は、紫のビロードの小箱には入った金鍍《きんめっき》の印壷で、丁寧にも蓋の裏には二人の名前と、山里に越して来た年月日まで印刷され、なかなか垢抜けしていて、私の方が顔が赤らむ思いでした。

正月五日夕暮から、新年宴会を兼ねた講が私の家で開かれ、本家の兄は紋付、袴の正装であらわれ、父も何時の間に着たのか、同じ正装でした。

本家の兄は父母を『都会の喧噪、雑踏が老いた御二人の身には、もはや、うっ陶しさ以外の何物でもなく感じられる様になり、余生は、静かな日本古来の、この山里で送って頂こうと、二人を無理に、この山里にお迎えした次第で、御二人は山里の生活や習慣に全く不慣れでありますから、御迷惑を掛けることと存じますが、呉々もよろしくお願いする』と二人を格別に引き立て、私の心をも斟酌《しんしゃく》して私の考えも及ばない暖い挨拶をして下さいました。

里人達は、義兄と父の正装した姿に、度胆を抜かれた思いの様でしたが、宴会は何時になく活気が充溢し、最初から大変な賑わいになり、三味太鼓が持ち出されました。

破目を外さないと、私と固く約束したのも父は忘れ、里人に請われると、私も幼い頃から、酒が入ると必らず聞かされた、父の十八番の「白頭山節」を出すのでした。父の自慢は「白頭山節」の詞曲者、植田国境子と一時親交があり、直接、本人からこの民謡のお教えを受けたことで、この逸話を父が披露すると、座は驚きと興奮の絶頂に達しました。

座の殆んどの人が、戦前、この歌に馴染み、愛唱した年代でした。

確かに、年とは思えぬ父の朗々とした声量といい、年期のは入った正調の節回しは、私が若い頃、父に手をとられて見た、白い頭巾を被ったような白頭山の屹立する山容や、周囲の目の覚めるような紺青の湖水や、落下する滝の音や大河の奔流までが、彷彿とさせられる様で、本家の兄が、父は戦前、満州、朝鮮を股にかけ大土木事業を行っていたとの紹介と呼応して、山深い里人を瞠目させるに充分の出来栄でした。

継母も、父の歌に合せて見事に舞ってみせたり、三味もひきました。

里人は父の名調子に皆立ちあがり、

〽白頭天地に　積もりし雪は　溶けて流れて　アリナレノ
ああ　かわいい　乙女の化粧の水
〽流れ流れて　二百里あまり　ここは国境の　新義州
ああ　かわいい　殿御はいかだ乗り

の詞を繰り返し何度も何度も踊り捲りました。

私が驚いたのは、子供達までが、何時の間に父母に教えられたのか、絣りの着物を着て、腰までまくりあげて、鬘《かつら》まで画用紙で作って「おてもやん」を父の太鼓、継母の三味で踊った事でした。

この山里で、静かな余生を送ってもらうことのみを希望していた私には、宴会で、隠すことでもないでしょうが、父の華やかな過去が、里人に垣間見られた事は、私の予想外の事でした。

それにしても、父母にとっては久し振りに迎えた、心安らかな新春であったと、私は内心喜びました。

若い頃には、極寒の外地での生活を経験しているとはいえ、年老いてからの山里の冬は、二人にとって殊の他応える様でした。

九州の中央部の、重畳《ちょうじょう》する山脈の一点に存在するこの山里の冬は、朝陽が射し始めるのが正午近くで、午後になれば、もう陽は西に傾き、里は暖まる間もなく、冷え始めます。

大雪こそ滅多にありませんが、遠山の峰々には、雪の微かでも、冬の間は絶える事はありません。

冬場の山里を通り過ぎるものは、山奥から谷川沿いに吹き降りてくる凍る様な山嵐と、時折り、胸の底まで小さな針を刺していく様な霙です。

見渡す山々の頂上まで植えこまれた杉は、天を刺して隊列の様に整然と並び、力強く黒ずんで緑の屏風の様に立ちはだかって見えますが、一方山里近くの谷川沿いに立つ裸の灌木は、奇妙にも川下の方へ曲っているのは、いかに山嵐が凄いかを知らせます。

父の若い頃は薄着が自慢で、冬でも肌着一枚で、汗をかきながら酒を飲んでいた姿が目に浮かぶのですが、寄る年波にはかてず、ラクダの下着の上に厚い毛糸のジャケット、その上に丹前を二枚重ねて、満州時代に愛用した毛皮の帽子を被って炬燵にもぐり込んでいる姿は、子供達から達磨さんと渾名をつけられていました。

十年も前の二人が越して来た頃の山里には、炬燵以外の暖房器具のある家はありませんで、冬になれば炬燵で細々と暖をとり、春を待つのみでした。

そんな寒いなか、小春日和の日には、二人揃って山歩きを楽しむ事も、あるようになりました。

そんなある日のこと、山奥から急いで降りて来た二人は不思議なもの、気味悪いものでも見て来た様に、興奮していました。

理由を聞きますと、山歩きに疲れた二人が、四、五軒の農家の固まっている部落を見つけ、旅人気取りで、お茶でも所望しようと立ち寄ると、どの家も留守らしく人影がなく、それでも一軒ぐらい老人一人は居そうなものをと大声で呼んでも返事がなく、よくよく見ると、どの家も留守ではなく、全て空屋と気付くのに時間はかからなかったが、何処か不思議の国に迷い込んだ様な、狐につままれた様な恐怖を覚え、二人で手を取り合って、後を振り返るのも恐く、急いで山を降りて来たと言う事でした。

その時の二人の頓狂な顔がおかしく、私は笑いを堪えるのに苦労しましたが、二人の驚きは当然の事でした。

深い杉山に被われた谷川沿いに点在する山里は、ほんの数年前までは、細々と生活を営む里人の集まりでした。

あの頃までは、味噌、醤油は無論のこと、殆んどの生活必需品を、各家が自給自足して居ました。

谷川沿いの両岸から山の中腹まで、田や畑になるところは、石垣を築いて、耕地にしました。

平仮名の「へ」の字や、ベーコンの赤身の様に細く曲がりくねり入り込んだ田畑が、幾つも幾つも、肩を寄せ合い、それが段々に山の上の方へ登っています。

その上の比較的なだらかな山面には椎茸栽培に必要な椎の木や、櫟が植えられ、それ以上の急斜面には杉が密植されて、無駄な土地など全くありませんでした。

それでも、一軒の持てる田畑は、良いところで二、三反でした。

一家で食べる量の米の他は供出し、その金を生活費にあてます。

それも微々たるもので、足りない分は山林の労務や土方仕事をして、稼ぐしかない生活でした。

年間に必要な糯米《もち》、蕎麦《そば》、小麦、黍、大豆、小豆、茶等は、その分だけ田畑の片隅や、山野に種を蒔き確保していました。

四季折々の山菜は無論、川魚も捕れる時に捕って、乾燥したり焼いたり、塩漬けにしたりして、保存しました。

それは本当に慎ましい生活で、僅かに所有する山林（山里の山林は殆んどは、山里外の金持の所有になっていました）は、何世代に一度の家の建て直しや、冠婚葬祭、病気などの不時の出費のために、大事に取って置かれます。

里人が皆、慎ましい生活でいられた時は、それで良かったのですが、テレビ、電気洗濯器、乗用車などが次第次第に山里に這入り込み始めた頃（後で、これが高度成長の波と言われていると知ったのですが）から、山里の均衡が、俄かに壊われ始めました。

あたり前の事ですが、従来の山里の生活で、これらの品々が買える筈がなく、山里の生活に絶望した里人が、都会へ、工員や土木労務者として流れ出したのです。

夜が明けてみたら、昨日まで普通に立ち話をしていた人が、突然、時には、里全体が居なくなったり、老人子供だけを残して、里を捨てる人が続出したりしました。

山里を捨てた人達が、幸せであったかどうかは、とても私の思慮の及ぶ所ではありませんが、山里を去る人の多い中で、逆に山里に越して来た父母にとっては、無残にも廃墟と化した山里の風景は、驚異と恐怖であったことは無理のない事でした。

四

山か谷か、沢のなだれる様な音を聞いたと、何時になく早起きして、父が言って来たのは、二人が廃墟の山里に驚いた数日後の、夜半に強い山嵐の吹いた朝でした。

朝の早い私は、早く床につきますので、思いあたる事はなく、主人や子供も反応を示さなかったので、老人の幻聴と聞き流し、テレビの見過ぎではと、二人を茶化していました。

実際、二人は実によくテレビを見ますし、離れ屋にテレビを入れてからは、深夜番組の終りまで、毎日見ているようでした。

楽しみの少ない山里の生活のことですから、私は、敢えて大目に見てやっていました。

ところが、夕方半鐘が鳴り、消防団の人々が山奥の方へ登って行きました。

山奥の方には、別に火事らしい煙も立っていませんでしたので、私は不思議に思っていました。

物好きの次男は、半鐘と共に消防団について、後を走って行きました。

父の聞いたなだれの音は、空耳ではなかったのです。

只、それは山や谷でなく、二人がお茶を所望して立ち寄った、あの小集落の空家のうちの二軒が、連鎖し合ったのか、夜半の山嵐に崩壊した音響だったのです。

古い家ではあっても、一瞬にして瓦解してしまう程の建物ではなく、人の住まない家の傷み方は激しいと言われますが、その凄まじさを見せつけられた様で驚きました。

崩壊したのを放置していては、さらに次の崩壊を惹起しかねないので、また子供達の遊び場にでもなったら危険な事で、里人によって行方知れずの主人の居ない家の後片付けが行われました。

夜半の音を耳にしたのは父だけであったことが、次男が言いふらしでもしたのか、山里で評判になり、妙な事で父の存在が山里に確認されました。

山里の生活で、一番難儀と考えていた冬場を辛棒出来た二人は、山里定着の自信からか、二人の年金の内から半分を、食費として入れたいと言ってきました。たいした額でもないから、貰う必要はないと、主人は言って呉れましたが、私は貰うことに決めました。

その方が、二人も気兼なく暮らせると思いましたし、浪費癖のある二人には、有金を使ってしまう危惧もありました。

山里に移住して来てすぐには言い出さず、冬場を越してから、悪く取れば様子を窺ってから言い出したところにも、二人のしたたかさを私は感じたのでした。

直接二人から愚痴られることはなかったのですが、山里の冬場の現実は、二人の想像を遙かに越えていたものらしく、子供達には嘴の端々に、寒さが応えるとか、話し友達が居なくて淋しいとか漏らし、このままでは、山里を降りる事になるかもしれないと、洩らしていたとの事でした。

子供達も、私が考えている以上に成長していて、老人の愚痴を逐一私に告げ口することが、私を困惑させるだけでしかないと知っていて、結構、私と老人の仲を取り持って呉れていたのです。

この山里が最後の住み処と考えて、同情と悲哀、憐憫と暗い方にばかり考えていた私よりは、老いた二人の方が、まだ山里が気に染まなければ、他所への移住も覚悟していたと言う二人の活力には、私の方が閉口しました。

春が来ると、二人の動きは日を追って活発になって来ました。

山里の道筋や山腹に、桜が咲き始めると、誰でも心が浮き立つものですが、二人は特に感情に率直で居たたまれず山歩きをしたり、時には里を降りて町にまで繰り出したりしました。

今更農作業の手伝いの足しにもならず、二人の意の向くままにして置きました。

私の家は五反ばかりの田畑と、三町程の杉山と雑木林を持ち、里でも恵まれた方で、それで里を捨てずにすんだのでしたが、それでも長男が里に残って農業に専念する程の規模でもなく、高校を出ると大阪の工場に就職させていました。

いくら時代が変っても、私の家では慎ましい生活に変りはなく、稲作、四季折々の野菜、椎茸作り、杉山の手入れと、年間を通して気の抜けない野良仕事が続きます。

二人が山里に溶け込むにつれて、何時の間にか、継母の多芸多才ぶりが知れわたり、（継母は自分から積極的に売りこんだ節もありましたが）離れ家には次第に里人が集り始めました。

陽気で一時もじっとして居れない継母の習性は隠しようもなく、最初は話でも聞きに集まって来ているのかと思っていましたら、茶の湯、生け花、日本舞踊を教え始めていたのです。

驚いて継母に真意を尋ねますと、教えるなどとそんな大仰なものではなく、たまたま道で立ち話をした時に、お稽古事や礼儀作法の話がでて、手解《てほど》きぐらいなら知っていますよ、と言う事になり、それなら、渡りに舟と人が集まり出したまでと、継母は呑気に言うのです。

継母が幼い頃からいろんな芸事を厳しく教え込まれていた事は、父が後妻として迎えた時に聞いていましたし、父は自分が武骨なだけに芸のある女性をと希んだ経緯も知らされていました。

　実母は、私が高女時代に亡くなりましたが、その時兄は既に大学に在学中で二人共手を取ることもなくなっていましたので、父としては、残る人生を生きる楽しみとして、芸事の出来る明るい女性を選択した様でした。

　父は再婚するとすぐ満州に渡り、私は内地の女学校に残りましたので、継母の芸事を見る機会も殆んどなく、これまで来ていました。

　戦時中に娘時代を送り、山里に嫁いだ私は、芸事には全く無縁でした。

　山里の農家にも、僅かばかりの田畑でありながら機械化の波が寄せ始め、農家の主婦の間にも時間の余裕が出て来ていました。

　それでも、町まで芸事を習いに降りて行く程の時間的、経済的な余裕まではありませんでしたので、継母の多芸多才ぶりは、私の思惑をこえて里人に迎えられていました。

　最初は娘さん達とばかり思っていましたら、若妻、私と同じ年代の婦人達、お年寄り、それに驚いたことには、男の人まで集まって来ていました。

　希望者が多くなると、継母は芸事に曜日を決めて、それは楽しくて仕様がないと言った八面六臂の活躍ぶりで、里人は継母を先生とか、お師匠さんとまで呼ぶ様になっていました。

私は面映ゆさを通り越して恥かしさでたじたじする思いでしたが、継母は先生気取りで、けろりとしていました。

恥かしさが先に立ち、私は稽古場も覗くのをひかえていましたが、子供達の報告によると、継母は授業中は言葉使いも上品で、厳しい面も見せて、なかなかのものと言います。

しかし普段の継母はざっくばらんで、テレビの番組では、相撲とプロレスが大好きで、プロレスを見る時には、子供達と一緒に大声をあげて一喜一憂する様は、とても人様から先生と呼ばれるようには思えませんでした。

子供達は早速継母に「お師匠さん」と渾名をつけて冷やかしていました。

父はと言えば、稽古中は部屋の端の方に坐って楽しそうに眺めて居て、稽古が終って、お茶になると、昔の面白い話を大袈裟に話して聞かせるとのことで、それもなかなかの人気との事でした。

母屋は相変らず深閑としているのに、離れ屋は夜毎に賑わい、里の社交場の観を呈してきました。

それでも、継母に感じ入ったのは、授業料は一切受け取らないことで、里人が何と言おうと、頑として応じませんでした。

継母は継母なりに、その山里に溶け込み、私の負担を少しでも軽くしようと、心掛けていたのです。

春の桜。初夏の若葉。夏の蛍、河鹿。秋の紅葉、黄葉。冬の雑木林。それに山里の清冽な谷川は細々でも年中涸れることはなく、少々の雨で濁ることもありません。梅雨の大雨や、夏の夕立で増水はあっても、ひと時もすれば、不思議に濾《すか》されたような清水にかえります。そのような魅力の他に、殊にこの山里にはどんな理由か銀杏が多く、山里の至る所に亭亭と聳え立ち、十月の末から十一月にかけては、山里全体を眩しい程の黄金色に染めあげるのです。

銀杏と並んで山里のもう一つの特徴は石垣でした。

山峡の地を利用するために、家を建てるにも田畑を造るにも全て石垣を築かねばならず、それは山の中腹まで幾段にも積みあげられています。

春から秋にかけて緑の季節には、石垣には苔がつき、草が生えてあまり目立ちませんが、銀杏が散る頃から苔と草が枯れてくると、白い玉石の石垣が次第にその亀の甲の様な幾何学的な美しさを表わしてきます。

銀杏の金色に対して、それは白銀の様な美しさでした。

四季折々の風物は、長く住み着いた里人にでも溜息の出る程に美しいものですが、長い外地生活、それに引き続いた都会生活に倦んだ二人には、殊の外に美しく楽しみなものらしく、どれ程の慰めになった事でしょう。

里人の流出が始まる前は盆踊り、秋祭の宮相撲などは大変な賑わいで、それは里人のこの上ない楽しみでした。

それも人口の減少につれて次第に廃れて来て、数年前からついに中止になってしまいました。

とにかく里に若い衆が居なくなってしまったのです。

盆踊りでも、秋祭でも、相撲でも、若い人が居なければ、どこに活気も賑わいもありましょう。

山里を少し登ると、分教場がありますが、戦後には引揚者や疎開して来た人々で沢山の学童がいたものですが、近頃は全校でも十四、五名しか居なくなってしまい、廃校の話も出たくらいで、このうえ廃校にでもなれば一層山里の過疎が進むと、里人は必死に反対したものです。

里人の心の拠り所は、いまや分教場と言っても過言ではなく、里人の集りと言えば、里の運動会ぐらいになりました。

二人が里に越して一年も経ちますと、里にもすっかり慣れ、里人も二人を都会から来たモダンな老夫婦として、暖かく迎えて呉れていましたが、一部には快く思わない人もいて、他所者とか流れ者とか、何処の馬の骨かわからぬと陰口を叩く人も居る事を、私は知っていましたが、二人の耳にまでは届いていないのか、それとも聞こえぬ振りをしているのか、二人は頓着も無さそうでした。

それでも里の生活が長くなるにつれて、美しい四季や暖い人情だけでは、二人を満足させえない事も起ってきました。

口の奢《おご》っている二人は、山里の食生活では物足りなくなって、直接私に言う様な事はしないのでしたが、子供達を使ったり、自ら買い求めて来て、こっそりと離れで食べる様になっていました。

子供達は一緒に相伴《しょうばん》にあずかる共犯者だものですから口が堅く、私は全く知らなかったのです。

ある日私が外出から帰りますと、主人が「今日は何事かあるのか、えらい御馳走だね」と言いますので、きょとんとして台所を見ますと、飯台の上に見た事もない様な鯛の生き作りが置いて狐につままれた様な気持でしたが、はっと思いあたった私は、耳朶まで赤く染めて離れに馳けました。

主人が背後で、あまり強い事を言うなよ、と言って呉れたのも振り切っていました。

食べ物の事だけに、私は恥かしく、腹立たしく主人に申し訳が立ちません。私達の食生活は贅沢なものではなくとも、決して粗末なものでもなく、陰でこそしなければならない程の物とは思ってもいませんでした。

私の剣幕に、二人は懸命に弁解につとめ、最後は素直に謝って呉れましたが、私は情なくて泣いてしまいました。

少し言い過ぎたと私も感じましたが、事の成り行きからどうしようもなかったのです。

暫らくは気まずい思いが続きましたが、気を取り直すのも二人の方が私より早く、主人も里人に目立たぬ様にして貰えば、見て見ぬ振りをしてあげたらと言って呉れました。

食物に関しては、鮮度にさえ我慢すれば、今は不自由はしない時代ですが、二人にとって、友達だけはそういかない様でした。

離れ屋は賑わっていても、真の話し相手、いやそこまでなくとも、身の上話しでも、世間話でも胸襟を開いて話し合える相手が二人には出来ない様でした。

追われる様にして去って来た都会の友達、老人クラブ、生け花、茶道、俳句の同好会、旅行の会メンバー等の思い出や、消息が耐えがたい様な懐かしさで二人の口の端にのぼり始めました。

この山里に嫁いで来て二十数年も経つ私なのに、もし今山里を去ったとして、あれ程の親しみとか懐かしさを持って語れる人が何人居るでしょうか。

二人の境遇や老令になってみないと、実際のところ二人の切実な淋しさは理解出来ないとわかって居ても、二人はあまりに無い物ねだりが強い様でした。

最初のうちは珍しさからも二、三人の老人が遊びに来ていましたが、父の話しがあまりにスケールが大きく、そのため大法螺にも聞こえ、そのうえ父は、長男（亡き兄）が大学教授であった事に度々触れるものですから、里人にもそれが鼻持ちならぬ自慢に聞こえ、次第に敬遠される様になってゆきます。

実際のところ父の話を聞いていると、私でも、どこまでが本当なのか測り知れぬ事もありました。

北朝鮮や満州でダムを造るために人夫を飛行機で集めて回ったとか、大きな山を壊して河の流れを変えたとか、何百戸もある町が水没するために、全く別の場所に町を新しく造り一夜にして住民を移住させたとか、ダムで出来た人工湖はこの県より遙かに大きいとか、ダムを造るために何百キロの鉄道を敷き、ダム完成の後は、壊わすのが面倒で湖底に放置したとか、宮様や陸軍大臣と会食した事もあるとか、それは度胆を抜く様な話しばかりでした。

兄嫁に言わせれば、亡き兄は父を嫌悪、侮蔑していた（父はこの事は勿論知りませんが）とまで言い切ってましたが、父にとって兄は何と言っても自慢の種でした。

山里では父は物識り、教養のある人と見られていましたが、父の話や語り口を聞いていますと、学究一筋の兄にとっては父は俗物、全く生き方が違う人間に見え、次第にどうしようもなく溝が深まり、最後には嫌悪する存在になっていったのも、故のない事でもなかったのかもしれません。

二人はせっせと旧知の人々に手紙を書きますが、返事より訃報《ふほう》の方が多いくらいで、二人を増々落胆させていた様です。

ある晩秋の日、中年の婦人や老人に大変人気のある、着物姿で歌ったり踊ったりする笑顔が売り物の男性歌手が、町に興行に来ましたので、二人は喜々として出掛けました。

二人だけでやるのを私は心配しましたが、丁度稲の取り入れに一家総出の忙しい時期でした。

ところが、日が暮れかかっても二人は帰って来ません。御寿司でも食べているのだろうから、「心配ないよ」と子供達は言いますが、私は胸苦しさを憶えてきました。

それは肉親のみが感じるある予感とでも言いますか、私は野良着の着替えもそこそこにタクシーを呼び一人里を降りました。

子供達が付いて来たがりましたが、私は一人の方がよいと判断しました。

私は迷う事なく駅に直行しました。

秋の日はとっくに暮れ、久し振りに見る町は暗く静まり返り、私にはむしろ山里よりも淋しくさえ見えました。

予感通り駅舎の片隅のベンチに二人はしょんぼりと腰掛けていました。

待合室には他に誰も居ず、売店も終っていて螢光灯が鈍い明りを投げているだけでした。

二人は私を見て飛びあがらんばかりに驚きましたが、幼児が人前でいたずらした時、母親が児の手を取って急いで人前から立ち去る様に、私は父母の手を取り駅舎を逃げ出し、目には入った駅前の食堂にとにかく二人を連れ込み、二階の部屋を借りました。

二人より私の方が随分興奮していました。

後で考えてもどんな事を口走ったか憶えてなく、只やたらに早口で、声を振るわせ、しまいには泣き出した事は憶えています。

歌謡ショーを見終ると、二人はもと住んでいた都会が無性に恋しくなり、とにかく駅まで行ってみようと言う事になり、駅まで来てはみたが、今更都会に帰っても頼りにする家も友もない事を思い知らされただけで、茫然とベンチに坐り続けていたとの事でした。

二人の気持を斟酌すると可哀相な点もありましたが、私の立場も理解してほしいと、私は訴えました。

この際二人に言って置く事は言っておかねばと、二人には残酷でしたが、山里以外に二人の住む所はもう無いこと、娘の嫁ぎ先に世話になっている境遇をしっかり認識して、出来るだけ波風を立てない様に、老人は老人らしく、里の老人の様に静かに余生を送ってほしいと哀願しました。

二人の人権を無視し、楽しみまで奪う様で心苦しいことでしたが、そうすることが上手に生きて行く知恵だと私は判断しましたし、それが肉親の真の愛情だと信じていたからです。

もともと私を困らせ様とやったわけではなく、二人はよく分かって呉れました。私達は御寿司と蛸焼きをおみやげに買って帰り、子供達の言った様に寿司屋に寄っている二人を見つけるのは大変だったと、何とかその場を私は繕いました。それからの二人は昔の事を懐しんだり、都会の友達の事を口するのも故意に避ける様になりました。

ある年の晩春の日、継母が茶の湯の会員が一度是非野点《のだて》をやってみたいと言うので、前庭を使用してもよかろうかと相談に来ました。

野点と言っても私には何の事か解かりませんでしたが、継母の説明を聞いているうちに、雑誌かテレビで見た記憶があり、野天《のてん》で茶会をすることと理解は出来ても、私の記憶のそれは大きな赤い傘を立て、緋毛氈《ひもうせん》を敷き、そこで茶を点《た》て、茶《ちゃ》筵《むしろ》に坐った客人に茶をふるまう風雅なものでした。

出席者は全て華麗な着物姿で、それは典雅なもので、この山里の私の家の前庭で開催するなど、とても似つかわぬものに思え、継母に考え直してみたらと答えておきました。

翌日には茶の湯会の代表（と言っても隣りや川向こうの人）が来て、何としても野点を成功させたい。これは茶道をやる人がどうしても通過せねばならぬ道で、私達は修業式の一つと考えていると懇願され、そんなものならやらせたらどうかと、主人も言って呉れます。

前庭は山里のどの家からも見降ろせる所にあり、私としてはあまり派手な事はしてほしくない気持ちがありました。

直射日光のあたる時間と場所はまずいらしく、微妙な陰影の時間帯が良いと、午後三時に始める様になっていましたが、当日は午前中から母の弟子とその連れ合いの人達までが動員されて、準備が大変でした。

大きな傘などあるはずがなく、昔使っていた油紙の赤傘を探して来て代用にし、前庭の土を掘りおこし石で炉を作ったり、釜をつるす枝ぶりの良い松を立てたり、湯をわかすための杉の小枝や、松葉の乾燥したのを男達が山に登って集めて来たりしました。

緋毛氈などあるわけがなく、赤いネルの布地を代用し、茶筵には茣蓙《ござ》や絨緞を使っていた様で、それに分教場から借りて来た紅白の幕まで張りめぐらされました。

私は加勢するのも恥かしく、無視するのも里人に気まずく、どうしてよいのかわからず、家を出たり入ったりしていました。

陽が少し西に傾き、前の樹木が陰影をつくり始めると、継母が離れ屋から弟子達を従えて、静々と茶の湯の場に現われ、赤ネルの上に坐わると、やおら炉に火を入れ、典雅に杉の小枝、松葉を燃していきます。

継母は黒っぽい渋い着物、弟子達はそれぞれ色あざやかな着物を着て莫蓙に並び、姿勢を正し静かに茶の湧くのを待っています。

やがて、サワサワとそれは気持の良い音で湯が湧き、継母の点てる茶が弟子達に回わり始める頃には、なんと私の知らぬ間に父も正装して座の中に坐り、上手に茶を戴いているのです。

里のどの家からも、人が首を出してこの優雅な儀式を見ていました。

私は何か違う世界を見ている様な錯覚に陥いる程、結構様になっていました。

でも儀式の終った後が大変でした。

何事も会の終った後の打上げは付きものですが、山里の様な閉鎖社会では殊に盛んで、野点などは山里はじめての試みであり、美しく着飾った夫人はことに華やぎ、又連れ合いの主人達も婦人達の美しさ再発見したのか興奮して、離れ屋が打ち上げの会場になり、夜遅くまで大層な賑わいが続きました。

野点の成功からというものは、分教場の運動会にも継母の指導した舞踊が組み込まれたり、生け花の展示会も、里の公民館で催されたりする様になりました。

五

山里には銀杏が似合う。

秋が巡る度に父は決って、その言葉を発し、三十数年前に初めて銀杏の里を見た時と同じ様に、溜息をついて絶賛するのです。

若葉、青葉の頃は目立たなくとも、秋が深まるにつれて急激に黄葉していく華麗さは、凄絶な美しさがあります。

同じ黄色でも段階があり、千変万化していく風情は見慣れた私でも、息を飲む美しさです。

一日でも目を離そうものなら、あっと言う間に色が変化してゆき、そのうえ銀杏の散り際がまた素晴しいのです。

晩秋に黄葉の絶頂に達した銀杏の木々は、一夜山嵐でも吹こうものなら、それは見事に一時に散り果て、一夜にして簡素で伸やかで力強い裸木にされ、里全体が散り敷かれた黄葉におおい尽くされ、里人はそれで冬の到来の確さを知るのです。

一本の銀杏が里にあっても、それは里を特徴づけるものにはなりません。都会の中の街路樹、村の鎮守の森にも銀杏はありますが、この山里には庭先、川沿の岸辺、棚田の畦道、山の中腹と、銀杏が至る所に聳え立ち、山里全体が金色堂だと父が称えたのも無理のないことです。

ある年の秋、銀杏が黄色く色づき始めた頃父が珍らしく私に相談事があると言います。

相談事は大概継母を通してあるのですが、これは只事ではないと感じましたが、案の定大変な申し出でした。

二人が俳句にも手を染めているのは、時々俳誌が送って来る事からも、私は知っていました。

それ程二人は句作に熱心でなく、銀杏の美しい頃か、お正月に即興的に作るぐらいで、それも子供達から茶化されるぐらいの出来であった様です。

ああいう才能は所詮天賦のもので、二人にそれがあるとは思われませんでした。二人の性格からして、句会の賑やかな雰《ふん》囲気を好んでいたとしか想像して居ませんでした。

ところが、都会に住んでいた時二人が属していた句会の主宰者が、喜寿を迎えられ、その祝賀記念として、弟子達の元を訪ねながらの吟行旅行が企図され、この山里も日程に組み込まれていると通知が来たと言うのです。

吟行と言われても何の事かわかりませんでしたが、要するに名所、旧跡や山野に出かけて、そこで句作をすることらしく、そのためお師匠さまはじめ高弟数名をこの山里に二泊させてほしいと言うのです。

こんな重大な申し出を、二人は私に相談もせずに決めていて、これでは継母が気《き》後《おく》れして来れない筈です。

こんな辺ぴな山里が吟行の対象になるのかどうかは別にしても、そんな高邁《こうまい》で偉い人達を山里で二泊させて接待することなど、私に出来るわけがないのです。

泊める部屋がいります。夜具、調度品、それに似合った食事、それに何をおいても接客が大変です。

それだけ偉いお師匠さまであれば、こんな山里に宿泊することもなく、町にはいくらでも高級な旅館があるでしょうにと父に尋ねると継母も一緒になって、いかにお師匠さまと云えども、句作では経済的にはなんら余得もなく、こういう吟行は弟子達が持つのが、江戸時代からの慣例で、御来行して戴けるだけでも、弟子にとってはこのうえない名誉で、なんとしてもこの吟行を成功させねばならないと、二人共必死に私に懇願するのです。

事後承諾と少しも変らぬ事を言われて、私はほとほと弱りました。

接待は弟子達（継母の芸事の弟子達）がやって呉れる事になっているから、快よく迎えて呉れれば、後はこちらが何んとかするからと言うのです。

主人は出来た人ですから、厭な顔こそ見せませんでしたが、さすがに困惑したらしく、お師匠さまが八十歳も近い方であれば、決った事をことわるにもいくまいから、出来るだけ事を荒立てない様にやってほしいと許可が出ました。

本家があるため、これまで家で客らしい客を迎えたこともなく、私は困りはてました。

どうせ来られる事が決っているものであれば、二人の顔をたてなくてはなりません。

忙しい野良仕事の合間に私と継母は布団を解き、クリーニングに出したり、綿は打ち直す時間がないため、日光に何日も干し、朝夕は冷え込むため毛布何枚か新調し、離れ屋の襖、障子は張変え、食器は本家から借りる事にしました。

九州でも名の通っているというお師匠さまを離れに泊めるわけにもいかず、お師匠さまだけは母屋の座敷に泊めることにしました。

吟行の慣例として、師匠の前宿地まで、次の当番の人が迎えに出ることになっているらしいのですが、老令を理由にそれは堪《こら》えて貰いました。

そこまでしたら、異常と感じたからです。

二、三日前から二人はもう何も手につかず、やたらと家や里をうろうろしていました。

料理の献立は継母が作りましたが、それは大変贅沢なもので、私など見た事もない様な料理もありました。

師匠一行の到着する日は、それは秋晴れの良い日和で、山里は銀杏の黄葉に染められ、私までが不思議な事に魔術にでも懸けられた様に、浮き浮きしました。

何年ぶりかに師匠や旧友に再会する二人は、興奮と緊張で朝から顔を引きつらせていました。

早朝から接待に駆けつけた里の婦人達に、落度がない様に何度も繰り返し注意して、二人は正装姿で駅まで一行を迎えに降りました。

町の川筋の旅館で昼食を饗して、市内見物の後山里入りの予定で、時間も午後三時と父は決めていました。

深い杉木立の道から、突然輝くばかりの黄金の隠れ里が眼前に出現する、その瞬間が勝負とか言って、父は綿密に里が一番美しい時間を研究したと言って子供みたいに喜んでいました。

時間が近づくと私達も緊張で昂ぶってきました。

丁度三時にタクシーが一台止り、継母が一人降りて来て、あと五分で到着しますと私達を道から手招きしました。

わざわざ継母は一人先発までして帰って来たのです。

私達は継母の指示通り、道の両側に立ち並びました。

私が一番危惧していた様に、里の学校帰りの子供達が目ざとく私達の姿を見つけて、珍らしがって集まって来るではありませんか。

追い払うわけにもいかず、私は恥かしく体が固くなっていくのを感じました。

三台の車が次々に着き、最初の車から父とひと目で師匠とわかる方が降りました。

父は羽織、袴の正装、師匠は着物に、教科書で見た事のある芭蕉の様に頭巾を被っていました。

山里では見た事もない異様な出で立ちに、子供達はあっけに取られていました。

一行は山里の美しさに見とれ、暫らくの間佇み、中には感嘆の声を発する人も居ました。

父は一行の喜びに満足らしく、又、後ほど案内しますと言って一行を離れ屋に導きました。

離れの座敷でお師匠さまが、私達接待者に丁寧に犒《ねぎら》いの言葉を掛けて呉れましたが、それはこういう接待にはいかにも慣れていると言った感じで、当然といった風ではなくても、決して媚《こ》び諂《へつら》うものではありませんでした。

そこには一会派の主宰者たる気品が窺えましたが、よく見ますと着ている物もかなり草臥《くたび》れ、所々に汚点《しみ》もついている様でした。

老境に達すれば、余程の大会社の社長か代議士でもしていなければ、着る物一つにしろ、一分の隙もないと言ったのを望む方が無理な話でした。

茶菓子の接待を受けた後、一行は父の案内で山里を歩きました。

異様な一行に、山里はむしろ息を潜めている様で、父の上気した声が山里に響いていました。

夜の歓迎宴には主人も挨拶と相伴に出て呉れました。

里の婦人達が舞踊を披露し、最後は父の「白頭山節」に継母が舞いました。

翌る吟行の日も、山里はこの上なく晴れわたり、山里のたたずまいも、銀杏も非のうちどころのない程に一年で一番良い瞬間を凝縮でもした様な日で、私達は本家から借りた漆の弁当箱に昼食を用意して一行を送り出しました。

誰れか地理に明るい人をお供にと主人は言いましたが、あまりの好天で、それに父は今日の吟行の下調べも済ましてあり、今日は昔の仲間だけの水いらずの方が、気が置けなくて良いと言うものですから、私は安心していました。

目的地はこの山里から少し降って、別の谷川沿いに二里も登ると紅葉の渓谷があり、そこから少しあがると戦後開拓された牧場があります。

その牧場からは、里人が心の故郷の象徴として仰ぐ秀麗な山が眺められます。

一行は渓谷まで車で行き、そこから吟行する予定で、危険な所もなく、老人でも行ける所でした。

昼過ぎから私達は、今夜のお別れの宴の準備にかかりました。

昨夜の歓迎、今夜は送別と気忙《きぜわ》しいものでしたが、昨夜の宴で、一行の人達が、もう老令だから、こうして会う事はこの世で二度とあるまいと、お互いに語り合っていたのを思い出すと、何か私の心に熱いものが込み上げてきていました。

朝の天気があまりに良かったので、まさか崩れても夕方までは待つものと、気に掛けずにいましたところ、油断ならぬものは秋の空で、午後になると瞬く間に雲が空を被い、風が一段と強くなったかと思ったら、もう大粒の雨がばらばらと降り始めました。

ほんの一瞬の出来事で、私達は唖然としていました。

一行は雨具の用意は勿論して行っていませんし、それに老令と地理に不案内ときては、この悪天候には難儀しているだろうと心配しましたが、今はどうすることも出来ません。

通り雨なら樹陰か民家にでも避けていればよいのですが、雨は小降りにはなっても降り続き風はひどくなる一方で、それに夕方のように暗くなり霧も発生して来ていました。

主人も心配して野良から帰ってきました。

確か午後三時に紅葉渓谷にタクシーが迎えに来ることになっていると、父は話していましたが、一時間も過ぎていますし、この風雨では山中で迷い立往生しているかもしれません。

主人と私と加勢の婦人で車を出し、分乗して渓谷まで行ってみる事にしました。

山はいよいよ暗くなり、冷え込んできていました。

渓谷には人影はなく、とにかく車で行けるところまで登り、そこから牧場まで歩きましたが、誰とも会わず、山は白いガスの中に呑み込まれていました。

私達は手分けして道筋の農家を尋ねましたが、空家が多く、人が居ても、朝からそんな人影は見なかったと言います。

私達は途方に暮れ、大声で一行を呼びましたが、何の答えもありません。

私達は一旦里に戻り、とにかく一行を運んだタクシー会社に電話をしてみますと、最初から予定とは全く違う方向に行った事がわかり、三時には待合せの場所に迎えに行ったのだが、人影はなく、それでも数十分は待って呉れたらしいのですが、人の降りて来る気配もなく、雨が強くなるばかりで、一行は先に下山したとばかり思い、諦めて引き返したとの事でした。

一行の行った道は谷も深く、上流には大きな滝があり、民家も殆んどなく、日頃里人もあまり寄りつかない危険な場所でした。

私達の騒ぎを嗅ぎつけて、里の男の人達も集まって来ていました。

大袈裟な捜索にでもなれば里人に迷惑を掛けることになりますが、場所が場所だけに、又一行が老人ばかりでしたので、万一の事があれば、それこそ取り返しがつかず、主人は意を決して消防団に救助を求めました。

里の半鐘が鳴ったのは、日暮の薄明りが里にかすかに残っている時刻でした。

何事かと里は大騒ぎになり、消防団員が続々と集まって来ました。まだ陽が暮れてしまわぬうちが勝負と、消防団員は車に分乗して、次々に滝を目差して出発しました。

一行の無事を祈る気持も切実でしたが、何よりも里人に申し訳けなく、恥かしいやら情けないやらで、私はほとほと参りました。

ひと刻もすると、救助された報がはいり、心配して集まり炊き出しをしていた里人の間から一斉に歓声があがりました。

一行は滝よりさらに上方の、昔炭を焼いていた小屋の中で、寒さに震えながら肩を抱き合う様に蹲《うずくま》っていたとの事で、皆なずぶ濡れで、口唇から血の気もうせていました。

里では暫らくの間、この出来事でもち切りで、新聞ダネにならなかった方がおかしい程の事件でした。

この出来事には二人共相当に応えたらしく、散歩に出る回数もめっきり減り、この事が契機ではなかったでしょうが、継母の元に稽古事に来る人の足も次第に遠のいていきました。

新しい加入者があるような新陳代謝はとてもこの山里に希めず、一通りの習い事が済めば、深奥な芸が継母にある筈もなく、それはむしろ自然な成り行きと言った方がよかったのですが、継母はやはり落ち込んできていました。

二人にとって、その冬は殊の外厳しいものになりました。

その翌る年の春、年賀状ぐらい取り交わしてはいましたが、没交渉と言ってよかった兄嫁から久し振りに部厚い封筒が届きました。

それには長女の由美が旧帝大のK大の医学部に現役で合格した事、その報告も兼ねて是非祖父母に会いに行きたいと言っており、兄嫁としては浪人もせず難関を突破した娘への褒美に入学前に春休みを利用してそちらにやりたい。

そして出来ますことなら、少々の金銭もこちらで用意してあるので、祖父母が元気で旅が出来るようであれば娘と一緒に、そのうえ長年祖父母の御世話をして戴いている感謝の気持も添えて、私と主人にもその旅に同行してほしいと。本当は自分が同行すべきだが、勤め先の大学の日程がどうしても取れず、厚かましいお願いで申し訳ないが、何とぞよろしくお取り計らい下さいと言った内容でした。

手紙を読みながら、私は涙が溢れてどうしようもありませんでした。

亡き兄の長女の医大合格も喜こびでしたが、兄嫁の心遣いが、長い年月をかけて夾雑物が漉《こ》された様な爽やかな感動を覚えました。

父母がこの山里に突然越す様になった時、泣いて後を追おうとした、あの姪の由美ちゃんは、あの時確か小学三年生でした。

それから換算しても、既に九年の歳月が流れていたのです。

自分の経た歳月には盲目でも、他の人の歳月の流れを見せつけられますと、誰でも啞然とさせられます。

あの時、兄嫁から不意に父母を託された時の驚愕、狼狽、苦哀、怨咄と言った様ざまの感情が、走馬燈の様に私の頭の中を馳け巡りましたが、不思議にそれらは風の中の木の葉の様に飛び去り、憑き物が一瞬のうちに取り払われ、体が突然自由になった様な解放感さえ、私は感じたのでした。

この九年の二人と私の歳月は一体何であったのかと、私は懸命に思い浮べ、考え様としますが、それは空回りするばかりでした。

この手紙を見た二人の喜びは大変なもので、手紙一本で過去の苦渋も宿怨も遙か彼方に雲散霧消してしまったかの様に見えました。

全ては血肉の繫がりがなせる業としか、私には思えませんでしたし、今更ながら人間のもつ感情の泡沫《うたかた》の様な儚《はか》なさを知った思いでした。

三月の末に由美ちゃんは一人で山里にやって来ました。

山里の桜は七分咲きで、桜としては一番精気あふれる美しい季節でした。由美ちゃんはすっかり成長して、目を見張る程に怜悧で美しく、受験勉強に明け暮れた様な疲れも硬さもなく、やさしい面輪は亡き兄に生き写しでした。

由美ちゃんは二人と抱き合って再会を喜びました。

その夜は遅くまで、この九年の過ぎ去った街や里の話が、楽しく、ある時は涙をさそって、語りあかされました。

翌る日は二人が由美ちゃんの手を引く様にして桜の山里を案内して回りました。それは久し振りに見る二人の誇り充ちた里歩きであった様です。

私達は兄嫁の好意に甘えて、由美ちゃんの旅行に同行することになりました。主人と私、それに高校を出て農協に勤めている次女もお供をする事にしました。私にも主人にも心の中で、老父母と旅らしい旅をするのは、恐らくこれが最初で最後になるだろうという思いが、旅に駆りたてたのです。

小倉まで汽車で出て、新幹線に乗り変え広島から安芸の宮島に、翌日は岩国の錦帯橋に回る事にしていました。

老いた二人の負担にならなくて、日本的な美しさを残した名所というのが兄嫁が選んだコースでした。

由美ちゃんと次女は修学旅行で新幹線には乗った事はありましたが、父母も主人も私も、初めての経験でした。

「これは良い冥土のみやげになる」

と父は新幹線の乗り心地に大喜びし、見るもの聞くものに同じ言葉を何度も繰り返しました。

「お父さんは縁起でもないことを」

と私は注意しながらも涙ぐんでいました。

宮島から定期船に乗ると、天下の名勝宮島が春霞の中に刻々と、眼前に迫ってまいりました。

濃い緑の海原、なだらかな稜線を描いて静かに横たわる厳島の島影、対照的に海に浮かぶ朱塗りの大鳥居、神社の周囲の門前町の古風な瓦の家並み、それらは混然一体と調和し、得も言われぬ美しさを湛えています。

継母は興奮して、父の手を取ってデッキに連れ出し、「これが最後よ。よく見とき」と、周囲の人もかまわず大声をあげます。

夕闇の迫る厳島神社の朱塗りの大回廊に腰掛けて、私達は潮の満ちてくるのを静かに待ちながら、あかず風景を楽しみ、鹿と戯れたりして何度も記念写真を撮りました。

里人の目を逃がれ、本当に親子でのびのびとした安らかな時間を持てたのは初めての事でした。

翌日、私達は岩国の錦帯橋に回りました。

それは丁度桜の満開の時で、錦川の両岸には満開の桜並木がどこまでも続き、時に風の吹こうものなら、花吹雪となって巻き上げられ、その中に五連の美しい弧を描いた錦帯橋が、春の陽光を受けて煌びやかに輝き、岩国城のある、向いの高い山は紫色に霞んで、春の揺蕩《たゆと》うた大気の中に溶かし込まれていました。

私達は錦川の川岸で駅弁をひろげ、父はお酒を飲みました。

あまりの美しさに感嘆の声もなく、私達はむしろ疲れを感じた様におし黙っていました。

夕食後、桜並木の雪洞《ぼんぼり》に灯がはいり、投光器に錦帯橋が夜の静寂に照らし出されると、連れだって川筋の道を歩きました。

夜空に橋と桜並木だけが浮きあがり、一斉の夾雑物が取り除かれた光景は、それは幽明の境の定かならぬ、この世ならぬ美しさで、「これが最後よ。最後よ。何も思い残す事はない」と継母は私の手を握りしめて言いました。

山里に帰ると、又静かな生活が始まりました。

弟子達も集まらなくなった二人でしたが、さして淋しがる様子もなく、椎茸の乾燥具合を見たり、斧を揃えたり、以前には手伝ってくれなかった事も、結構する様になっていました。

あまり家にじっとして居るのも可哀相で、老人会の小旅行には積極的に出る様勧めていました。

それは町の保養センターに弁当持ちこみで行き、温泉にはいって広間で芸人の踊りを見たり、老人同士で歌ったりして夕方には帰る日帰り旅行もあれば、小一時間も行けばいろんな温質の温泉は幾らでもありますので、そこに一泊して来ると言った他愛のないものでしたが、老人達にとっては、家族や里から解放されて、この上なくゆっくり出来る時間でもありました。

継母はその様なメンバーでも人気があり、継母が行くかどうかで、その場の賑いが決まるくらいでした。

律儀な継母でしたから、少々体調が悪くても誘われれば厭な顔をせず出ていました。

九月の其の日、次男が就職先のS市から久し振りに帰って来ることになっていたので、それが楽しみで、継母はあまり日帰り旅行に行きたくなかった様でしたが、無理に誘われて、夕方までには帰り着くので、次男とプロレスのテレビを見たいから、そう伝えてほしいと言って出掛けました。

継母と次男はとても気が合い、二人のやりとりは万才さながらの面白さがありました。

父はその日、あまり乗り気がしないらしく、家に残っていました。プロレスが始まっても継母が帰って来ぬため、次男は御冠りで、これなら町に飲みに出れば良かったと、ぼやいていました。

その時、電話がかかり継母が舞踊中に突然倒れ、意識不明のまま救急車で病院に運び込まれたと言って来ました。

私達は驚いて、町の病院に掛けつけました。

継母は救急病室でビニールの透明な酸素テントの中で鼾をかいて寝ていました。

医師の説明では、相当の脳内出血をきたしており、三日以内に意識が返らなければ、恐らく絶望で、呼吸の状態次第では何時急変するかわからぬとのことで、会わせねばならない人には会わせて置いた方がよいとの事でした。

父にはあまりに衝撃が強いため、隠して出て来ましたが、継母が危篤であれば、何をさし置いても、父に知らせて連れて来なければ、継母にとって父は、この世で最も近く、大切で頼りにしている人でした。

次男が父を迎えに病院を飛び出して行きました。

外は雨になっていました。

心を落ち着けて考えても、兄嫁に連絡を取る以外には、知らせるべき継母の身内は誰も思い当りませんでした。

父は杖をつきながら、次男に抱きかかえられる様にして階段をあがって来ました。

薄暗い廊下で肩をおとして立ったまま、父は「もう駄目らしいね。自分の方が先に逝かねばならんのに。とにかく会わせてくれまいか」と震え声で言いました。

救急病室には四つのベットが置かれ、どのベットも重症の様で酸素テントが被せられ、静かな病室にはゴロゴロいう痰の音と、時々患者が発する苦痛のうめき声が聞こえました。

かすかな床頭台の明りの中で、テント越しに見る継母は何事もなかった様な穏やかな顔で、昏々と眠っていました。

父が継母の手を握ると、かすかにそれに応える様に動きました。

「苦しくはないかい。お前にはいろいろ助けて貰ってばかりで、すまなかったね」

と父は語りかけました。

次女と次男が堪り兼ねて泣き出しました。

急変することがあれば連絡しますから帰ってお休みになっていたらと、看護婦さんが言って呉れましたが、私達は廊下の椅子に控えていました。

夜中に病態が急変し、医師が駆けつけ、このままでは呼吸が止まるので喉に穴を開けたいが承諾して呉れますかと言って来ました。

万一、助かるものであれば、どんな事でもして下さいと父は頼みました。

明け方まで、喉の穴から器械で人工的に呼吸は続けられましたが、もう心臓の方が弱って来て、明け方に最後の別れをするために、私達は病室に呼ばれました。

雨もあがった紫色の静かな朝方の陽が、病室に流れこんでいました。

六

父を、お爺《じい》ちゃんと呼ぶ様になれば、私の人生も大半は終わった事になると気付いたのは、ついこの頃のことでした。

子供達も年頃になり、孫でも出来れば私もお婆ちゃんと呼ばれる事はたしかです。

この山里では、年をとり嫁が家計をとりしきる様になると、姑が嫁を逆にお母さんと呼ぶ様になっています。

私もこの山里に嫁いで来て、その風習が理解できず困ったことでしたが、考えてみれば年老いた人が、嫁に実権を渡した後の、立派な保身であることに気付きました。

老いて孫が生まれれば、母はお婆ちゃんになり、嫁がお母さんになるのです。

今日も、お爺ちゃん、お昼の御飯にしましょうか、と母屋の縁側に腰を掛けて、秋の陽を浴びながら何する事もなく、朝からぼんやりと山里を眺めている父の後姿に呼びかけました。

山里に父が越して来て暫らくの間は、私は確かに父をお父さまと呼んでいました。

それまでの長い間、父と接触する機会も殆んどありませんでしたので、幼い頃からの習慣を続けていました。

子供達は主人を当然お父さんと呼び、私も主人をお父さんと呼んでいましたために、紛らわしく、次男が私に、祖父はお爺ちゃんと呼ぶべきだと主張するものですから、私も気を付けてそう呼ぶ様に心懸けましたが、幼い頃から呼び慣れたものはそう簡単に変えられるものではありませんでした。

父が再婚した時に、継母をお母さんと呼べるまでは、煩悶を覚えたのを記憶していますが、父が一人取り残れてみますと、今更ながら継母の明るく屈託のなかった性格が思い出されてきます。

継母が父について外地に発つ時、「これからはお父様の事は私に一斉任せなさい。貴方は貴方の道を歩く事です」と、それはあっけらかんと、継母を迎えて悩んでいる私に、他人事のように言って呉れました。

その時の印象があまりに鮮やかで、その次に逢った時から私は継母を「お母さん」と自然に呼びだした様に覚えています。

亡き兄は、最後まで継母を何と呼んでいたのでしょうか、兄は父の再婚に反対で、長い間苦しんでいた様でしたから。

継母の死後、父を一人離れ屋に置いておくのは危っかしくて、母屋の居間の隣りの納戸に移しました。

納戸は廊下ごしに私達の寝室の隣りで、夜にでも父に何が起っても心配はいりませんでした。

居間と納戸の仕切りは木の引戸であったのを硝子つきの障子に変えてからは、納戸は見違える様に明るくなりました。

納戸には、二人が山里に持って来た小さな仏壇が置かれ、継母の真新しい位牌が加えられていました。

父は婿養子に入りながらその家を破産させたため、係わり合いのある先祖の位牌を背負って各地を転々と回る破目になっていました。

継母が居た時には、野良仕事や用達しに出掛けるにも、継母に後を任せておけば何の心配もいりませんでしたが、今は父を一人にするわけにもいかず、私の生活はかなり規制させられました。

「自分の方が先に逝かねばならんのに」と父が継母の最期の時に嘆息した言葉が、父が自分なりに行く末を考えていた事が哀れに思われます。

継母が残された場合はどうだったでしょうか。継母は私達と全く血の繋がりがありません。それを考えると、継母が先立った方が、継母にとってはある面幸運であったかもしれません。継母をなくした父は無聊《ぶりょう》で、孤独な一老人になっていました。

父は自分なりに気を遣い、朝もこれまでよりずっと早く起き、私達の食事と一緒に済ませ、今日の農作物の予定や稲作や椎茸の出来なども聞いたりしました。

幸いな事には、足に少し弱りは見せていましたが、内臓も強く、殊に頭のボケは全くありません。

昔外地の医者もいない山奥で、熱を下げるために冷い砂の上に一晩中身を横たえて病気を治した事が父の自慢で、山里に来ても医者にかかることはありませんでした。

里にも父と同年輩の八十歳を越した老人が数名いましたが、いまだに杉の根ざらいに行く様な人もいれば、寝たっきりの人もいました。

おサワ婆さんは、そんな寝たっきりの老人の世話をしていました。年は私とあまり変わらないのに、里では婆さんと呼ばれ、本人もそう呼ばれる事を少しも気にせずにいる様な人でした。

二十歳以上も離れた人の後妻にもらわれて、その途端に夫が卒中で寝たっきりになり、その結婚に反対した子供達が皆な寄りつかなくなって、病夫の面倒を見ざるを得なくなった、いわば貧乏くじを引いた人でした。

継母とは気さくな性格から馬が合い、私の家にはしょっちゅう出入りをしていました。

口の悪さから里人には誤解されていた向きもありましたが、本当は実のあるいい人で、何反かの田畑を一人で切り盛りし、山の手入れも人手を雇わず自分でやっていました。

山へ行く時は舌切り雀のお婆さん、川へ行く時は浦島太郎の様だと陰口を言う人もいました。

里の人にはあまり相手にされぬため、私の家がぼやき場になっていました。

老人はいい加減世話しておかないとのぼせ上るとか、子供が粗相したら尻でも叩く事も出来るが、老人ではそうもいかないとか、人間逝く時にはコロリと逝くのがはたが迷惑しないとか、聞きようによっては大変な事を言いながらも、その実、行き届いた世話が出来ているのを、私は知っているだけに怒るわけにもいかず、そのあっけらかんとした口調ゆえに、傍で聞いている父まで思わず笑い出す程でした。そんな事を他所で言ったら大変よ、と私が冗談交りに注意すると、そんな事他所で言うものですかと真顔で言うのです。

継母が亡くなってからは父を激励するつもりもあってか、前より頻繁に出いりする様になっていました。

性格は生れつきのもので、私などは何度生まれ変っても、おサワさんの様にはなれません。

生前の継母から聞いた事ですが、おサワさんは母の元に舞踊を習いに来ていて、その復習を家で電気掃除機を掛けながら、また畑で鍬取りをしながらやるそうで、ある晩は、風呂には入っていたら、突然、先が思い出せなくなって、裸のままで継母に電話して来た事もあったそうで、それくらいのおおらかさが無ければ、寝た切りの老人の世話は出来ないのかもしれません。

継母の死の翌年の敬老の日も近いある午後、父が真剣な顔で、自分は老人ホームには入ってみようかと思っていると言いだしたのです。

もとより今の生活に何の不平不満もあろう筈はないが、自分は足手まといになって心苦しく思っていることもあるが、そんな事よりも自分はまだ惚けていない様だし、今のうちは同じ年代の老人達と昔話をしたりしながら気兼ねなく生活をしてみたい、とにかく一日中何もせずに暮らすのが一番辛いと言うのです。

父の言う事も私には理解出来ないではないのですが、継母が亡くなってからも何不自由なく父は暮らしていたと信じていただけに、私は衝撃を受けました。

敬老の日が近づくときまってテレビなどで写し出される老人ホームは、一昔前の様な暗いイメージもなく、同じ老年者だけが心置きなく生活を楽しむ場所に変わって来ている事は確かの様でしたが、まだ私達年代の奥底では、そうは簡単に割り切れないものもあります。

それにこの里からは老人ホームに一人の入居者も聞いていません。

家族との不和や、恵まれぬ状態にある二、三人の老人は、老人ホームには入った方がむしろ幸わせではと思う事もありますが、そこは世間体や面目が邪魔して思うに任せない様です。

実際、父から言い出されてみると、私も自分の面目を考えましたが、これほどに尽して呉れている主人に対して、何と申し訳けが出来るだろうかと言う思いが、一番に私を支配しました。

父にこの事だけは主人の耳に入れない様に頼んで、これからはもっと父の気持になって、継母の代用にはなれなくとも、それに近づかねばと誓いました。

それでも父は老人ホームの事が諦め切れぬらしく、一度見にだけでも行ってみたいと言い続けます。

主人が農協の一泊旅行で近くの温泉に出掛けた日、私と父は市報にのっていたホームを訪ねる事にしました。

それは市の外れの想像もつかない様な山の上にありました。

老人ホームにも幾つかの種類のある事も、その時私は知りませんでしたし、この市にはそのホーム一つしかないと思っていました。

バスで行ける所まで行き、山へはタクシーを拾いました。

人家もまばらで、昼でも暗い様な山道を登ると、荒漠とした台地が続き、遠くに見える高い煙突からは、白い煙がのぼるのが見え、近づくと、それは市のごみ処理場でした。

谷間にごみが捨てられ、それが小山の様になって連なり、鼻をつく異様な臭いが周囲に立ち込めていました。

私は大変な所へ行っているといった滅入った気持になり始めました。

周囲の索漠とした情景を見ているうちに、私の心の内に一瞬、姨捨山の棄老《きろう》伝説が思い出され、私は暗澹とした気持になり父の顔を見返しました。

そこから更に登ると人家が散見でき、広々とした気持の良い畑が続きだし、その時初めて、今日は朝から素晴らしい秋晴れであるのに私は気付きました。

その先の人里のとぎれた左手の岡の上にコンクリートの白い建物が見えて来ました。

敷地内に降り立って、その異様な景観に父と私は来た所を間違ったのではと呆然としました。

建物の横の、小さな運動場ぐらいはある敷地には、隅々まで紐が張り巡らされ、それに何百枚もの白い布が垂らされ、風が吹くとそれらがバタバタと鳥の大群が飛び立つ様な大きな音をたてて、一斉に逆さに巻き挙げられ、それが目に痛いように白く光ってちらつき、異様な程の壮観さに二人は驚いて立ちつくしました。

それが一体何なのか私には見当もつかず、我にかえって恐る恐る近づいて見ますと、それは紛れもなく赤ん坊に使うおむつでした。

それでもおむつと老人ホームの関連を思いつくまでは暫らくの時間がかかりました。

それが寝たきりの老人達が使っているおむつであることを父に説明すると、父は最初のうちは何かわからぬ風でしたが、気付くと、さすがに愕然として肩を落としました。

おむつのはためく広場には、私達以外には誰もいず、白い布地そのものが私達に何かを問い掛けている様に私には思えました。

ここまで来た以上、私は父に老人ホームの実像を知って貰わねばと、父の腕を取って玄関の方へ歩き始めましたが、父はもうこれ以上は見なくてもよいと逡巡しました。

外観だけでもと、おしめのまつわりつくのを手繰りながら、広場の端にでました。

そこからはホームの中庭が見え、なかほどに池があり、噴水から小さな弧があがり、チカチカと秋陽をうけて光っていました。

車椅子に乗った老人達がその水影の傍で日向ぼっこを楽しむ姿が見え、その後の部屋には寝たきりの老人達が白いベッドに横たわり付添婦さん達らしい若い足どりが、廊下を忙しく行き来していました。

それらに初秋の白っぽい、希薄で頼りない陽があたり、どこか淋しげで、建物そのものが宙に浮いて消えうせそうで、私は涙が溢れてきました。

私はもとより父は大変沈んだ面持で、建物を離れました。

あれだけ望んでいた老人ホームへの夢がつぶれた父は、黙りこくっていました。父は慰める言葉もなく、私は父の手をとって水郷の川筋の道を歩いていました。

重そうに杖をついていました。

川筋の風景も九月ともなれば閑散としていて、二、三の遊船が川面に赤い提灯を燈しながら、まだ消え失せぬ秋の残照を受けて静かに浮かんでいました。

宿の男衆達が、予約でもはずれたのか、私と父を見つけて、安くしておきますから、遊船に乗りませんかと誘います。

この町に住んで三十年以上も経つと言うのに、私は一度も遊船に乗った事がありませんでした。

船遊びなどは、夢にも思わぬ事で、それは違う社会の人のすることとばかり思っていました。

私と父は顔を見合せました。

主人は明日しか帰ってきませんし、沈んだ父をなんとか元気づけたいと、私は自分の懐具合を計算して、もし金が足らなくとも、同じ町に住むものであればと腹を据えました。

父と二人水いらずでこんな機会を持つのも、何故かこれが最後だと予感しましたので、父の腕をとり、思い切って数人乗りの小さな遊船に乗り込みました。

船宿の男衆は景気の良い声をあげ、仲居さんに料理を小船に運ばせました。

私は仲居さんを乗せるのは勿体ないから、遠慮して舟頭さんだけにして貰いました。

小舟は夕月夜の川面に静かに舟出しました。

先に出た舟は川上の上にこぎ出し、はるか彼方の橋影に二、三隻が並んで止っていました。

九月のまだ出始めの月の光は桔梗の薄紫の花弁を流した様に淡く美しく、私達の小舟は櫓をこぐごとに揺れながら、川の真中にでて行きました。

川面はかすかな残照を映して桃色の色硝子のように滑らかで、そこに月の光が加わり、シーズンを過ぎた川岸には人影もなく、私達の舟だけが川中に、一隻離れてとり残されている様でした。

父は日中の憂さも忘れ、大変嬉しそうで、私がさす盃を次々に飲みほし、水の上で飲む酒こそこの世の中で極上の喜びであり、贅沢だと言います。

父が言う様に、月明りの中で赤提灯が風に揺れ、それがまた川面に映る様はこの世ならぬ美しさでした。

父娘だけで何の遠慮もいらず、父は心からくつろぎ上機嫌で、来年の米寿の祝いには、皆で遊船に乗ろうと言いだしました。

父の喜こぶ姿を見て、来年までは父に元気でいてほしい、そして何がなんでも父の夢を実現させねばと心に誓いました。

調子が出て来た父は、白頭山節を唄い出しました。

恥かしい気持が私にありましたが、聞いているうちに涙が出てきて恥かしさも忘れ、町中に響け、天まで届けと私も唱和し、舟頭さんが合いの手を入れて呉れて何度も唄いました。


それから父は老人ホームについては口にしませんでした。

後で知ったのですが、私達が訪ねた老人ホームは、身体の不自由な寝たきりの重症老人ばかりを収容する特別養護老人ホームで、父が希望していたのは普通の老人ホームで、父には悪いことをしたと、私は後めたさを感じましたが、父が諦めてからは敢えて父にそのことを知らせませんでした。

老人には自由に、気ままにさせる事が幸せと知った私は、父には好きな様に、また出来るだけ老人達の会や行事があれば積極的に参加する様に勧めました。

おサワさんは、本人自身はまだ老人会にはいる年令でもないのに、不自由な老人の世話をしているうちに、自分もいつの間にか老人会に入会させられ、会の世話などをさせられていました。

そんな加減で老人の会があると、教えに来て誘って呉れました。

秋の小学校の運動会の時も父を強引に連れ出してくれました。

私の家も、おサワさんの所も小学生等いませんが、学童と言っても全校で二十名足らずですから、運動会は里人全員参加のものでしたが、老人の競技も組まれていて、おサワさんの言によれば、行ってみれば気分がスカッとしますよといわれ、私も弁当をこしらえ、主人も誘って出掛けました。

もともとあまり広くない運動場には里の人が総出でつめかけ、テントが幾つも張られ、入場門、退場門は杉の葉で立派に建てられ、運動場には万国旗の紙旗が張りめぐらされていて、私は幼い時の郷愁を甦えらせ、浮き浮きとした気分になりました。

老人のパン食い競争、孫、子、祖父母の三代リレーなどもあり、敬老競争にはおサワさんの手回しと思いますが、何と私と主人が呼び出され二人で父を駕籠に乗せて走らされ、私達は一等をとり会場の大喝采を浴びました。

中には駕籠から何度もころげ落ちる老人もいて、会場は爆笑に包まれました。

何と言っても当日、一番沸かせたのは、最後の紅白リレーの前にあった乳児対老人の玉入れ競争でした。

学校にあがる前の幼児と七十才以上の老人は丁度同じ人数で、それが紅白に分かれて、棹の先に吊された竹籠に砂を入れた玉を投げ入れて、その数を競うのです。

入場門からは幼児と老人が各々手をつないで、音楽に合わせて入場してくる姿からして、全く対照的で会場は沸きました。

年令を逆順に登場させますから、里で一番年長の父は、参加者で一番幼い三歳の子の手をとって会場には入って来ました。

父の姿をこの山里の運動会で見ている自分がまるで夢を見ているようでした。

腰がくの字に曲がった老婆、酒がはいって陽気になり会場に愛橋をふりまく老人、親元に泣きながら戻ろうとする幼児などで、それはユーモラスな光景でした。

老人子供と言いますが、庇護者を必要とする点では同じ様な弱い立場で、ユーモアのある組合わせの中に、私は涙を誘われていとしさを切々と感じました。

号砲が鳴ると一斉に玉入れが始まりましたが、どちらも玉を上に投げるのが精一杯で、なかなか籠の中にはいりません。

中には早くもころんだりする老人もあり、玉投げをやめて坐わりこんでしまう子供もでて、会場は大賑わいで、一投一投に大声援があがり、子供も老人も懸命に投げあげます。

人が入り乱れる中で、私は父の姿を追い求めました。

父の発する声は、どんなに多数の声が混雑しようとも、私の鼓膜は正確に聞きわけます。

それは私には恐ろしい程でした。

体格の良い父は目立ちます。一番年令はいっているのに結構惜しい玉を投げていましたが、そのうち父のが最初にはいり一段と強い拍手と歓声がおこりました。

交互のように玉がはいり始めましたが、老人組の方がリードを大きくしていきますと、棹を持った人が子供達の方の籠の高さを下げました。

するとばたばた玉がはいり、子供達がリードを奪います。

子供に味方する者が多いので、会場は大喜びでした。

私のすぐ横で声を嗄らして老人組を応援していたおサワさんが、「人をバカにして、助けてやらないかん」と、突然走って玉入れに加わり老人の方へ玉をいれ始めますと、会場は今度はおサワさんに味方して大声援を送り、賑わいは最高潮に達しました。

運動会が終わった後、おサワさんに誘われて父のお供で町の保養センターに出掛けました。

里の老人達は、誘い合って良く行っている様でしたが、一体どんな所で何をしているのか前から興味もありましたし、継母の倒れた所でもあり、誘われるままに行く事にしました。

入館、入湯料を支払うと、私達は二間続きの大広間に通され、正面には舞台もありました。

午前中もまだ早いのに幾組かの老人達がそれぞれの飯台に固まって、お茶を飲んだり、酒を飲んだりしてしまいました。

広間には民謡や演歌が音高に流され、私には頭が痛いようにありましたが老人達は気にする風もありません。

おサワさんはここでも人気者らしく、あちこちから声がかかりました。

別にこれと言ってする事もなく、私達は持ってきたお菓子や果物を広げお茶を飲みながら話しをしますが、私は退屈で、老人達はよくこんな他愛もないことで満足できるものだと私は感心しました。

あたりを見まわすと、まだ昼前というのに、座布団を枕にして鼾をかいて寝入っている老人も数人いました。

家ではよく安眠できないのかと、ふと可哀相に思ったりしていました。

おサワさんが風呂には入ろうと言い出したものですから、こんな時間にですかと聞くと、ここに来た以上夕方帰るまでに三回はは入らんことには元がとれないと、こともなげに言います。

おサワさんのお爺ちゃんと私達は四人で風呂には入りましたが、風呂場は広くて午前の明るい光が気持よく、浴槽の中をかげろうがゆらゆらと泳いでいました。

おサワさんは爺ちゃんを子供でもあつかう様に、時々叱りながらも、懸命に洗ってやります。

昼頃になると広間は老人で埋まりました。

弁当を用意して来ていましたが、それではセンターに悪かろうと、鮎の塩焼きと鳥の空揚げをとり、父は酒を一合注文しました。

御飯を食べると眠くなり、四人共何時の間にか眠り込んでしまいました。

夢うつつの中で、三味大鼓が鳴り始め、人々の嬌声、罵声が入り混じってきました。

それは確かに聞いた事のある騒音で、それも何十年も昔の私の幼い頃の田舎町のことの様で、父が婿入り先の家を破綻に陥としいれた、連日連夜の酒席の様な気がしました。

あの頃の父は、なにかに憑かれたと言うのか、凄さまじい程に飲んでいたのが、思い出されてきました。

私は聞きたくないものを拒否する様に、何度も寝返りして気怠い体を起こすと、広間の舞台では老人達が歌ったり踊ったりしていました。

その情景は、私が夢うつつに聞いた昔のものとは違い生気のない淋しいもので、歌に唱和する人もいましたが、大半は仲間だけで話しこんでいたり、横になって虚ろな目で舞台を眺めていました。

舞台がとだえると、暫らくして思いついた様に人が舞台にあがりますが、全体に活気はありません。

おサワさんも目覚めていましたが、ぼんやりと茶を飲んでいました。

父は目をさました私に、こんな退屈な席について来て貰って済まないねとでも言いたげな顔で私をみつめていました。

隣席からおサワさんに、何かやれと催促がありますが、おサワさんも乗気ではなさそうでした。

この町では聞き慣れない言葉を出して一番賑ぎわっていた一団の中の老人が突然苦しみだし、嘔吐をはじめ仲間が心配して洗面器を持ってきたり、センターの従業員がタオルで頭を冷やしたりしていましたが、ウォッという呻きと共に大量の吐血をおこしました。

座が騒然となると間もなく、救急車が来て老人を運び去りました。

それにつれてその一団が去ると広間はがらんとして殺風景なものになり、他の老人達もこそこそと帰り仕度を始めました。

おサワさんが老人だからどこか悪いところがあるのは当り前で、心配せんでと私達を励まし再びお風呂に誘いました。

七

その年の秋は温暖な日々が続き、稲の取り入れも順調に終り、里の銀杏も美しい黄葉が例年より長く楽しむ事が出来て、父も大変喜びました。

一年の最後の老人会の旅行は気候が良いものですから、忘年会も兼ねてすこし早めに近くの温泉に一泊旅行に行く事になりました。

おサワさんも同行するので私も安心して、ただお酒を飲み過ぎない様にとだけ注意して父を送り出しました。

夕方野良から帰ると、旅館で父が熱を出しているからすぐ来て呉れまいかとおサワさんから電話があっており、私は取る物もとりあえず、タクシーで出ました。

温泉町についた時には、夕闇の迫る頃でした。

瀬の強い川の両岸にはびっしりと旅館が並び、至る所から白い湯煙がもくもくと立ち昇り、それが温泉町の山峡に充満していて、まだ泉郷の灯は一つ二つしか点いていず、湯煙りの中から、鳥の鳴き声なども聞こえ、恐ろしい程の暮色蒼然とした眺めでした。

父の枕辺にはおサワさんと二、三人の老人が心配そうについていて、頭を冷やして呉れていました。

父は意識ははっきりしていましたが、高熱のためつらそうで、私の顔を見ると安心したのか微笑み返しました。

このままにしていたら、ここで寝こんでしまうのではと、私は心配して父に尋ねますと、父も今のうちなら帰れると答えますので、宿のマイクロバスで父を運んで貰いました。

家に辿り着くと、父は安心したのか気分も良くなり、お医者さんに来て貰ってはと聞いても、もう少し様子を見てからでよかろうと言って眠りました。

夜半父の苦しそうな呻き声で目が覚め、見に行きますと、父は顔を赤く上気させ額を触ってみますと、火の様に熱く、意識も少し朦朧としていました。

私は驚いて主人を起しました。

日頃が元気なだけに父はかかりつけの医者もなく、途方に暮れていますと、主人が最近山裾の川の辺りで開業した医者のことを聞き知っていて、電話をしますと、深夜で家がわからないかもしれないので道に立っていて呉れればと、快く引き受けて呉れました。

私が想像していたよりずっと若い三十代の先生で、私の話を聞いて丁寧に診察され、風邪から肺炎を併発していると言って注射をして、水枕で頭を冷やす様にと指示され、熱がさがり始めるのを確かめるため小一時間も枕辺に付いていて下さいました。

翌朝は診療開始時間の前においで出になり、時間注射をうって呉れました。父は深夜の事など憶えていないらしく、先生の姿を見て怪訝そうな顔をしましたが、私が説明すると、感謝の気持を目礼で返しました。

夕方看護婦さんを連れて先生がおいでになった時は、父の体温も三十七度にさがり、父は大分気分も良くなっていて、先生に握手を求めたり、看護婦さんに鄙《ひな》には惜しい美人だなどと戯れました。

気分は良くなっても食欲は全くなく、それでも先生の指示に従い、出来るだけリンゴの汁や重湯を飲ませる様にしました。

熱のせいか父は筋肉や関節に力がはいらない様で、立ちあがる事が出来ず溲瓶《しびん》を使用する様にしました。

そんな経験のない父は嫌がりましたが、足が立たねばどうしようもなく、そのうちに慣れて来て、人間その気になれば何でも出来るものと照れて言うのです。

三日たっても父は食事を受けつけぬために、先生はブドウ糖の点滴を始めて下さいました。

衣紋掛けにブドウ糖液の大きな瓶を掛けて点滴を始めますと、これまでこんな事をしたことのない父は、恐怖から全身をガタガタ痙攣させて止めてくれと叫びましたが、先生がついて宥めますと、父もどうにか落ち着いて受け入れて呉れました。

点滴を四、五日受けるうちに父も次第に食欲がでてきました。

十二月にはいると父は少し立てる様になり、トイレは自分でいける様になりたいと頑張りました。

十二月の初めのある日の午前中、裏庭の方で激しく言い争う声を聞いて、台所で後片付けをしていた私は、父が関係している様に直感して裏庭に飛んで行きますと、汲み取り屋さんと父が、便所の格子窓を境に言い争っています。

事情を聞きますと、汲み取っている最中に父が放尿をして、それが汲み取り屋さんの衣服を汚した事が原因でした。

冷静に考えると茶番劇ですが、当人達にとっては真剣な意地の張り合いでした。

私はひたすら業者に謝まり、父が老人で病気あがりであることを告げて勘弁してもらいました。

父は不満の様でしたが、威勢のいい父の姿を目にしたのはそれが最後でした。

二日後、元気が戻った父は好物のギョーザを私の止めるのも聞かず沢山食べました。

その晩から下痢を始めたらしいのですが、父は、私に何も言わず我慢していたらしいのです。

しかし、下痢は隠しおおせるものではありません。

便意があってトイレに行けるうちはまだよかったのですが、知らないうちに漏らす様になり、それも廊下や畳の上に零してまわり、次第に起きあがる力を失くして、再び床に着く様になってしまいました。

痛みも熱もないため、父はお医者さんまで診せなくともと、煎じ薬などを飲んでいましたが、先生に相談しますと、先生はすぐお出でて注射をして下さいましたが、なかなか下痢は止まる気配をみせません。

先生はいろいろ工夫され、薬を変えたり、注射の回数を増やしたりしていました。

おまるを買って来て部屋に置いていましたが、それさえ使えなくなり、おむつをする様になり、父はそれに抵抗する気力も元気もなくなって素直に従いました。

十二月も半ばを過ぎようとする霙まじりの寒い日、帰り際に先生は私を玉水の落ちる軒下に呼び、父の下痢は老衰からきた腸管の弛緩が原因で、一寸手の施こし様がなく、入院させて栄養剤でも点滴すれば少しは延命効果はあるかもしれないが、それもかえって心臓の負担になることもあり、本人の意向を聞いておいて下さいと、気の毒そうに先生は言って、今年一杯もたないかもしれませんとも、付け加えました。

私は目の前が真暗になるのを覚えました。

その夜、先生から言われた事は噫気《おくび》にも出さず、父に入院の事を勧めてみました。

父は暫らく眼をつぶって考え込んでいましたが、入院はしたくないとはっきり答えました。

年の瀬も迫って入院する事を気遣っているのではと、再度確かめてみましたが、今度の病気はどうも良くないのが自分にはわかる、この家で死ぬのがお前に迷惑がかからなければ、お前の看病でここで死にたいと父はいいます。

自分の命の限界を悟り、死に場所にまで私の立場を気遣う父に、私は父が不憫でならず、泣けて仕方がありませんでした。

寝込んでまだ十日も経たないのに、父の腰と臀部には褥創《じょくそう》ができはじめていました。

褥創を見たことがなかった私は気が付きませんでしたが、看護婦さんが見つけて手当をして呉れました。

痛がる父を横に向け、蒸しタオルで周囲を丹念にマッサージして、創を消毒した後に分厚いガーゼをあてます。

下痢がはじまり、寝ついてしまった父は、褥創が出きはじめると、あれほど体格がよかったのに、体の筋肉は日ごとに落ちていくのがわかります。

それでも意識はまだまだはっきりしていました。

口にするものは重湯、葛湯が主で、時に白身の魚や鶏肉を細かくしてやりましても、水の様な下痢便の中にそのままの形で出てきます。

暮れも愈々おし迫った日、父が「正月三箇日は何んとか越さないと里人に迷惑を掛ける事になる」と真剣な顔で私に言うのです。「気の弱い事を言って、先生も大丈夫と言って呉れています。もう一度元気になって、米寿の祝を遊船でする事になっているではありませんか」と私は励ましました。

「おお、そうだったね。遊船にね。あれは本当に楽しかった」と父は自らを励ますようにつぶやきました。

正月には子供達も帰って来て、父を激励し、交代で看病を寝ずにしてくれました。

先生は正月の三箇日の間も、毎日来て下さいました。

三箇日が過ぎると、責任を果したような安堵感からか、子供達が去って淋しくなったためからか、父は急に衰弱が進み、時々おかしな事を口走るようになりました。

庭に咲いた父の好きだった山茶花の花を見て、あの赤いのは何……、自分は一体今どこにいるのか……、遠い昔の子供の頃の友達の名前や、お宮のお祭り、小学校の運動会のことが出て来たかと思うと、朝食をとったことを忘却していたりしました。

ある夜、傍に寝ていた私を呼び起こし「慶一郎（亡き父）が床の下に閉じ込められて、出口がわからず困っている、すぐ行って助けだしてくれ」と言って私をぞっとさせる事もありましたが、父が今だに亡き父のことを心配していると思うと心が張りさけるようでした。

看護婦さんに教えられた様に、褥創のガーゼ交替を日に三度していましたが、どうしても汚物がつくため創に黄色い膿が溜まりだしました。

恐る恐る膿の膜を取り除きますと、白い硬い物がコツコツと触れ、よく見ますとそれは褥創が既に骨まで達していたことがわかりました。

「病人は体が小さい人の方がいいね」

とガーゼを替える度に、父は済まなそうに言います。

幼い頃私が足を怪我した時、父が痛がる私を押えて毎日手当をして呉れた事を私は思い出して涙がでてきました。

私は父の傍に付ききりでしたので、父と話す事柄はどうしても昔のことになりがちです。

「昔、雅子ちゃんがお父さんが死ぬ時は、代りに死んであげるからね、と言って呉れたのを憶えているかね。あの時お父さんは本当に嬉しかったよ」と父が突然言い出したのを、私は暫らくの間何の事か思い出せませんでした。

あれは私がまだ小学校にあがる前の事で、ある冬の日の夕暮、まだ実母が健在な時でした。

炬燵で寝ていた私は、父が年をとって死んで行く夢を見て、突然泣きだして飛び起き、

「お父さんが年をとって死ぬ、死ぬ」

と何度も何度も同じ言葉を繰り返しました。

幼いながらも、あの頃父はなんらかの窮状に陥って苦しんでいたのを私は感じていたのかもしれません。

父に言われ、あの時の寒々した部屋の光景が鮮明に蘇えり、私は涙ぐんで父の手を握りしめました。

「今度はお父さんが、雅子ちゃんの代わりに死んであげるよ」

と父が私の手を握り返しました。

父の事は病状からして心の中では諦めていましたが、父がこのうえなくいとおしくなり、死ねば全てが終りで、もう二度とこの世で父に会えることもなくなるという感情が、突然泉の様に溢れ出てきて、

「お父さん、生きて、生きて、生き続けて」

と私は叫びました。

痩せ細り、入れ歯もはまらなくなった父の顔は、上下の口唇が鼻と下顎骨から垂直にまき込まれたように口腔内に落ち込み、大きな欠損部をつくり、口をつぐんでもいつも喉までがまる見えで、そこは白く乾燥していました。

癜部の筋肉もなくなり、お尻の窪みが姿を消してひらたになり、猿の様に赤くただれて、肛門も大きく開いてしまい、私の拳がそのまま這入るくらいの大きな穴をつくり、そこから絶えず水様の物が漏れていました。

主人と私の二人がどうしても外出せねばならぬ用ができ、父もその日は何時になく気持良さそうに眠っていましたので、食べないとわかっていても、もしやと思い、にぎり鮨の大きさの海苔巻きと、豆腐の味噌汁を作って枕元に置いて、心ひかれる思いで出掛けました。

用事が済むと気が気でなく、主人より一足早く飛んで帰りました。

玄関へ回るのももどかしく、納戸の障子戸越しのカーテンの隙間から中を覗き込みますと、私を探し求めているのでしょうか、父がおむつ姿で部屋の中を這ずり回わり、海苔巻きが散乱し、味噌汁がとび散り、枕辺の小さな仏壇までがひっくり返っていました。

私が必死になって硝子戸を叩きますが、父は気付きません。

急いで玄関から部屋に飛び込みますと、父が私を見つけて、おーおーとオットセイの様な声をあげて泣き出しました。

父は次第に意識が朦朧としはじめ、時々目覚めては赤ん坊の様に私の姿を探します。

譫言に出てくるのは昔のことばかりで、時には白頭山節を歌っているようなこともあります。

人の識別も危くなり、私を実母や継母と錯覚して呼んだり、主人を亡き兄と間違えたり、昼と夜が逆さになり、深夜に突然ぶどうや黄な粉餅を欲しがったりして私を困らせます。

父が病臥して一度もお風呂に入れてないので、主人と二人で何度か試みましたが、普通の風呂では父は立つことが出来ないために不可能でした。

お宮の前に住んでいる御主人が市役所に勤めていて、その御世話で、先生の許可もでましたので、市の福祉課の寝たきり老人専用の入浴車に来て貰いました。

市の職員は手際よく納戸にビニール製の莫蓙を広げ、笹船の様な浴槽を持ちこみ、車からパイプでお湯を引きます。

父は何をされるのかわからず、恐怖からか最初のうちは抵抗して体を硬わばらせて、大声をあげましたが、お湯の中に長く寝せられますと、気持良さそうに目をつぶりました。

首の根っこを抱え、お湯を浴せる様にしてガーゼで優しく体を洗っていく動作は、母親が赤子にするのと全く同じで、私は見ていながら涙が溢れてしかたがありませんでした。

体がきれいになった父は、本当に気持良さそうに眠りました。

欲しがったらお酒もあげなさいと先生から許可がでていましたので、薬飲みで飲ませると、いかにも美味しそうに飲みます。

二、三日後の寒波の襲来した寒い夜、酒を少し飲んだ後、父は聞きとりにくい言葉でしたが、私がわかるまで何度も繰り返し「元気になったら、着流しに高下駄を履いて、雅子ちゃんの手をひいて、鮨を食べに行きたい」と悪戯っぽく言いましたので、私も思わず微笑み返しました。

その夜半から父は急に昏睡に陥いり、雪がちらつき始めた夜明け前先生が駆け付けて下さった時には、すでに父は息を引きとっていました。

帰宅した主人は、先生のお話しを聞き、一般の人の手にはいる雑誌でもなく、大仰に考えず、私の話せる範囲の事だけでもお話してあげたらといって呉れました。

主人も言葉少なに、時々思い出した事を補充して呉れましたし、先生も節度を弁《わきま》えて下さいまして、私も気持良くお話しできました。

つらく悲しい事の方が多いように思っていたのですが、話しはじめると、むしろ楽しく微笑ましい事の方がずっと多く、三人で腹を抱えて笑う場面も度々ありました。

途中で先生がお酒を召しあがれる事を知り、御礼の気持をこめて差しあげました。

先生は喜こんでかなり召しあがり、先生のお父さまも飲めば必ず、「白頭山節」をお唄いになっていたそうで、最後は三人で何度も繰り返し合唱しました。

雪はさらに降り続き、山里は静寂の中に白々と埋没され、雪明りの中でふくれあがった山里は、昼の様に隅々まで見通せました。

先生がタクシーを呼んでお帰りになったのは十二時近くでした。

私は先生にお話ししたためか、肩の荷が降りた様な不思議な安らぎを覚えていました。

後片付けをした後、お風呂にはいって、床に就いたのは一時を過ぎていました。

主人も飲みなれないお酒に快く酔って気持良さそうに少しいびきをかいていました。

山里の木や竹に降り積った雪が、時折ザッとすべり落ち、それに呼応して犬の遠吠えが聞えます。

後はまたしんしんと雪が降り続いているようです。私の体は次第次第に雪に埋没されていき、父のやさしい眼差しに見守られているのを感じ、深い快い眠りに落ちていく自分がわかるようでした。

あとがき

文学作品を書いてみようと意識して、書き始めて三十年以上たちます。今回驚いているのは、自作を読んでみて、自分が書いたとは思われないことです。

こんなこと書いたのかな、こんな美しい情景描写など本当に出来たのかな、と考え込んでしまうことがあります。

小学生の頃から、何もわからないのに日本文学全集、世界文学全集の巻をあけて読んでいたのを思い出すと、読書とは本当に何なのか思い知らされます。

今回の作品集『山里』を読み返すと、その中の主作品「山里」が、私の文学歴のなかの最初の長編小説であることに気付きました。

処女作の「富貴寺悲愁」から一〇年間、私は一生懸命に小説の勉強のために書き込みました。

今回掲載した「山里」以外の短編七作品は、その頃に書いたもので、懐しく再読しました。

「山里」は、私が内科の有床診療所を開業して、懸命に診療・往診をしていた頃の、奥深い山里にあった農家の話です。

遠くから日田の農家に嫁入りしてきた奥さんに、事情があって実の父親と継母（父の後妻）を山里に引き取り、世話をする物語りで、その家に往診していた私が、数年間いろんな事情を見聞し、それを綴ったものです。

三十数年間たちますと、忘却したこともあり、読み返しながら溜息を繰り返しました。日本の高度成長期の山村のことですから、懐しくて涙をこぼしました。

それぞれの短編も時代をよく表していて、「コスモスの花」のおばあちゃんを思い出し、ほほえみがこぼれました。どうぞ、どの作品からでもお読みになって下さい。

解説の前山光則さんが心暖まるお話を書いて下さいました。感謝申し上げます。

平成三十年二月　　河津武俊

［解説］作家の出発点

前山光則

この短編集『山里』は、河津武俊氏にとって記念すべき一冊である。昭和五十七年（一九八二）十月に、「雲の影」「荒野の月」「コスモスの花」「夜の底」「鈴の音」「山里」の六作品を収録して私家版『山里』が刊行されている。河津氏にとって最初の著書であった。これが好評で、その後、昭和六十三年（一九八八）十月に大分市のみずき書房から文庫判で再刊された。その際、「秋水記」と「羽衣」二編が追加収録され、西日本新聞社の記者・花田衛氏による解説が付されている。今回のこの文庫本も、みずき書房版と同じく八編で構成されている。

全八編の中で最も早くに成立した作品が「荒野の月」で、昭和四十六年（一九七一）三月の執筆である。作中の「私」は福岡市内の総合病院の内科医であるが、Q大学胸部疾患研究所から依頼されて北九州の養老院の調査について協力をすることとなった。その養老院に通ううち、ふとしたきっかけで或る老婆を診《み》てやることとなった。診てやるうちに、「私」は自身の母親のことを思い起こすのである。苦労して行商をし、自分たちを育ててくれた母のことが、まざまざと甦る。老婆は、結局、亡くなる。養老院の職員で老婆の世話をする係の女の人が、実は自分は肉親のことで複雑な思い出を持っていた、だから他人事と思えなかった、と「私」に明かす。つまり、その職員も「私」も、共に老婆に対して自身の過去を重ねざるをえなかったのだ。互いにつらい過去を背負いつつ養老院の老婆に対して接していたことになるわけだが、しかし「私」は養老院の女性職員の悲しみを倍加させぬよう、自分のことはあえて喋らずに自分の胸の内にしまっておく。生きることの大変さ悲しさが切々と描かれており、しかも抑制の利いた小説である。河津武俊という作家は最初からすでに人間の有りようについて核心に迫るテーマを掴み取っていた、まただからこそ小説を書かずにはいられなかったのだと思われる。そして、この作品の中の「私」は医師であり、自身の体験を元にしての創作だったのである。

医師が登場する小説として「雲の影」も秀逸で、これはかつて「私」が卒業した大学で医学部脳外科の優れた教授、学部長も務めた「先生」のことが描かれている。「先生」は、現役を退いた後しばらくしてから「私」の勤める私立病院に雇われ院長として来てくれた。それで、「私」が大学を卒業してから十年も経った初夏の頃、「先生」と再会することとなる。以来、その「先生」との交流が始まる。「私」は「先生」の人柄に接して惹かれていくが、しかし「先生」は次第に老いて衰えてゆく。「私」自身もいったん大学に戻って勉強し直したり、開業したりが重なって、「先生」とのつきあいが途切れてしまう。最後は、「先生」が京都へ帰って老後を過ごしているとの消息を知り、わざわざ訪ねていくが、「先生」は「私」が誰であるかも分からないほど老耄《ろうもう》していた。だが、「先生」は精一杯の応対をしてくれるのであった。立派な人格を持った人間の、呆けながらも気品を失わない晩年が描かれており、味わい深い好短編である。

味わい深さでは、「コスモスの花」も引けをとらない。医師である「私」が、山中に住む老婆のところへ往診に行き、親しくなる。額の瘤もとってやる。老婆の孫が養子に行くときに、慰めの言葉もかけてやる。その老婆はコスモスが好きだ。その点は「私」も同様である。コスモス好きの医師と老婆とのさりげないつきあいが淡々と描かれる。

縁側からふと座敷を見ると、床の間に結納の時に送られる一式がおかれ、その横に真新しいタンスが二さお置かれてあった。

「おや、婆ちゃん御目出度だね。お孫さんでもお嫁さんに行くのかね」

「同じやるでも嫁じゃなくて、男の孫を婿養子に出すんだよ」

老婆は一寸淋しそうな顔をした。

「本当は出したくないんだけど、この山の中じゃいい仕事もなくてね……」

二人の間に会話がとぎれた。

「今は婆ちゃん、貰っても、やっても同じだよ」

私は老婆をなぐさめるように言った。

小犬が私の足にじゃれついてきた。持ちあげると小犬は丸々と太ってきていた。生まれた時の倍くらいになっていた。

「そうそう、先生に読んでもらおう、何度聞いても孫の行く先を憶えきらんで」

老婆は座敷から荷札を持ってきた。

「婆ちゃん、眼鏡があるといいのにね」

「眼鏡があっても同じだよ。わたしは字が読めないんだよ」

私は気の毒な事を言ったと後悔した。

こうした二人のやりとりは、さりげなくて、患者と医師であるよりもむしろ長いつきあいをしてきた隣人同士という趣きだ。右のようなやりとりの後で、老婆は「先生、コスモスの花は本当にきれいだね。子供の時からこの庭先で何十年も見ているけど、少しもあきないね」と自分の想いを語る。この老婆、たいへん魅力的である。

短くて、たいした事件も起きない、言うなればなんてことない短編だ。だが、しみじみとした趣きが全体にただようのである。書き手の心が深くこもっているからこそ、滲み出てくるものだと言える。

「夜の底」にも医師が登場する。山深い村に住む若い女性が夜になって急に全身の痙攣を起こし、意識もはっきりしなくなった、という報せを受け、医療スタッフが救急車で駆けつける。病院へと運ぶ途中で女性の呼吸が止まってしまうため、夜の闇の中で緊急措置をしなくてはならぬ。自らのミスでこうなったとおののく看護婦、どうにか落ち着きを保ってこの緊急事態に対処し、奮闘する医師。スリリングで、手に汗握る局面だ。四百字詰原稿用紙でおよそ三十五、六枚のごく短い作品ながら、医療現場に従事する人たちの実際が活き活きと描かれている。

さらに、表題作である「山里」は原稿用紙でおよそ百八十枚ぐらいになるはずで、短編と呼ぶよりも中編小説とみなすべきである。山里に住む主婦である「私」

（名は雅子）が、亡父の診察をしてくれていた「先生」つまり医師から頼まれて自分の両親（母は継母）のことを語る、という設定だ。本来は兄が両親の面倒を見ていたのだが、亡くなってしまった。後に遺った兄嫁は仕事があるからというので、父母の世話ができない。仕方なく「私」が、夫に了承を得て引き取り、山里へ呼び寄せて世話をしたのである。町で暮らしていた父母にとって山里の生活習慣は馴染めなかったが、やがて次第に溶け込んでいく。そして、悲喜こもごものできごとが展開する。継母は舞踊が上手で、村人に教える。周囲から慕われるが、波乱も起こす。父が羽振りの良かった若い頃の自慢話をするので、「私」は気が気でない。ともあれ、二人が山里へ来てからは、山村に似つかわしくない俳句吟行会が行われたり、野点《のだて》が催されたりして、それらのことが波紋を起こしたり賑わせたりすることとなった。だが、やがて継母が亡くなり、父も弱って行き、ついには他界してしまう。「私」は、二人に亡くなられてしまうと、それはそれでまた寂しいのであった。

先生にお話したためか、私は何だか肩の荷が降りたような不思議な安らぎを覚えていました。

後片付けをした後、お風呂に入って床に就いたのは一時を過ぎていました。主人も飲み慣れないお酒に快く酔って気持ち良さそうに少し鼾をかいていました。山里の樹や竹に降り積もった雪が、時折ザッと滑り落ち、それに呼応して犬の遠吠えが聞こえます。

後はまた、しんしんと雪が降り続いているようです。父の優しい眼差しに見守られているのを感じながら、深い快い眠りに陥ちていく自分がわかるようでした。

「山里」はこのようにして終わる。父と継母のことを「先生」に洗いざらい語り終えた「私」の心は、「不思議な安らぎ」に満たされている。「私」に一貫して理解を示してきた夫は、酒の酔いに心地好い眠りを得て鼾《いびき》をかいている。山里に、雪はしんしんと降り積む。「私」は亡き父の眼差しに見守られているのを感じながら眠りに入っていく――というふうにこの力作は終わる。山里の大自然に囲まれた中での人間劇、感動的である。

これは、作者が患者から聞き書きした上で虚構化された作品である。山里の雰囲気、人の一生の切実さ、はかなさがよく描かれているのである。この「山里」は昭和五十七年（一九八二）一月執筆の作だが、短編集に表題作として収録された後も平成一七年（二〇〇五）三月、「日田文学」第五十一号に再録されている。その際、文藝春秋社発行の文芸誌「文学界」同人誌評のベスト5にランクされており、この一事だけでも作品のレベルの高さが分かるだろう。ついでに触れておけば、河津氏はこの作品の時に限らず「文学界」同人誌評にはしばしば登場し、何度もベスト5の評価を受けた経験を持つ。なお、平成十八年（二〇〇六）八月に石風社から刊行の作品集『秋の川』にも「山里」は収められており、作者自身たいへん愛着を持つ作品だと言えよう。

医師であるからには、診療や雑務に追われる生活である。しかし医療現場は人間の喜怒哀楽が渦巻いており、小説の題材を無限に提供してくれた。みずき書房版文庫本『山里』の「あとがき」の中で、「何度も、書くことはもう止めようと思うことがあったが、診療に追われる時ほど、不思議に創作意欲は湧いてくるもので、近頃は時間の許す限り書き抜いてみようという開き直りの心境になってきている」と記している。言うなれば、河津武俊氏は医師として励んだからこそ作家としての成長も果たし得たのである。

ちなみに「コスモスの花」とこの「山里」は、大分県日田市の中心部から南西の方角へ約十二、三キロほど入った奥日田林道の入り口にあたる谷筋一帯が舞台である。街なかの喧噪とは裏腹の、ひっそりとした集落が点在し、作家はかつてしばしばそこらへ往診して住民たちとの親密な接触を行なっていた。それを下地にして作品化がなされており、「コスモスの花」も「山里」も単に文学作品としてだけでなく昭和という時代をあぶり出す記録としても意味があるはずだ。

さて、このような「医師もの」とはまた違うタイプの作品がある。まず、「鈴の音」である。母親が、嫁いだばかりの娘・由美に手紙を書く、という設定だ。婚礼の日に、目立たぬところから娘へ祝福のお辞儀をした老夫婦、そのお二人がなんとあなたの実の親である、と、育ての母親が明かすのである。この母親は、若い頃、材木問屋の御曹司と結ばれぬ恋をしてしまった。御曹司は、親の取り決めた相手を嫁に貰うしかなかった。しかし、相手の新婦の深い配慮により互いの娘を取りかえて育てた、という数奇な事実が描かれるのである。由美の育ての母親による手紙によって、事の真実が語られる。つまり、作品の語り手が女性なのであるが、河津氏の作品世界に通じている人ならばきっと文庫判短編集『耳納連山』に収録されている作品「おとよ」を思い出すことであろう。あの「おとよ」も女性が語り手だ。男性作家が、女性を語り手として設定して作品を構築するのである。そして、この短編は医師が出てこない。自らの体験を元にしない、まったくのフィクションが展開されており、ストーリーテラーとしての河津氏のしたたかな手腕が如実に窺える。

次いで「秋水記」は、町の工場に働きに出ていたアキという女が、原因不明の精神疾患を病む。それまでよく働くし、気立てが良いし、何の問題もなかったが、狂いはじめたのである。親が心配し、姉のハルもこの妹のことは気がかりだった。荒れ狂うかと思うと、沈み込む。だが、やがては平静な状態が戻ってくる。そのうち嫁いで、年もとった。しかし、或る日、川にはまって命を落としてしまう。死ぬとき、アキは「苦しかった。これでやっと楽になれる」との一言を姉に洩らす。アキは、自分が精神疾患に陥った時期のことが忘れられず、人知れず悩み続けていたのだ。精神病を病んだ場合、周囲の者も戸惑い、振りまわされ、苦労するが、しかし何といっても一番苦しいのは当の本人である。訳の分からぬ病気にかかってしまった人間の悲しみを描いて、これはなかなかの佳編である。

そして、これも、病気がテーマとして扱われはするものの医師は間接的にしか登場しない。自分の体験にもとづく話だとしてもフィクション性が高いし、たぶん取材を入念に重ねての小説化であったと思われる。

さらに「羽衣」、これは先祖の葬られている墓地が道路拡幅工事にかかったため寄せ墓にすることとなった。それで一つ一つの墓を堀上げ、骨を焼いてあらためて整理することとなった。「私」は所用あって行けなかったが、叔母が参加した。叔母は、はじめ心に違和を覚えていたものの、やっているうちにたいへん神聖な気持ちになってきた。「人間死すれば大地に還るということが、いかに神聖で浄化された事実であるかがわかって来た」のである。掘った穴の中で、叔母は二十歳の若さで死んだ弟・節夫の声が聞こえ、再会できた喜びに浸ったという。「私」は叔母の話を聞いて、自分も行けばよかったのだと悔やむ。法要の際、叔母は感謝の気持ちを皆の前で語り、謡曲「羽衣」を朗唱した。原稿用紙三十三、四枚程度の短い作品だ。しかし、人間への愛の溢れた、感動的な一篇である。そして、この作品にも医師は登場しない。

一冊全体を言えば、まずこれは作家にとって最初の著書であり、医師としての体験にもとづいた貴重な話が作品化されている。その一方でフィクションを構築し、ストーリーテラーとしての力量がすでに充分に発揮された作品も書かれている。どの作品にも充分な自己省察や人間観察が行われ、作中人物たちは色彩豊かな大自然の中で生かされている。これらの要素が新鮮にいっぱい詰まっており、この短編集『山里』は紛れもなく作家・河津武俊氏の出発点となっているのである。

（作家）

〔著者略歴〕

河津武俊（かわづ・たけとし）

昭和一四年（一九三九）福岡市生まれ。現在大分県日田市で内科医院を開業。

主な著書に『秋澄――漂泊と憂愁の詩人・岡田徳次郎の世界』（講談社、一九八八）、『山里』（みずき書房、一九八八）、『肥後細川藩幕末秘聞』（講談社、一九九三）、『新・山中トンネル水路――日田電力所物語』（西日本新聞印刷、二〇〇五）、『秋の川』（石風社、二〇〇六）、『耳納連山』（鳥影社、二〇一〇）、『森厳』（鳥影社、二〇一三）、『富貴寺悲愁』（弦書房、二〇一四）、句集『花吹雪』（弦書房、二〇一六）、文庫・新装改訂版『肥後細川藩幕末秘聞』『漂泊の詩人　岡田徳次郎』（以上、弦書房、二〇一七）などがある。

山里《やまざと》

二〇一八年六月一〇日発行

著　者　河津《かわづ》武俊《たけとし》

発行者　小野静男

発行所　株式会社弦書房

〒810-0041

福岡市中央区大名二―二―四三

ELK大名ビル三〇一

電　話　〇九二・七二六・九八八五

FAX　〇九二・七二六・九八八六

印刷・製本　シナノ書籍印刷株式会社

落丁・乱丁の本はお取り替えします

ISBN978-4-86329-169-0 C0195

◆河津武俊作品選集〈文庫判〉

富貴寺悲愁

玄妙な黄金色の滋光の中で——薄倖の者たちを見守り包み込んでくれる大いなるものを確かに感じながら、人間の情愛の深さ、悲愁の深さを描いた秀作。

【解説】前山光則〈文庫判・178頁〉【2刷】500円

肥後細川藩幕末秘聞【新装改訂版】

小さな村に伝わる驚愕すべき謎。阿蘇・小国地方の小村はなぜ消されたのか。黒船来航が招いた藩内抗争が原因か、かくれキリシタンの虐殺だったのか。伝承の真実に迫る出色のノンフィクション。

【解説】前山光則〈文庫判・508頁〉900円

漂泊の詩人 岡田徳次郎【新装改訂版】

藤本義一氏・絶賛「全体に漂う詩人の姿の描写は素晴らしいと思います。一人の詩人が貴兄の文章で現在に甦ったと実感しました」——現世を澄徹した眼で洞察し生き方を問い直す作業にこだわり続けた男の生涯。

【解説】前山光則〈文庫判・487頁〉800円

耳納連山

癒しとしての自然、そして人生——大自然の美しさと人間たちのさまざまな交遊の模様とが織りなす襞の深さによって、読む者を悠久の時間の中へ誘ってくれる。深い余韻を湛えた短編作品集。

【解説】前山光則〈文庫判・376頁〉800円

＊表示価格は税別